Une tendre surprise

*

Passion à Santa Fe

CINDY KIRK

Une tendre surprise

Traduction française de
GENEVIÈVE BLATTMANN

BLANCHE

HARLEQUIN

Collection : Blanche

Titre original :
IF THE RING FITS

Ce roman a déjà été publié en 2017

HARPERCOLLINS FRANCE
83-85, boulevard Vincent-Auriol, 75646 PARIS CEDEX 13
Service Lectrices — Tél. : 01 45 82 47 47 - www.harlequin.fr
ISBN 978-2-2804-7882-3 — ISSN 0223-5056

Composé et édité par HarperCollins France.
Imprimé en juin 2022 par CPI Black Print (Barcelone)
en utilisant 100% d'électricité renouvelable.
Dépôt légal : juillet 2022.

FSC www.fsc.org
MIXTE
Papier issu de sources responsables
FSC® C159065

Pour limiter l'empreinte environnementale de ses livres, HarperCollins France s'engage à n'utiliser que du papier fabriqué à partir de bois provenant de forêts gérées durablement et de manière responsable.

1.

Tirée du sommeil par le ruissellement de la douche, Mary Karen Vaughn garda un instant les yeux fermés afin de prolonger un peu son rêve délicieux.

Au lieu d'une brève et ardente étreinte comme celles qu'elle connaissait de temps à autre avec Travis, il lui semblait qu'ils avaient fait l'amour pendant des heures.

Elle sourit, consciente qu'elle prenait ses désirs pour des réalités.

Elle élevait seule ses trois enfants, et Travis avait des horaires tellement surchargés ! Les rares fois où ils pouvaient se retrouver, leurs rencontres étaient, par force, rapides et enflammées.

Obstétricien d'excellente réputation, le Dr Travis Fisher, vingt-huit ans, était incontestablement le meilleur parti de Jackson Hole, mais ce n'était pas ainsi qu'elle-même le considérait. A l'époque de leurs études, ils étaient sortis plusieurs fois ensemble, et il était clair que son propre désir de fonder une famille n'était pas celui de Travis. Aîné de famille nombreuse, il avait toujours proclamé que la paternité n'était pas une priorité pour lui. Après son propre divorce d'avec Steven, ils avaient renoué les liens qui s'étaient distendus pendant le mariage, et Travis était redevenu son amant intermittent.

Elle ouvrit les yeux en s'étirant.

Oui, pour elle, il était tout simplement Travis, son ami d'enfance — celui qui l'appelait Marika comme le faisaient son frère et ses parents — et le plus fabuleux des amants. Il n'y avait donc rien d'étonnant à ce qu'il ait tenu le premier rôle dans son rêve érotique.

Tiens, elle était nue sous les draps… Le punch de la veille au soir avait de toute évidence produit des effets secondaires inattendus !

Dommage que Travis ne soit pas là, il aurait sans nul doute apprécié de la découvrir ainsi, songea-t-elle en s'étirant langoureusement entre les draps satinés de l'hôtel.

Ces trois jours de congé avaient été paradisiaques. Presque tout le monde venait à Las Vegas pour jouer, mais elle-même s'était contentée de lire au bord de la piscine. A deux ou trois reprises, des hommes avaient tenté de la distraire, mais elle avait repoussé fermement leurs avances. C'était une des rares occasions où elle pouvait se détendre loin des enfants, et elle tenait à profiter pleinement de ces précieux instants de calme.

Et puis, après deux jours d'exposition au soleil dans son deux-pièces tout neuf, sa peau commençait à prendre une jolie couleur dorée.

Toutefois son plaisir ne l'empêchait pas de s'ennuyer de ses fils. Et il était évident qu'eux aussi avaient hâte de la voir rentrer. Elle avait pu s'en rendre compte la veille au téléphone. Ils avaient bruyamment manifesté leur joie lorsqu'elle leur avait annoncé son retour pour ce soir…

A ce propos, il était temps de rassembler ses affaires. Elle devait libérer la chambre pour 11 heures.

Repoussant le drap, elle s'assit dans le lit et posa les pieds par terre.

— Ah. Tu es réveillée.

Elle sursauta et, par réflexe, attrapa le drap dont elle protégea sa nudité.

— Il est un peu tard pour te montrer pudique, tu ne crois pas ? ironisa Travis qui se planta devant elle, une serviette nouée autour des hanches, ses cheveux mouillés lui gouttant dans le cou.

Sidérée, elle le considéra en silence.

Elle n'avait donc pas rêvé.

Le matelas s'enfonça lorsqu'il s'assit à côté d'elle.

Travis avait un corps plus nerveux que musclé. Sa peau mate prenait au soleil une belle couleur pain d'épice qui rendait plus lumineuse encore la blondeur de ses cheveux.

Elle respira une odeur de santal, et une autre, indiscutablement masculine, qui lui mit les sens en ébullition. Puis la soirée de la veille lui revint par bribes, et un sentiment de malaise l'envahit.

Avait-elle pu être aussi stupide ? Elle avait commis des erreurs dans sa vie, sans doute, mais celle-ci remporterait la palme… Non. Ce n'était pas possible. Elle avait bu un peu, d'accord, mais pas à ce point. Si ?

Elle scruta le visage de Travis.

Son expression grave, malheureusement, lui confirma ce qu'elle craignait. Ses yeux noisette d'ordinaire rieurs étaient à cet instant dangereusement sombres.

— Dis-moi que ce n'est pas vrai, murmura-t-elle. Je t'en prie, Travis, rassure-moi…

Pour toute réponse, il lui prit sa main gauche, et elle découvrit l'anneau d'or incrusté de diamants brillant à son annulaire.

— Crois-moi, j'aimerais pouvoir te dire que c'est une de mes mauvaises plaisanteries, répondit-il avec un rire qui sonnait faux.

Elle avait l'impression que les battements sourds de son cœur emplissaient la pièce silencieuse.

— Ce n'est pas possible…

— Et si, la détrompa-t-il en soupirant. Toi et moi nous sommes mariés hier soir, Marika. Et à présent nous allons devoir décider de la suite à donner à cela.

Quatre semaines plus tard, Mary Karen laissa ses fils devant leur programme favori à la télévision et alla s'enfermer dans la salle de bains.

Son reflet dans le miroir lui confirma que son léger hâle de Las Vegas avait bel et bien disparu et que la fatigue imprimait des cernes sous ses yeux.

Elle avait du mal à trouver le sommeil depuis une semaine, et elle redoutait vivement ce que le test allait lui révéler.

Son cycle avait toujours été d'une régularité d'horloge. Aussi, quand rien ne s'était produit au jour dû, avait-elle aussitôt commencé à s'inquiéter. Et l'instant était venu de savoir si son anxiété était justifiée ou non.

Elle pouvait compter sur les doigts d'une main les fois où elle avait réellement eu peur. La première remontait au jour où elle s'était perdue, à quatre ans, en s'éloignant de ses parents dans le parc de Yellowstone. La deuxième avait été l'annonce de Steven de son intention de divorcer, alors que les jumeaux venaient de fêter leurs deux ans et qu'elle était déjà enceinte de Logan. Quant à la troisième… C'était à cet instant même.

Son cœur battait si fort qu'elle s'en sentait étourdie tandis qu'elle considérait entre ses doigts la petite languette, priant de toutes ses forces pour ne pas voir apparaître la couleur qu'elle craignait.

Mais celle-ci vira nettement au bleu.

Les murs carrelés parurent se refermer sur elle.

Epouser Travis, et fêter l'événement par une folle nuit de passion, avait été l'idée la plus stupide et insensée qu'elle avait jamais eue. Et le souvenir qu'elle en gardait était de plus particulièrement flou. Elle se rappelait qu'ils avaient pris un verre au bord de la piscine, peut-être deux, elle ne savait plus très bien, et qu'ensuite ils avaient prononcé leurs vœux devant un juge qui ressemblait à s'y méprendre à Elvis Presley. C'était tout.

Si Travis n'avait pas été obligé de s'envoler le jour même, ils auraient aussitôt annulé ce mariage ridicule, mais ils avaient dû attendre qu'il rentre à Jackson Hole. A présent qu'il était de retour, ils pourraient enfin s'occuper de remédier à cette erreur. L'autre conséquence de cette folle nuit, par contre, serait plus difficile à effacer.

Elle regarda de nouveau la languette bleue, simple confirmation de ce qu'elle savait déjà en elle-même depuis plusieurs jours.

Les nausées, la fatigue… Elle n'avait eu aucun mal à reconnaître ces signes pour les avoir déjà éprouvés lors de ses deux premières grossesses.

Mais elle ne pouvait pas avoir un autre enfant ! Non, c'était impossible…

Comme les larmes roulaient sur ses joues, elle ouvrit en grand le robinet d'eau froide du lavabo et s'aspergea le visage.

Pas question que les garçons découvrent qu'elle avait pleuré.

Dans son désespoir, elle savait qu'elle ne pouvait rendre Travis responsable de son état. Elle seule était fautive. Elle se savait particulièrement féconde. Ses autres enfants avaient été conçus alors même qu'elle prenait la pilule. Elle aurait dû insister pour que Travis aille acheter des préservatifs avant qu'il ne la touche. Idiote. Idiote. Idiote…

Un petit poing frappa à la porte.

— Maman ? Veux le pot.

— Oui, mon chaton. Un instant…

— Maman, appela une autre voix plus fermement, ouvre la porte ! Logan a très envie.

Elle fit rapidement disparaître son test de grossesse, s'essuya les yeux avec un Kleenex et se moucha avant d'ouvrir la porte.

— Désolée, mon poussin, dit-elle en s'écartant pour laisser entrer son petit dernier. Vas-y vite.

Si Logan était trop pressé pour la regarder, ses frères qui attendaient avec lui dans le couloir se montrèrent en revanche plus observateurs.

— Qu'est-ce que t'as, maman ?

A cinq ans, avec ses boucles dorées et ses grands yeux bleus, Connor, tout comme son jumeau Caleb, aurait pu aisément servir de modèle pour représenter Eros. Encore qu'elle ne soit pas certaine que le dieu de l'Amour ait eu une frimousse aussi malicieuse…

— T'as des yeux tout drôles, maman, dit-il d'un ton accusateur.

— Et t'as la figure rouge, aussi, renchérit Caleb.

Elle tamponna un Kleenex sur ses yeux.

— Oui, j'avais quelque chose dans l'œil et j'ai dû l'enlever. Comme toi l'autre jour, Cal. Tu te souviens ?

— Oui, même que ça faisait drôlement mal, répondit-il, acceptant son explication sans barguigner.

Ce ne fut pas le cas de Connor, qui persista à l'observer avec insistance.

— Mais pourquoi, toi, tu as les *deux* yeux rouges ?

Elle jugea le moment venu de changer de sujet.

— Dis donc, toi, tu as du chocolat sur ton T-shirt Spider-Man. Tu ne serais pas allé fouiller dans le placard, par hasard ? En montant sur un tabouret, bien sûr…

Le clignement d'yeux de Connor était un aveu en lui-même, mais il fut sauvé par le gong lorsque Logan sortit de la salle de bains.

— Je m'ai essuyé tout seul ! clama ce dernier, si fier de lui qu'elle n'aurait pas eu le cœur de lui reprocher le rouleau de papier-toilette presque entièrement dévidé qu'elle aperçut du coin de l'œil dans la salle de bains.

A trois ans, Logan venait de quitter définitivement les

couches, et elle ne pouvait que lui en être reconnaissante. Même si cela présentait aussi quelques inconvénients…

Pourtant, si elle en croyait le résultat du test, il serait prématuré de se débarrasser des couches qui restaient, songea-t-elle non sans angoisse, en s'accroupissant pour étreindre le petit garçon.

— Maman est très fière de toi, mon bébé.

Logan gigota dans ses bras.

— Suis plus un bébé !

— C'est vrai, tu as raison, dit-elle en passant la main dans ses boucles emmêlées. Allez, va jouer. Je dois me préparer pour la fête.

Le barbecue que son frère David organisait en l'honneur du retour de Travis, son ami de longue date.

Elle n'avait pas entendu parler de Travis depuis son retour du Cameroun. Sans doute avait-il supposé qu'il la verrait ce soir ? Néanmoins, elle n'avait pas pu s'empêcher d'espérer un coup de fil de sa part.

Décidément, cette désolante histoire de mariage les avait tous les deux perturbés.

Même s'ils étaient d'excellents amis et s'entendaient à merveille dans un lit, tous deux étaient assez lucides pour se rendre compte que ce mariage était une erreur monumentale, ne serait-ce que parce que Travis ne voulait pas d'enfants. Il était très clair sur ce point.

Si elle devait se remarier, ce serait avec un homme qui accepte ses trois fils — et qui les aime. Steven lui avait enseigné une bonne leçon : si l'amour n'était pas au rendez-vous dès le départ, et si le désir de fonder une famille n'y était pas non plus, ni l'un ni l'autre n'y seraient jamais.

Steven n'avait à aucun moment choisi d'être son mari ou le père de leurs garçons. Elle avait tout tenté pour que leur mariage fonctionne, mais il n'avait jamais manqué une occasion de lui reprocher de l'avoir « piégé ».

Son cœur se serra encore douloureusement en y songeant.

Si Travis découvrait qu'elle était enceinte, elle le connaissait assez pour savoir qu'il insisterait pour endosser sa part de responsabilités. Mais il n'en était pas question. Elle se refusait à commettre encore la même erreur.

Autrement dit, elle était seule face à ce nouveau problème. Ses parents seraient prêts à l'aider, bien sûr, mais ils avaient leur vie, eux aussi. Et David, qui avait été tellement présent lorsque Steven l'avait quittée, s'était depuis marié et serait bientôt père à son tour.

Alors non. Ses enfants étaient sa responsabilité à elle et à personne d'autre, y compris celui qui serait bientôt là.

— Maman ! cria Caleb. Connor il dit que je suis un poté !

— Mais non, un *em*poté, objecta le coupable du ton supérieur de celui qui sait.

Redoublement de pleurs de l'insulté, suivi par le bruit de quelque chose que l'on renverse, et les hurlements de Logan.

Elle ferma les yeux et prit une forte inspiration avant de redresser les épaules.

Plus tard, elle aurait le temps de se lamenter sur son sort. Dans l'immédiat, trois petits garçons réclamaient son attention.

Travis se gara devant l'immeuble du Dr Kate McNeal, à deux cents mètres à peine de chez lui, avec une impression de malaise.

Avait-il bien fait de lui proposer de l'accompagner à la réception que David, le frère de Marika, donnait pour fêter son retour ?

La veille au soir, il était à peine rentré de l'aéroport qu'on l'avait appelé de l'hôpital pour une césarienne. Aucun des autres obstétriciens n'étant libre, il était leur dernier recours pour cette urgence. Et, en tant que pédiatre de garde, Kate avait été présente pour l'accouchement. Une fois le bébé né et la mère reconduite dans le service de maternité, il était allé prendre un café avec elle, et ils avaient mentionné la réception du lendemain. Et lorsqu'elle lui avait demandé s'il pouvait venir la chercher puisqu'ils habitaient à deux pas l'un de l'autre, il n'avait pas pu refuser. Après tout, c'était tout à fait naturel.

Sauf qu'il n'était plus l'homme que Kate avait connu avant qu'il parte pour le Cameroun : il était *marié*.

Marié ! Il avait encore du mal à le croire. Encore heureux que l'annulation ne pose aucun problème…

Allons, personne n'en saurait rien, pas même David. Et il n'avait aucune raison de se sentir coupable d'accompagner Kate. Marika et lui n'étaient mariés que sur le papier, et l'annulation serait aussi rapide que la cérémonie de mariage.

Tout de même. Comment avaient-ils pu être aussi imprudents ? Au lit, il pouvait le comprendre. Leur entente physique était parfaite. Mais ils avaient toujours été d'accord qu'une relation durable était impossible entre eux. Marika aspirait à une vie stable, et lui ne tenait pas en place.

Mais c'était tout de même à elle qu'il avait le plus pensé lorsqu'il était au Cameroun…

Kate sortit de l'immeuble et vint s'asseoir dans sa BMW.

Même si elle n'était pas aussi jolie que Marika, elle n'en était pas moins d'une très agréable compagnie. Grande et mince, cheveux noirs mi-longs, elle ressemblait plus à un mannequin qu'à un médecin. L'odeur fraîche de son shampooing qui parfuma discrètement la voiture était un plaisant rappel qu'il était de retour au pays. Au Cameroun, des produits comme le déodorant, le dentifrice et autres articles de toilette n'étaient pas une priorité, et si la formation de médecins dont il avait été chargé avait été une expérience passionnante il était heureux de retrouver ses habitudes.

Kate le regardait avec insistance, et il se rendit compte qu'elle attendait qu'il l'embrasse.

Il ravala sa salive.

Ils avaient échangé un baiser, une fois, mais c'était avant Las Vegas. Et, tant qu'il n'aurait pas en main le document résiliant son mariage, il ne se sentait pas le droit de partager un acte aussi intime avec une autre femme.

— Un problème ? s'enquit Kate en posant un regard perspicace sur lui.

— Pourquoi ?

— Tu as l'air ailleurs.

— Excuse-moi. Je pensais à cette soirée. Ce sera l'occasion pour toi de découvrir tes confrères en dehors de l'hôpital, improvisa-t-il en démarrant aussitôt.

— C'est certain. Y aura-t-il des gens que je connais déjà ?

— Sans doute, répondit-il, soulagé qu'elle soit assez fine pour accepter son prétexte sans insister. Il y aura sûrement tous nos confrères et consœurs de l'hôpital, du moins ceux qui n'étaient pas de garde ce soir, et même mon compagnon de ski, Joel Dennes.

— Dennes ? L'entrepreneur ? répéta Kate en haussant les sourcils.

— Oui. Tu le connais ?

— Juste son nom. Pourquoi ?

— Il a une fille de trois ans, je pensais que tu aurais pu l'avoir en consultation.

— Je n'ai pas encore rencontré tous mes jeunes patients. En revanche, j'ai appris que Mary Karen Vaughn était la sœur de David Wahl. Tu le savais ?

— Oui. David et elle sont des amis d'enfance.

Il se gara devant l'immeuble et contourna la BMW pour venir ouvrir sa portière à sa passagère.

Il était si heureux d'avoir retrouvé sa voiture ! Ce roadster

BMW rouge était un petit bijou qu'il avait brigué longtemps avant de se l'offrir enfin.

— Je me demande si elle sera là ce soir, ajouta Kate en quittant son siège, d'un air distrait.

Il contint un sourire amusé.

— Probablement, dit-il en lui prenant galamment le bras pour l'aider à sortir de la voiture.

2.

C'était une soirée magnifique, avec un coucher de soleil somptueux dans le ciel bleu sombre du Wyoming. David et July recevaient dans leur jardin, où des parterres aux couleurs vives s'épanouissaient sur la vaste pelouse qui entourait la grande maison de plain-pied.

— Je croyais que tout le monde serait habillé de façon plus décontractée, dit Mary Karen en baissant les yeux sur son pantalon de lin champagne et son chemisier noir.

Sa belle-sœur July portait une ample tunique dos-nu très colorée, et son amie Lexi Delacorte une robe de maternité cerise qui alliait subtilement confort et élégance.

— Tu es très bien comme tu es, dit July. Et cette coiffure te va à ravir.

Elle avait choisi de tirer ses cheveux en arrière en dégageant son visage grâce à deux discrètes petites barrettes.

— July a raison, renchérit Lexi. Et j'avoue que je suis très jalouse de ton ventre extra-plat.

— Oui, soupira July en baissant les yeux sur son propre ventre rond. Pas facile d'être sexy avec une bosse protubérante comme celle-là… Mais David a l'air de me trouver encore attirante.

Le sourire de Lexi se fit rayonnant.

— Nick n'arrête pas de me dire que je suis plus belle que jamais. Et il insiste pour participer à toutes les étapes de la grossesse. Tous les matins avant de partir pour le bureau, il pose sa main sur mon ventre et parle à son fils.

Il a lu quelque part que la voix de ses parents aide le bébé à se sentir aimé et en sécurité.

Mary Karen sentit sa gorge se serrer.

L'image très vivante qu'évoquaient pour elle ces propos lui faisait prendre conscience de ce qu'elle avait manqué lors de ses propres grossesses. Quand elle avait attendu les jumeaux, Steven l'avait traitée de baleine et avait refusé de la toucher. Et elle était enceinte de cinq mois de Logan lorsqu'il était parti. Et elle serait de nouveau seule pour vivre cette troisième maternité…

Des larmes menacèrent de rouler sur ses joues, qu'elle s'empressa de refouler en baissant les yeux sur le verre de thé glacé qu'elle tenait à la main.

Mais de toute évidence pas assez vite.

— Qu'y a-t-il, Marika ? demanda sa belle-sœur en lui posant la main sur l'épaule.

— Dis-nous ce qu'il t'arrive, renchérit Lexi, l'air inquiet, elle aussi. C'est à cause de ce que j'ai dit ?

Mary Karen secoua la tête.

— Non, ce n'est rien. Un peu de fatigue, c'est tout, répondit-elle en se forçant à sourire.

Elle ne mentait pas. Ses nuits étaient toujours trop courtes, même quand elle n'était pas de garde le matin.

— L'orage a réveillé Logan. Et quand les jumeaux l'ont entendu pleurer ils se sont levés aussi.

Inutile de préciser qu'elle avait imaginé en se couchant ce que sa vie allait devenir avec un quatrième enfant, et qu'après cela le sommeil l'avait totalement désertée.

— Je ne sais pas comment tu y arrives avec tes trois petits diables, dit July. Tu travailles…

— Seulement à mi-temps, protesta Mary Karen, que l'admiration de sa belle-sœur rendait toujours mal à l'aise.

Elle connaissait beaucoup de mères célibataires qui se débattaient dans des conditions bien pires que les siennes.

Au moins avait-elle la consolation de recevoir régulièrement la pension alimentaire de Steven, qui par chance touchait un salaire très confortable.

— Tiens, dit Lexi en tournant la tête. Il a amené une petite amie.

Mary Karen se figea.

Elle n'avait pas besoin de demander à son amie de qui elle parlait. Elle avait toujours eu une sorte de sixième sens dès qu'il s'agissait de Travis Fisher.

Une *petite amie* ?

Son sourire vacilla quand elle découvrit son « mari » en pantalon kaki et chemise blanche, les cheveux plus blonds que jamais, le teint doré à souhait et le sourire rayonnant. Toutefois, elle décela aussitôt au-delà de son sourire et de son hâle la fatigue que ces quatre semaines avaient imprimée sur ses traits.

Mais son attention dévia rapidement sur la femme en robe turquoise — un peu trop près du corps à son avis — qui l'accompagnait : Kate McNeal était accrochée à son bras d'une façon possessive.

Les doigts de Mary Karen se crispèrent sur son verre.

Bien sûr, elle savait que Travis et elle n'étaient mariés que sur le papier, mais le voir ainsi avec Kate lui fut comme un coup de poignard en plein cœur.

Il n'avait pas perdu de temps, songea-t-elle, amère. Ils n'avaient même pas encore signé l'annulation de leur mariage…

— J'ignorais qu'il sortait avec quelqu'un, dit-elle en se forçant à prendre l'air indifférent.

Lexi aussi observait la compagne de Travis par-dessus le bord de son verre.

— Elle est jolie, lança-t-elle.

— David m'avait dit qu'ils étaient sortis une ou deux

fois ensemble avant qu'il ne s'envole pour le Cameroun, expliqua July.

— Il a dû la rappeler dès son retour, suggéra Lexi.

Mary Karen se remémora la nuit qu'elle venait de passer avec le téléphone tout près de son oreiller pour être sûre de ne pas manquer un appel de Travis, les angoisses qu'elle avait vécues en le sachant si loin, sur ce continent qui pouvait se révéler aussi dangereux que fascinant…

Quelle idiote !

La colère bouillonnait dans ses veines, mais elle s'efforça de la maîtriser.

Après tout, Travis n'était en rien tenu de l'appeler sitôt son retour. Et s'il venait ce soir avec une petite amie, ce n'était en aucun cas son problème.

— J'ai l'impression que c'est toi qu'il cherche, murmura July.

— Ce qui est tout de même curieux, étant donné qu'une autre est pendue à son bras, ajouta pensivement Lexi.

Se forçant à relever les yeux vers le couple, Mary Karen constata que sa belle-sœur semblait avoir raison. Et lorsque le regard de Travis croisa le sien elle vit nettement son expression s'illuminer.

Se forçant à ignorer la chaleur qui courait à présent dans ses veines, elle leva la main en agitant les doigts pour le saluer.

Aussitôt, comme s'il n'avait attendu que cela, Travis traversa la pelouse à grandes enjambées dans sa direction — ce qui obligea presque Kate à courir pour le suivre.

— Ravie de te revoir, dit Mary Karen avec un sourire avant de se tourner vers sa compagne. Bonsoir, Kate.

Celle-ci la salua avec un embarras évident.

Il y avait donc bien anguille sous roche ! songea Mary Karen avec amertume.

Mais Travis n'eut pas de mal à capter de nouveau son attention.

— C'est bon d'être de retour chez soi, dit-il sans la quitter des yeux.

Son regard doré lui était si familier, si précieux, que pour quelques secondes elle eut le sentiment que plus rien d'autre n'existait au monde… Jusqu'à ce qu'elle se souvienne qu'il ne l'avait pas appelée, et qu'il était en compagnie d'une autre femme alors qu'elle-même portait son enfant.

Les montagnes russes émotionnelles sur lesquelles elle naviguait depuis Las Vegas menacèrent de l'engloutir. Des sanglots gonflèrent dans sa gorge.

Par chance, July et Lexi assaillirent Travis de questions sur son séjour au Cameroun, puis celui-ci plaisanta sur la compétition qu'elles menaient toutes les deux par « ventres interposés ».

Les yeux fixés sur ses amies, Mary Karen affectait de ne pas remarquer le regard inquisiteur que Travis posait régulièrement sur elle. Et quand July et Lexi décidèrent d'aller vérifier que tout était prêt à la grande table du buffet, elle leur emboîta aussitôt le pas.

Toutefois, l'une comme l'autre, sans se concerter, l'engagèrent à rester.

— Ne t'inquiète pas, nous t'en laisserons un peu, lança sa belle-sœur. A tout à l'heure.

Aussi dut-elle se résigner à alimenter une conversation anodine avec Travis et sa nouvelle conquête.

— Je ne m'attendais pas à voir autant de monde, déclara Travis en promenant son regard sur la petite foule qui évoluait dans le jardin. En fait, je n'aurais pas imaginé qu'on puisse avoir autant d'amis.

— Penses-tu ! Ce ne sont pas des amis mais des pique-assiettes, rétorqua-t-elle suavement. Ils sont ici uniquement pour les petits-fours et la bière.

L'un et l'autre aimaient pratiquer entre eux ce genre d'humour au second degré.

Kate qui n'y était pas initiée la considéra d'un air choqué. Travis, en revanche, éclata de rire.

— Heureusement que tu es là pour m'ouvrir les yeux. Ma naïveté est vraiment confondante, fit-il en secouant la tête.

— A quoi serviraient les amis, autrement ? répondit-elle avec un air de fausse innocence, avant de boire une gorgée de son jus de fruits.

Kate les observait l'un après l'autre avec attention.

— Laissez-moi deviner... Ennemis jurés ? suggéra-t-elle.

— Pas loin, dit Travis en posant le bras sur les épaules de Mary Karen. Vieux amis.

Il la regarda avec insistance, comme pour la défier de le contredire.

Ce dont elle aurait été incapable. L'odeur très discrète de son eau de toilette l'enivra soudain plus que ne l'aurait fait un triple scotch. Et son cœur se serra en songeant que cette amitié qu'ils partageaient depuis tant d'années serait bientôt anéantie.

A cette idée, une nausée importune lui monta aux lèvres.

— Excusez-moi, balbutia-t-elle en s'écartant. J'ai oublié de... de vérifier quelque chose.

Une bien piètre excuse, mais elle n'avait pas le choix.

Travis l'appela, mais elle l'ignora et zigzagua entre les convives avant de s'engouffrer dans la maison puis dans la salle de bains.

Juste à temps pour régurgiter dans le lavabo les quelques malheureux crackers qu'elle avait avalés dans l'après-midi.

Assise sur le bord de la baignoire, elle fit ensuite appel au peu d'énergie qu'il lui restait pour trouver la force de se relever.

Malheureusement, cette situation lui était familière. Etre enceinte et seule, cela exigeait une force et un courage qu'elle savait pouvoir trouver au fond d'elle-même. Du moins les avait-elle trouvés pour ses deux grossesses précédentes.

Mais lui en resterait-il encore assez pour affronter celle qui s'annonçait, avec la fatigue et tout ce qu'entraînerait un enfant supplémentaire ?

Appuyée contre le lavabo, elle ferma encore les yeux un instant, mais son corps et ses jambes ne cessaient de trembler.

Si au moins elle avait quelqu'un auprès d'elle pour la soutenir. Si seulement Travis était là, de l'autre côté de la porte, à s'inquiéter pour elle…

Arrête.

Se forçant à réagir, elle se rinça de nouveau la bouche, puis, après avoir pris une forte inspiration, redressa les épaules et sortit.

Sur la terrasse, elle aperçut sa belle-sœur qui discutait avec un homme à forte carrure qu'elle ne connaissait pas. July, de la main, lui fit signe de la rejoindre et la présenta à cet homme, Joel Dennes, un entrepreneur dont la société couvrait la région de Jackson Hole.

Comme July s'éloignait pour accueillir d'autres convives, elle resta poliment à écouter Joel parler de la hausse des prix de l'immobilier, tout en notant que les invités commençaient à se servir au buffet avant de s'asseoir aux tables disséminées sur la pelouse.

Jusqu'à présent, lorsque David et July organisaient ce genre de réception, Travis avait toujours été son chevalier servant attitré. Aussi le chercha-t-elle machinalement du regard.

Il discutait en compagnie de Kate avec d'autres collègues.

Fixant son regard sur sa nuque, elle essaya mentalement de le convaincre de se retourner vers elle.

Mais rien à faire, Kate semblait accaparer toute son attention.

— Le buffet a l'air très appétissant, dit Joel à côté d'elle.

— Oui, Lexi est une cuisinière fabuleuse. C'est elle qu'il faudra féliciter, dit-elle. Et si vous n'avez pas de cavalière attitrée je serai ravie que vous me teniez compagnie.

— Avec le plus grand plaisir, dit-il en l'invitant à le précéder jusqu'au buffet.

Elle n'aurait pas su dire ce qui l'avait poussée à lui proposer cela. Sans doute était-ce le fait qu'il semblait un peu perdu parmi tous ces gens. Et peut-être aussi parce que Travis riait à cet instant à une histoire que Kate lui racontait…

Elle se força à faire honneur aux multiples plats proposés. Même si rien ne la tentait, elle se refusait catégoriquement à faire un affront à leurs hôtes. Et puis, il fallait bien nourrir le « numéro 4 » qui grandissait dans son ventre…

— Et moi qui m'attendais à une hamburger-party ! ironisa Joel.

— Je vous recommande le gaspacho aux concombres, dit-elle en désignant une soupière art déco. C'est une des spécialités de Lexi.

— Et vous, Mary Karen, avez-vous un plat que vous aimez particulièrement faire ? demanda-t-il en se servant.

— Les spaghettis, répondit à sa place une voix grave derrière eux.

— Travis ! s'exclama-t-elle en se retournant.

L'espoir de le voir se joindre à elle pour le dîner s'éteignit sitôt qu'elle vit Kate près de lui.

Joel serra l'épaule de Travis comme s'ils se connaissaient depuis la nuit des temps.

— Salut, mon vieux. Content de te revoir ici.

— Moi aussi, dit Travis, dont le regard revint aussitôt sur Mary Karen. Vous êtes ensemble, à ce que je vois.

Joel se tourna vers elle.

— Nous sommes en train de faire connaissance. Tu veux t'asseoir avec nous ?

— Merci, mais nous avons déjà nos places, répondit Kate en glissant son bras sous celui de Travis. Et notre table est déjà occupée, sinon nous vous aurions proposé de nous rejoindre.

Mary Karen faillit avaler de travers, exaspérée au plus haut point par cette accumulation de « nous ».

Travis, cependant, lança un regard un peu contrarié à la jeune femme.

— En fait, nous pourrions nous débrouiller et…

Mary Karen leva la main.

— Pas de problème. Joel et moi avions repéré cette petite table près de la jetée.

Un silence malaisé tomba sur les deux couples.

— J'ai l'impression de vous avoir déjà vue, dit Joel en regardant attentivement Kate.

Les joues de celle-ci virèrent au cramoisi.

— Non, je ne le pense pas, objecta-t-elle.

— Si. Ce sont vos yeux, insista-t-il. Je suis sûr de vous avoir déjà rencontrée. Mais où ?…

— Je vais aller voir si notre hôtesse n'a pas besoin d'aide, déclara soudain Kate après avoir toussoté. Je te retrouve dans un instant à notre place, Travis, lança-t-elle avant de s'éloigner rapidement en direction de la maison.

Joel la suivit des yeux en secouant la tête.

— Je n'oublie jamais un visage, murmura-t-il comme pour lui-même. Je suis certain de ce que je dis.

— Vous aimez l'agneau, Joel ? demanda Mary Karen, préférant changer de sujet. Je vous conseille d'y goûter, c'est un vrai délice.

— C'est *mon* plat favori, dit Travis avant que Joel ait pu répondre.

— Alors sers-toi, dit-elle du tac au tac. Mais fais vite. J'ai l'impression que ta petite amie n'apprécierait pas que tu la fasses attendre…

— *Je n'ai pas* de petite amie, rétorqua Travis avec sérieux.

Elle affecta l'innocence.

— Ah non ? Pourtant, d'après ce que j'ai entendu dire…

— Avant de partir, tu m'avais dit que tu sortais avec

quelqu'un de l'hôpital, fit Joel qui se servait une généreuse part de salade de pommes de terre. Vous avez rompu ?

Travis soupira sans répondre.

— Je trouve qu'ils forment un beau couple tous les deux, dit Mary Karen en levant la tête vers Joel. Vous ne trouvez pas ?

Un éclair exaspéré passa dans le regard doré de Travis, lequel finit de remplir son assiette et alla rejoindre Kate qui l'attendait déjà à leur table.

Mary Karen le suivit des yeux, pas tellement fière d'elle. Sa réaction n'avait guère été plus glorieuse que celle d'une gamine jalouse de quatorze ans.

Comme Joel lui proposait une bière, elle secoua la tête. Pas d'alcool pour le bébé.

— Un jus d'orange, s'il vous plaît.

— Merci de m'avoir invité à m'asseoir avec vous, dit-il quand ils furent installés. Je suppose que vous n'aviez que l'embarras du choix pour vous trouver un cavalier…

Ce compliment fut un baume sur son ego froissé. D'autant que, même si Joel Dennes ne lui donnait pas de palpitations, ce n'en était pas moins un homme très séduisant. Et avec d'excellentes manières, ce qui ne gâchait rien.

Elle découvrit vite que sa conversation était de plus très agréable. Quand ils arrivèrent au dessert — tarte au citron pour lui et gâteau meringué pour elle —, elle avait appris qu'il avait une fillette de huit ans, qu'il élevait seul depuis que sa femme avait succombé à un cancer deux ans plus tôt.

Encouragée par ses confidences, elle lui donna à son tour une version édulcorée de sa propre vie — dont elle passa le dernier chapitre sous silence.

— Trois garçons ? répéta-t-il quand elle eut terminé. Incroyable. Vous avez l'air d'une étudiante !

L'admiration dans ses yeux lui fit chaud au cœur.

— J'ai vingt-six ans.

Joel porta son verre à ses lèvres sans la quitter des yeux.

— Vous ne les paraissez pas. Et j'ai une bonne idée de ce que peut être votre quotidien avec vos fils. Nous étions quatre garçons chez moi, et ma mère n'avait jamais une seconde de tranquillité quand nous étions à la maison. Mais aujourd'hui elle affirme qu'elle ne regrette rien et qu'elle a oublié les moments difficiles pour ne garder que les bons.

Elle hocha la tête.

— Aujourd'hui les hommes, et même les femmes, considèrent souvent le rôle de parent comme une tâche trop pesante, trop exigeante. C'est peut-être l'époque qui veut cela…

— Je suppose que vous parlez de votre ex, répondit Joel en posant une main sur la sienne. C'était un idiot, Mary Karen. Un jour il se réveillera en se rendant compte que cette liberté à laquelle il aspirait tant ne valait pas ce qu'il a sacrifié.

Ce geste la toucha.

Elle avait plutôt pensé à Travis qu'à Steven à cet instant, mais elle adhérait sans réserve à son opinion. Elever trois garçons, c'était éprouvant, mais elle adorait ses fils, pour rien au monde elle ne troquerait sa vie contre une autre. Et elle savait déjà que ce nouveau bébé qui s'annonçait ne la ferait pas changer d'avis.

Pourtant, la vie de mère célibataire n'était pas de tout repos. En dehors de tout le travail que cela représentait, elle n'était pas certaine de pouvoir jamais s'habituer à être seule dans un monde de couples. Et la perspective de vivre les vingt, trente prochaines années ou plus, seule avec ses enfants lui parut soudain insupportablement déprimante.

Repoussant son assiette à demi terminée, elle releva les yeux vers son compagnon.

— Pensez-vous vous remarier un jour ? demanda-t-elle.

Son compagnon, visiblement surpris, reposa sa fourchette et s'adossa à sa chaise.

Elle sentit ses joues s'enflammer.

— Désolée, dit-elle en levant les mains. Simple curiosité. Je ne cherche pas de mari, promis, juré !

Loin de paraître offensé, Joel se mit à rire.

— Ne vous excusez pas. Même si c'était le cas, je ne serais pas vexé. Au contraire, je serais plutôt flatté.

— Tout de même, je ne pensais pas à…

— Ne vous en faites pas, Mary Karen. Votre question ne m'a en rien dérangé.

Elle relâcha la tension qui lui raidissait les épaules.

Vraiment, Joel Dennes était un homme très agréable. Non que cela ait une quelconque importance pour elle. Avec ses trois enfants — bientôt quatre — à élever, elle n'avait pas de temps à consacrer à un amant. Pas même à un ami.

— Et pour y répondre, poursuivit Joel, oui, pourquoi pas, si je trouve la femme idéale. Mais ce n'est pas seulement avec moi qu'elle s'engagera, mais avec ma fille aussi. Chloe et moi sommes indissociables. Je ne supporterais pas de la voir grandir avec une belle-mère pour qui elle serait peut-être une gêne.

— Je vous comprends, soupira Mary Karen tandis que son regard, machinalement, allait à quelques mètres de là se poser sur Travis. Ce genre de situation est souvent source de conflits.

3.

Le soleil était déjà bas sur l'horizon quand Travis, obsédé par la tristesse dans les yeux de Marika, se leva de table pour aller faire le tour du jardin, Kate toujours sur ses talons.

Pourquoi avait-il proposé à cette dernière de l'accompagner à cette réception ? La jeune pédiatre ne le quittait pas d'une semelle, l'empêchant d'aller rejoindre Marika comme il le souhaitait pour lui assurer qu'elle n'avait rien à craindre. Que ce qu'il s'était passé entre eux à Las Vegas serait bientôt totalement effacé, sinon de leur mémoire, du moins des registres.

Curieusement, pourtant, il en éprouvait une certaine amertume. Il gardait de ces vœux réciproques qu'ils avaient prononcés un souvenir poignant. Jamais ils n'avaient été plus proches qu'à cet instant. Et, ensuite, l'intimité qui les avait unis avait relevé bien plus de leur amitié et de tout ce qu'ils avaient partagé au fil des ans que de leur entente physique, pourtant exceptionnelle.

Kate glissa son bras sous le sien alors qu'ils se dirigeaient vers le fond de la propriété.

— C'est très beau, ici, dit-elle. Je veux dire… pas seulement ce jardin, mais Jackson Hole.

Il posa le pied sur la partie basse de la barrière qui délimitait le terrain et laissa son regard courir sur les magnifiques montagnes de son Wyoming natal.

— Il n'y a rien de plus beau au monde, dit-il. Partir d'ici a été ce que j'ai fait de plus difficile dans ma vie.

Kate fronça les sourcils.

— Alors, pourquoi l'avoir fait ?

— J'ai suivi mes études au Nebraska. L'établissement était super, les gens très sympas, l'équipe de foot excellente. Mais ces années m'ont semblé interminables.

— Le mal du pays ?

— Oui, et quelques coups durs, aussi.

En l'occurrence l'hospitalisation en urgence de sa sœur Margaret pour une péritonite le matin même où il devait passer son examen de dernière année d'anatomie-physiologie. Et celle-ci n'était pas encore sortie de l'hôpital quand il avait dû aller chercher son frère Zac, qui venait d'écoper de trois jours de renvoi de son lycée pour avoir provoqué une bagarre en plein cours.

Kate le regarda avec insistance.

— Je ne comprends pas…

Il fut sur le point de lancer une plaisanterie pour changer de sujet.

C'était généralement ce qu'il faisait lorsqu'on lui posait des questions sur sa famille ou sur son passé. Cette fois, pourtant, sans qu'il sache pourquoi, il avait envie de parler.

Toutefois, pour que cela ait un sens, il lui fallait prendre l'histoire par le commencement.

— Je venais de décrocher mon diplôme de fin d'études secondaires quand mes parents sont morts dans un accident de voiture…

Presque sans s'en rendre compte, il avait adopté le ton monotone qu'il prenait chaque fois qu'il évoquait ce drame.

— Leur testament disait clairement qu'ils voulaient que mon oncle Len, à Omaha, dans le Nebraska, nous élève si quoi que ce soit devait leur arriver. Mais Len était bien plus jeune que ma mère, et toujours célibataire. Il n'était pas certain d'être prêt à prendre cette responsabilité.

Les yeux de Kate exprimaient une sympathie sincère.

— Etant donné que tu es allé étudier au Nebraska, je suppose que ton oncle a fini par changer d'avis ?

Il hocha la tête, fixant un point par-delà les cimes tandis que ses mains se resserraient sur la barrière.

— Oui. Nous l'avons convaincu qu'il lui suffisait de nous accueillir chez lui. Ma sœur Margaret et moi prenions l'entière responsabilité de nos frères et sœurs…

Avant la mort de ses parents, ses seules préoccupations avaient été les filles, le sport et les études. Accepter une telle charge à son âge avait été un énorme défi. Mais il s'était refusé à envisager toute autre option.

— Si Meg et moi n'avions pas été d'accord, nous aurions été séparés et placés dans des familles différentes. Et nous y étions tous farouchement opposés.

— Combien de frères et sœurs as-tu ?

— Sept.

— Quoi ? Tu plaisantes !

— Même pas, dit-il en souriant.

— C'est incroyable. Comment as-tu pu obtenir tes diplômes en t'occupant de tout ce monde ?

Il se retourna pour s'adosser à la barrière et nota malgré lui que le soleil dans les cheveux clairs de Marika la rendait toujours aussi belle. Il nota également qu'elle était très près de Joel. Trop…

— Travis ? dit Kate, manifestement surprise par son silence soudain.

— Excuse-moi. Eh bien d'abord j'ai continué d'étudier, mais à la maison. Et, surtout, c'étaient tous de braves gosses. Pas toujours sages comme des images, bien sûr, ironisa-t-il, mais tant mieux. Les bêtises, de temps à autre, c'est plutôt sain. Je préférais avoir à réparer quelques pots cassés que de les voir amorphes. Et puis, chacun participait à la vie commune. Pas de feignants dans le tas, ajouta-t-il encore.

— Certains d'entre eux sont ici ?

— Non. Aucun n'habite à Jackson Hole.

Quitter le Nebraska et sa famille pour exercer ici avait été problématique, mais à l'époque de sa décision tous étaient en âge de faire leurs propres choix. Cependant, il gardait l'espoir qu'ils reviennent un jour le rejoindre ici.

— Mais nous restons tous très proches malgré la distance, ajouta-t-il.

— Avec une telle expérience des enfants, je suis étonnée que tu n'en aies pas encore à toi, fit observer Kate. A moins que cela t'ait au contraire découragé d'en avoir ?

Il leva les yeux vers le nuage qui cachait temporairement le soleil. Quand il se tourna vers Kate, il se rendit compte que l'attention de celle-ci s'était déportée vers les convives.

— Que regardes-tu ainsi ? demanda-t-il, curieux.

— Ta « vieille amie » et Joel Dennes. Ils ont l'air de bien s'entendre.

Il suivit le regard de Kate et fronça les sourcils.

N'était-ce pas la main de Joel sur celle de Marika ?

A cet instant, Joel se pencha pour lui dire quelque chose, et elle parut pouffer.

Travis en éprouva une bouffée de jalousie.

D'habitude, c'était lui qui la faisait rire !

— Il y a une lueur certaine dans tes yeux quand tu la regardes, fit Kate. Vous avez été amants ?

Il sursauta.

Heureusement que personne ne pouvait les entendre ! Mary Karen avait déjà subi son content de médisances. Les mauvaises langues s'en étaient donné à cœur joie lorsqu'elle avait épousé Steven avec un ventre déjà bien rond. Elles avaient ensuite récidivé quand il l'avait quittée alors qu'elle était de nouveau enceinte. Elle avait eu beau garder la tête haute, il savait que ces méchancetés l'avaient profondément blessée. Et si ce qu'il s'était passé entre eux à Las Vegas se savait, elle y aurait de nouveau droit.

Mais il s'y opposerait. Il était prêt à tout pour protéger sa réputation.

— Vous l'étiez, n'est-ce pas ? insista gentiment Kate en posant la main sur son bras.

Puis ses yeux s'agrandirent.

— Ne me dis pas que vous l'êtes toujours ?

— Je me refuse à répondre à toute question la concernant, répondit-il.

Il avait eu beau sourire et mettre une note d'humour dans son ton, Kate n'eut de toute évidence aucun mal à saisir le sérieux de sa remarque. Ce qui ne l'empêcha pas, alors qu'ils se retournaient vers le jardin, d'insister sur ce sujet jusqu'à ce qu'il se sente près d'exploser pour de bon.

— Ne m'en veux pas, Kate, finit-il par dire, mais la journée a été longue, je crois que je vais rentrer me coucher.

— Te coucher ? répéta-t-elle sans comprendre. Mais… Cette réception a lieu en ton honneur, et il est à peine 22 heures !

— David et July comprendront, j'en suis sûr.

Devant la rigidité de son ton, Kate parut enfin prendre conscience de sa maladresse.

— Je regrette, Travis, dit-elle, rouge de confusion. C'était très maladroit de ma part d'insister. Ta relation avec Mary Karen ne me regarde pas.

Ses excuses étaient les bienvenues, mais elles ne le firent pas changer d'avis pour autant. Cette réception avait perdu tout attrait pour lui. Peut-être était-ce dû au décalage horaire ou aux difficultés qu'il avait rencontrées dans la journée à l'hôpital…

Alors que les lumières s'allumaient dans le jardin, il alla s'excuser auprès de July et de David et saluer ses amis.

Mary Karen et Joel brillaient par leur absence.

Il se retint de demander si quelqu'un les avait vus partir. Inutile d'alimenter les spéculations.

Quand il proposa à Kate de la déposer chez elle, elle lui annonça qu'elle avait déjà demandé à un de leurs confrères de la prendre dans sa voiture. Elle se hissa sur la pointe des pieds pour l'embrasser sur la joue.

— Rentre bien, dit-elle simplement avant de s'éloigner.

Il envisagea encore un bref instant de partir à la recherche de Marika mais y renonça.

Même s'il la trouvait, il n'aurait pas l'occasion de parler tranquillement avec elle. Sans compter qu'il était épuisé.

David le retint encore un moment pour lui parler de la grossesse de July. Quand il rejoignit sa voiture, la nuit était presque tombée.

Ce fut alors qu'il distingua dans l'obscurité croissante une silhouette à la place du passager.

Marika !

Soudain absurdement heureux, il s'assit à côté d'elle au volant du roadster.

— Hé, je pouvais te chercher longtemps dans le jardin !

— J'ignorais que tu avais une nouvelle voiture. C'est David qui me l'a dit.

— Elle est arrivée juste avant que je ne parte pour le Cameroun. Qu'en penses-tu ? Un petit bijou, non ?

Elle eut une moue d'approbation.

— Superbe. Et très confortable.

Se penchant, elle lissa le col de sa chemise avec le geste d'une épouse attentionnée.

— J'ai vu Kate monter dans la voiture de Duane, et j'en ai déduit que c'était fini entre vous…

Il crut qu'elle plaisantait, mais son expression le détrompa.

— Marika ! Tu me connais mieux que cela.

— Nous ne sommes mariés que sur le papier.

Elle paraissait particulièrement stressée. Mais il connaissait le moyen de la détendre.

Lui prenant la main, il commença à lui en caresser la paume.

— Tu te souviens de ce qu'il s'est passé ce soir-là, quand nous sommes rentrés à l'hôtel ?

Elle s'éclaircit la gorge.

— Oui.

— Nous avons fait l'amour, Marika. Toute la nuit. Et c'était fantastique.

Elle se rapprocha de lui, si près que ses lèvres effleurèrent son oreille.

— Amener une petite amie à la réception pour ensuite me faire des propositions malhonnêtes, ce n'est pas très convenable, Travis, murmura-t-elle.

Il en resta un instant figé. Etait-elle sérieuse ?

Il se redressa pour mieux l'observer.

— Mary Karen, Kate *n'est pas* ma petite amie. Il se trouve qu'elle habite à deux pas de chez moi et qu'elle m'a demandé de l'accompagner ici. C'est tout.

Marika croisa les bras en s'adossant à la portière.

— Pour moi, elle semblait bien plus qu'une simple voisine.

— Alors, tu as besoin de lunettes. C'est juste une amie. S'il faut te mettre les points sur les *i*, je ne couche pas avec elle.

— Je ne suis pas certaine de pouvoir te croire, dit-elle en repoussant une mèche de ses longs cheveux blonds sur son épaule. Joel a dit que tu la voyais déjà avant ton départ pour le Cameroun, et…

— Joel se trompe, la coupa-t-il non sans exaspération. Kate et moi sommes sortis deux fois prendre un verre, et en compagnie d'autres membres du personnel, en plus. Notre relation s'arrête là.

— Pourtant, tu es venu ici avec elle, insista-t-elle. C'est une première. D'habitude, tu n'amènes jamais tes petites amies à ce genre de soirée. J'ai donc toutes les raisons de supposer qu'elle compte tout particulièrement pour toi.

Il n'avait jamais eu affaire à cet aspect du caractère de Marika. Pour un peu, il l'aurait crue jalouse. Ce qui n'aurait aucun sens.

Il s'apprêtait à lui dire que de toute façon cela ne la concernait pas, lorsqu'il se rendit compte que si, cela la concernait bel et bien, au contraire. Et sa contrariété était en quelque sorte légitime, tout comme celle qu'il avait ressentie en la voyant en compagnie de Joel Dennes.

Ils étaient mariés.

Peut-être, dès l'instant où ils avaient signé ces papiers, les règles entre eux avaient-elles changé, même à leur insu ? Autrement dit, il lui devait non seulement une explication, mais des excuses.

— J'ai croisé Kate à l'hôpital hier, dit-il. David l'avait invitée pour ce soir, et elle m'a demandé si je pouvais passer la prendre. J'aurais dû refuser.

Marika inclina pensivement la tête.

— Hmm. Donc, tu as eu le temps de parler de la réception avec Kate, mais tu n'en as pas eu pour me téléphoner, ne serait-ce que pour m'annoncer que tu étais bien rentré ?

— Tu as raison, et j'ai eu tort. J'aurais dû t'appeler tout de suite.

Son honnêteté la prit manifestement au dépourvu, car il la vit se troubler légèrement.

— Oui, dit-elle, presque dans un souffle. Tu aurais dû.

— Marika, je suis désolé, murmura-t-il en lui prenant la main. Je manque de la plus élémentaire considération. Si tu me pardonnes, je te promets, la prochaine fois que tu me feras tes spaghettis *a la carbonara*, que je mangerai tout le plat sans une plainte. C'est pour dire à quel point je regrette.

Elle fit mine de réfléchir mais ne put contenir son sourire.

— Excuses acceptées. Et ne crois pas que j'oublierai ta promesse !

— Tu m'as manqué, dit-il, reprenant son sérieux. Et toi ?

Marika prit un air de fausse indifférence.

— J'ai peut-être pensé à toi une ou deux fois…

Amusé, il l'attira contre lui et, avant qu'elle ait pu protester, pressa ses lèvres sur les siennes.

L'effet de surprise joua en sa faveur. Marika se détendit aussitôt contre lui et ses doigts s'enfouirent dans ses cheveux alors qu'ils s'embrassaient avec une passion qui l'électrisa tout entier. Puis, comme il glissait les mains sous son chemisier, elle s'écarta soudain de lui.

— Discrétion, dit-elle.

Il faillit gémir de frustration.

« Discrétion », c'était leur code pour se rappeler mutuellement à l'ordre quand le désir leur faisait oublier les règles qu'ils s'étaient juré d'observer. Des règles très simples : pas de propos ni de gestes qui pourraient trahir en public leur relation amicale extra-professionnelle.

— Tu n'es pas drôle, soupira-t-il.

— Je sais. C'est aussi ce que me disent les garçons.

— Mais puisque tu insistes pour avoir une certaine intimité…

Il fit tourner la clé de contact, et le moteur ronronna.

— Où m'emmènes-tu ? s'enquit-elle.

— Là où nous pourrons « parler » sans être dérangés. Ça te convient ?

Elle réfléchit deux secondes puis acquiesça.

— D'accord. Il faut que nous parlions, de toute façon.

Une conversation, ce n'était pas exactement ce qu'il avait en tête. Il avait surtout envie de la tenir contre lui, de la sentir répondre à ses caresses, de se rassurer en constatant que cette histoire de mariage n'avait rien changé entre eux. Mais si elle voulait *vraiment* parler, eh bien ils parleraient.

Ce fut elle qui lança le sujet de son séjour au Cameroun, et, après avoir évoqué la région où il avait séjourné, il lui exposa les défis qu'avait posés le fait de donner des soins dans des hôpitaux dépourvus d'eau courante.

— Après une expérience comme celle-ci, tu n'as jamais plus envie de te plaindre de quoi que ce soit, dit-il en bifurquant sur une petite route transversale.

— J'avais envisagé de m'engager dans les Peace Corps après l'université, lui confia-t-elle. En tant qu'infirmière, j'aurais pu me rendre utile auprès des plus déshérités.

Marika, les Peace Corps ? Tous les deux étaient sortis ensemble pendant sa première année d'études, et pourtant elle ne lui en avait rien dit.

— Et pourquoi ne l'as-tu pas fait ?

— Tu n'as pas une petite idée ? ironisa-t-elle.

Steven.

Elle était en troisième année quand elle avait commencé à le fréquenter. Un homme froid et égoïste qui avait exercé il ne savait quel empire sur elle. Et c'était enceinte de cinq mois qu'elle avait passé et obtenu ses diplômes d'infirmière.

Il quitta de nouveau la route pour un chemin de terre où il s'arrêta.

— Tu ne m'as jamais parlé des Peace Corps, dit-il en l'attirant contre lui.

— Pas maintenant, dit-elle en posant les mains à plat sur son torse pour le repousser gentiment.

Il s'adossa à sa portière pour la regarder.

— Marika, j'ai des excuses à te présenter, même si elles sont un peu tardives.

— Lesquelles ?

— Je m'en veux de t'avoir abandonnée à Vegas.

— Tu n'avais pas le choix. Tu avais un avion à prendre, et moi aussi.

— Si j'étais resté, nous aurions pu tout de suite annuler ces papiers. Je sais que tu tenais à ce que nous le fassions aussi vite que possible.

— C'est peut-être mieux ainsi, finalement, dit-elle en soutenant son regard.

Mieux ? Que voulait-elle dire ? Qu'elle souhaitait rester mariée avec lui ?

— Ne crois pas que j'aie changé d'avis, dit-elle, devinant son étonnement. Je sais bien que nous ne sommes pas faits pour vivre ensemble. A moins que tu n'aies révisé ton opinion quant aux enfants ?

Il avait eu le temps d'y penser pendant les longues soirées chaudes, au Cameroun, d'imaginer ce que pourrait être la vie auprès de Mary Karen. Mais chaque fois ses réflexions aboutissaient à la même conclusion : leurs objectifs et leurs espoirs étaient radicalement différents.

— J'aime tes garçons, Marika, tu le sais. Mais je n'envisage pas de passer les vingt prochaines années à élever des enfants.

— C'est bien ce que je pensais.

— Et pour ce qui est de l'annulation je me disais que…

— Pas d'annulation, dit-elle encore en fixant la lune ronde qui s'était levée.

Il ne comprenait pas. Ce ne pouvait pas être une question d'argent, il lui avait déjà assuré qu'il s'occuperait des frais.

— Marika…

— Je suis enceinte.

Il se figea.

— Quoi ? dit-il enfin.

— Je suis enceinte, répéta-t-elle.

Elle gardait les yeux baissés sur ses mains posées dans son giron. Et quand elle les releva vers lui il vit les larmes qui y brillaient.

Il sentit un sentiment de panique enfler dans sa poitrine.

— Je suppose que tu en es sûre ?

— Le test de grossesse était positif, et j'ai tous les symptômes.

— Mais tu… Tu étais sous pilule, non ?

Et puis il se rappela ce qu'elle lui avait confié quant à son exceptionnelle fertilité.

Il aurait dû aller acheter ces fichus préservatifs.

— Oui, répondit-elle d'une petite voix où perçait le désespoir.

— Tu as l'intention de le garder ? demanda-t-il encore.

Même si c'était son enfant à lui qu'elle portait, c'était en dernier lieu à elle que reviendrait la décision.

Elle le considéra de ses yeux écarquillés.

— Tu voudrais que je… Que j'avorte ?

— Non ! se récria-t-il en lui prenant la main. Comment peux-tu penser une chose pareille ?

Elle haussa les épaules.

— Tu n'aimes pas les enfants.

— Ce n'est pas cela, Marika. Si c'était le cas, pourquoi aurais-je choisi d'être obstétricien ? Tout ce que j'ai dit, c'est que je n'ai pas envie d'en être responsable pendant vingt ans.

Cette fois, les larmes roulèrent sur les joues de Marika.

Oh ! flûte…

— Marika, Marika…, dit-il, apaisant, en l'attirant contre lui malgré ses protestations. Tout se passera bien. Ne pleure pas.

Tout en lui caressant les cheveux, il prit enfin conscience qu'il n'était pas le seul concerné par le problème. A cause de lui, elle se retrouvait dans une situation intenable.

— Ta chemise va être toute mouillée, hoqueta-t-elle.

— Je m'en moque. C'est toi qui comptes pour moi.

Il était sincère, même s'il ne le lui avait jamais dit. En dépit de l'intimité qu'ils partageaient, ils étaient toujours très soucieux de ne pas évoquer leurs sentiments.

— Pour Steven aussi, je comptais. Et tu vois où ça m'a menée…

Oui, mais Steven était un type arrogant, très imbu de lui-même et qui avait traité Marika d'une manière détestable.

— Que va-t-on faire ? dit-elle en reniflant.

Pour se sortir de ce pétrin ? Il n'en savait rien.

De toute façon, dans un premier temps, Marika avait raison : ils allaient rester mariés. Quel autre choix avait-il ? C'était sa meilleure amie, et elle portait son enfant…

Il laissa un instant son regard errer sur le champ de maïs qui bruissait dans la nuit.

Apparemment, il allait devoir se faire à l'idée qu'il serait bientôt père de famille, que cela lui plaise ou non.

— Je vais donner mon préavis pour mon appartement, dit-il enfin, et je viendrai m'installer avec toi. Après la naissance du bébé, nous pourrons demander à Joel de nous construire une maison.

4.

Mary Karen s'écarta de Travis pour le regarder en face.

Son ton résigné lui serrait le cœur. Il lui rappelait trop ce qu'elle avait lu dans les yeux de son ex-mari lorsqu'elle lui avait annoncé sa première grossesse.

Même si elle avait besoin de lui, besoin de quelqu'un auprès d'elle pour ce nouveau voyage qu'elle redoutait de faire seule.

Il lui fallait quelqu'un qui vienne volontairement, et non pas parce qu'il s'y sentait obligé. Si elle acceptait le sacrifice de Travis, il finirait tôt ou tard par le lui reprocher. Personne n'aurait rien à gagner à cela. Ni elle. Ni lui. Ni les garçons.

— Non, Travis, dit-elle doucement. Il n'est pas question que tu emménages avec nous. Tu n'as aucune envie d'être marié et d'avoir des enfants.

Il lui avait suffisamment exposé son opinion sur ce sujet. Pas plus tard qu'au dernier Noël où, si elle avait bonne mémoire, il lui avait dit clairement que se marier serait pour lui se mettre la corde au cou.

— Marika, soupira-t-il, tu sais aussi bien que moi que la vie n'est pas une simple question de « vouloir » ou « ne pas vouloir ». L'honneur et le devoir y tiennent une place aussi.

Même si ces propos ne faisaient que confirmer ce qu'elle savait déjà, ils ne lui en furent pas moins douloureux.

— J'ai épousé un homme parce que j'étais enceinte, dit-elle d'une voix sans timbre. Je n'ai pas l'intention de commettre une nouvelle fois cette erreur.

— Hé, protesta-t-il en souriant, tu ne vas tout de même pas me mettre dans le même sac que ton ex ! Je ne suis pas Steven, Marika. Et puis, tes parents m'aiment bien, ton frère est mon meilleur ami, et tes enfants me trouvent cool…

— Ils changeront peut-être d'avis le jour où tu en auras assez d'eux et de moi et que tu nous quitteras.

Le sourire de Travis s'effaça.

— Arrête de me comparer à Steven, dit-il fermement. L'abandon, c'est *sa* méthode, pas la mienne.

— Excuse-moi, murmura-t-elle.

Il avait raison : le comparer à Steven était injuste. Elle savait que, du jour où Travis s'installerait avec eux, jamais il ne leur tournerait le dos. Oui, il resterait avec eux, quoi qu'il arrive.

Mais à quel prix ? Il aurait beau feindre d'être heureux, elle le connaissait trop pour ne pas savoir qu'il regretterait sa liberté. Il y avait un gouffre entre jouer avec des enfants au hasard des visites et assumer le rôle de père vingt-quatre heures sur vingt-quatre. Non, décidément, l'emménagement de Travis chez elle n'était pas souhaitable.

Mais alors, qu'allaient-ils faire ? Et comment expliquer la situation à leur famille, leurs amis ?

Dans l'immédiat, ce qu'il lui fallait, c'était un peu de temps.

— Promets-moi de ne rien dire à personne de notre mariage et du bébé à venir, Travis. Du moins pas encore.

— Tu ne pourras pas cacher ta grossesse très longtemps, objecta-t-il. Après trois enfants…

— Je sais.

Il n'avait pas besoin de lui rappeler que d'ici peu elle ressemblerait à une baleine échouée…

— Ne t'inquiète pas. Je comprends qu'il n'y a rien de glorieux à m'avoir épousé, lança-t-il en la prenant par les épaules. A ta place, je raserais les murs aussi. Mais je pense tout de même que, si cela doit se savoir, le plus tôt sera le mieux.

Peut-être. Mais en l'occurrence elle avait le sentiment que personne ne comprendrait ni n'applaudirait.

— On attend tout de même un peu avant de publier les bans, d'accord ? rétorqua-t-elle faiblement.

— D'accord, si cela peut te rassurer, concéda Travis, visiblement à contrecœur.

— En plus, je préférerais que le divorce attende la naissance du bébé.

Il écarquilla les yeux.

— Le divorce ? répéta-t-il.

— Eh bien, oui. Nous ne voulons pas rester mariés, donc…

— Mais tu es enceinte !

— Tu crois que je ne m'en suis pas aperçue ? ironisa-t-elle.

Brusquement, Travis ouvrit sa portière, contourna la voiture et ouvrit la sienne.

— Que fais-tu ?

— Je t'emmène faire un tour.

Devant sa main impérieusement tendue, elle n'osa pas protester.

Sauf que ses sandales à talons n'étaient guère indiquées pour le chemin plein de trous et de pierres, et qu'elle frissonna sous le vent frais.

Comme elle se frottait les bras, Travis sortit du coffre une veste en grosse laine mexicaine qu'il l'aida à enfiler avant de la lui boutonner, avec une telle prévenance qu'elle en eut presque les larmes aux yeux.

— Tu as assez chaud ? s'enquit-il.

Elle hocha la tête, trop émue pour parler.

— Bien. Maintenant, dit-il en l'entraînant d'un pas tranquille sur le chemin désert, explique-moi pourquoi tu ne veux pas me donner — *nous* donner — une chance.

Dis-moi pourquoi tu refuses que je fasse partie de votre vie à tous les quatre et bientôt cinq.

La réponse était simple : parce qu'elle avait trop peur de se retrouver dans la situation mortifère d'un mariage basé non pas sur l'amour mais sur le devoir. Ce qu'elle ne voulait ni pour ses enfants ni pour Travis. Et ni pour elle, bien sûr.

Mais si elle lui disait cela, il lui assurerait que tout se passerait bien. C'était ce que lui avait dit Steven, jusqu'à ce que cette position devienne trop exigeante et onéreuse pour lui et qu'il choisisse de prendre la porte. Une solution de facilité et de lâcheté à laquelle, c'était évident, Travis ne céderait jamais.

— Marika ? insista-t-il.

Elle ferma les yeux une seconde.

— J'ai des principes moi aussi, Travis, dit-elle en se plaçant devant lui, le forçant à s'arrêter.

Tendrement, elle repoussa une mèche volant sur son front.

— Je n'accepterai jamais de vivre avec un homme qui triche au poker.

Elle sentit ses épaules tressauter sous ses doigts quand il se mit à rire.

— C'était un *strip*-poker ! protesta-t-il. Et tu avais envie autant que moi d'ôter ce dernier triangle de lingerie qui protégeait ta nudité.

— Si tu le dis, répondit-elle en essayant de ne pas sourire.

Ils marchèrent encore un peu, puis Travis l'attira davantage contre lui.

— Qui comptes-tu consulter comme obstétricien ? demanda-t-il. Tu y as déjà pensé ?

— Ne me dis pas que tu te proposes pour le rôle ?

— Je suis le meilleur, dit-il avec un sourire irrésistible. Mais tu as raison. Il vaudrait mieux que tu prennes Tim Duggan, comme tu l'as fait pour Logan.

— En fait, je… Je préférerais aller voir cette nouvelle obstétricienne qui s'est installée récemment en ville.

— Mais pourquoi ? Nous sommes les meilleurs de la ville.

— Oui, mais si je reste dans ton service je n'aurai pas voix au chapitre. Ce sera ce que *tu* penses préférable pour l'accouchement, le régime alimentaire que *tu* décides, etc. Tu ne tiendras pas compte de mes choix…

Sa voix se brisa.

Alors même qu'elle formulait cette objection, elle savait que c'était injuste. Travis n'était pas le genre d'homme à imposer sa volonté. Mais comment lui faire comprendre que choisir son médecin serait pour elle le moyen de se prouver qu'elle contrôlait au moins cette partie de sa vie ?

Après cela, Travis garda le silence un long moment.

Il était de toute évidence déconcerté, et elle aurait eu mauvaise grâce à le lui reprocher. Après tout, Tim avait mis Logan au monde. Alors pourquoi voudrait-elle soudain changer ? Et pour aller trouver un médecin qui ne faisait même pas partie de son équipe, en plus ?

Elle se raidit, prête à défendre sa position.

— J'ai entendu dire beaucoup de bien du Dr Kerns, dit-il finalement.

— Et ça ne t'ennuierait pas que j'aille la voir ?

— Ai-je le choix ? demanda-t-il avec un sourire vaguement ironique.

— Bien sûr que oui. Après tout, c'est ton enfant aussi.

— Oui, mais c'est ton corps, dit-il, sérieusement cette fois. Si ce Dr Kerns peut te faciliter cette grossesse, je t'encourage vivement à aller la voir.

Elle eut un coup au cœur quand son portable sonna. Et plus encore quand elle lut le numéro inscrit sur le petit écran.

D'habitude, pour les rares occasions où elle devait sortir, son frère ou ses parents se chargeaient de garder les garçons. Mais, ce soir, c'était exceptionnellement Erin qui assurait leur surveillance. Une étudiante qui habitait au bout de la rue et avait à plusieurs reprises proposé de s'occuper des garçons. L'occasion s'était présentée ce soir.

— Désolée, mais je vais devoir rentrer, dit-elle. J'ai promis à la baby-sitter d'être de retour pour 11 heures.

— Pas de problème, dit Travis en glissant son bras sous le sien. La journée a été longue pour nous deux.

Une fois dans la BMW, elle ferma les yeux un instant, assaillie par la fatigue. Quand elle les rouvrit, Travis venait de s'arrêter devant chez elle.

— Désolée, dit-elle en étouffant un bâillement.

— Allez, encore un petit effort, et tu seras au lit.

Il l'aida à sortir de la voiture et la prit par les épaules pour l'accompagner jusqu'à la porte, qui s'ouvrit soudain à la volée sur Erin.

— Madame Vaughn, j'ai fait de mon mieux. Je vous assure, j'ai vraiment fait ce que j'ai pu…

— Que s'est-il passé ? demanda Mary Karen, aussitôt alarmée.

— Logan a été un vrai petit ange, il s'est endormi à 8 heures. Mais Connor et Caleb ont complètement refusé de m'écouter. Ils n'ont pas voulu aller se coucher, ils m'ont même caché mon manuel de chimie. J'ai mis plus d'une heure à le retrouver, et j'ai une interro écrite demain !

Des larmes de frustration brillèrent fugacement dans les yeux clairs de la jeune fille.

— Je suis vraiment désolée, dit Mary Karen en posant la main sur l'épaule d'Erin. Ont-ils finalement accepté d'aller se coucher ?

Avant qu'Erin ait pu répondre, les deux coupables arrivèrent dans l'entrée, pieds nus et en pyjama.

— Bonjour, maman, bonjour, Travis, dit Connor.

— On peut manger ? demanda Caleb.

Mary Karen leva les yeux au ciel.

— J'ai déjà dû leur donner des fruits, indiqua Erin en se penchant vers elle.

Mais son parfum était si fort que Mary Karen eut l'impression que son estomac allait brusquement se retourner. Elle respira par la bouche mais, comprenant que la bataille était déjà perdue, elle pressa une main sur ses lèvres et courut jusqu'à la salle de bains.

Travis rencontra le regard surpris d'Erin.

Lui-même s'interrogeait, jusqu'à ce qu'il s'approche à son tour de la jeune fille et aspire lui aussi une bouffée de son parfum. Alors il comprit.

Les femmes enceintes étaient notoirement très sensibles aux odeurs.

— Occupe-toi de Logan, lança-t-il dans le dos de Mary Karen. Je me charge des deux autres.

— Logan dort, dit Erin. Je viens d'aller le voir.

— Vous savez comment sont les mères, soupira-t-il en sortant deux billets de son portefeuille. Ce sera suffisant ?

Les yeux de la jeune fille se firent aussi ronds que des boules de loto.

— Bien plus que suffisant, même.

— Avoir tenu le fort contre ces deux petits diables les vaut largement.

— Merci, docteur Fisher. Vous croyez que je dois attendre Mme Vaughn ?

— Je dirai à maman que t'as été méchante avec moi, déclara Connor. T'as pas voulu que je mette du chocolat dans mon yaourt.

— C'est vrai, renchérit son jumeau. T'as pas été gentille.

— Ça suffit, les gars, intervint Travis en les prenant chacun par une épaule. Allez-y, Erin. Je saluerai Mme Vaughn pour vous. Et merci. Je sais que garder ces deux loustics n'est pas une sinécure.

Lui qui avait prévu de rentrer prendre une douche et

se coucher avec un bon roman, il allait devoir réviser son programme. Pas question d'abandonner Mary Karen dans ce chaos.

Dès qu'il eut refermé la porte, il se tourna vers les jumeaux.

— C'est moi qui vais vous border, ce soir, les garçons.

— Tu peux nous lire une histoire ? demanda Connor.

— Ouais ! renchérit son frère. J'ai un livre de dinosaures.

— Nan ! Moi je préfère les vampires.

Travis mit le holà à leur chamaillerie avant qu'elle ne dégénère et les poussa vers leur chambre.

Vingt-cinq minutes plus tard, une fois les deux petits monstres endormis, il décida d'aller à la recherche de leur mère, qu'il trouva allongée tout habillée sur son lit.

Attendri, il se pencha sur elle, lui ôta ses sandales dorées, puis la recouvrit du châle posé sur le fauteuil.

Elle avait l'air si jeune, ainsi assoupie, avec ses longs cheveux dorés étalés sur l'oreiller autour de son visage.

Marika était une femme très belle, qui ne devrait avoir à s'inquiéter de rien de plus stressant que la tenue qu'elle porterait à la prochaine soirée où elle serait invitée…

Or, maintenant, à cause de lui, ce n'étaient pas trois enfants turbulents qu'elle devrait élever, mais quatre.

Il serra les dents.

Quoi qu'elle en pense, ils étaient deux, dans cette histoire. Et qu'elle le veuille ou non il serait là pour l'aider.

D'une manière ou d'une autre.

5.

Les semaines suivantes passèrent très vite.

Chaque fois que Travis appelait Marika pour lui proposer de se voir, il s'entendait dire régulièrement qu'elle n'avait pas de temps à lui consacrer car elle effectuait le plus d'heures possible pendant que son état le lui permettait encore. Il devait donc se contenter de la croiser à l'hôpital.

A vrai dire, il n'avait pas non plus trop de temps à lui. Pendant son absence, ses confrères avaient dû mettre les bouchées doubles, et deux d'entre eux avaient à présent pris un congé bien mérité, ce qui l'obligeait à faire lui-même quelques heures supplémentaires.

Comme aujourd'hui où, à 17 heures, il avait déjà mis trois bébés au monde.

Les deux premières parturientes avaient eu leur mari près d'elles pour l'accouchement, mais la troisième, une jeune étudiante, avait accouché seule, sans famille ni ami, et même si elle avait fait preuve de courage il était clair qu'elle était effrayée.

Il trouvait anormal qu'une femme ne soit pas entourée d'amis ou de parents pour un événement aussi important.

Marika lui avait glissé au cours d'une brève conversation au téléphone la veille que son premier rendez-vous prénatal avec le Dr Kerns était prévu pour la semaine suivante. Il lui avait proposé de s'organiser pour pouvoir l'accompagner, mais elle lui avait dit que c'était inutile.

« Inutile » ! N'avait-elle pas conscience qu'il souhaitait réellement participer à cette aventure avec elle ?

Il s'apprêtait à le lui dire, quand un grand bruit avait retenti quelque part derrière elle. Connor venait de renverser le tabouret et une bouteille d'eau en voulant attraper le bocal de Smarties dans le fond du placard.

Travis avait fait promettre à Mary Karen de le rappeler une fois les dégâts réparés, mais elle ne l'avait pas fait. Sa femme — même si elle ne l'était que sur le papier — portait son enfant mais le tenait résolument à distance.

Il en éprouvait comme un poids sur les épaules, et l'idée que le lendemain elle verrait seule leur bébé pour la première fois sur l'écran de l'échographe le déprimait.

Non, il ne pouvait pas la laisser faire. Qu'elle le veuille ou non, il serait auprès d'elle.

Fort de cette résolution, il se dirigea vers les vestiaires.

Alors qu'il enfilait son blouson, il se sentit soudain brutalement plaqué contre le mur et injurié par le frère même de celle qui assiégeait ses pensées.

— Elle commençait à trouver un équilibre dans sa vie ! Comment as-tu pu lui faire une chose pareille ?

Pas besoin que David lui fasse un dessin. De toute évidence, son ami était au courant que sa sœur était de nouveau enceinte, et de qui.

— Ce n'était pas prévu au programme, marmonna-t-il.

— Ah non, s'il te plaît, épargne-moi ce genre d'excuse ! Une chose est sûre, c'est que Marika attend un enfant de toi. Et je veux savoir ce que tu comptes faire. Tu vas l'épouser, n'est-ce pas ?

C'était plus une menace qu'une question. En dépit de l'amitié qui les liait, Travis savait que David était prêt à tout pour protéger sa sœur. Quand Steven avait abandonné Marika, c'était lui, avec leurs parents, qui l'avait aidée à remonter la pente.

— Marika et moi sommes déjà mariés, David, avoua-t-il. Le bébé qu'elle porte a été conçu durant notre… notre nuit de noces.

Surpris, David relâcha le col de son blouson qu'il tenait encore dans son poing.

— Mariés ? Je l'ignorais. July m'a seulement dit qu'elles avaient déjeuné ensemble et qu'elle avait trouvé mauvaise mine à Marika. Quand elle a insisté pour savoir ce qu'il lui arrivait, Marika s'est mise à pleurer et lui a dit qu'elle était enceinte de toi. C'est tout. Pourquoi n'avez-vous rien dit à personne ?

— Parce que cela n'avait rien de glorieux. Ça s'est passé à Vegas, sur un coup de tête et après quelques punchs. Une fois à jeun, le lendemain, nous avions décidé de faire annuler le mariage, mais le bébé a changé nos plans.

Le regard de David se fit soupçonneux.

— Si vous êtes mariés, pourquoi es-tu venu avec Kate l'autre soir ? Et pourquoi n'emménagez-vous pas ensemble, Marika et toi ?

Travis soupira avec accablement.

— Il n'y a rien entre Kate et moi. Je l'ai simplement accompagnée à la réception parce que nous sommes presque voisins et qu'elle me l'a demandé. Quant à ta sœur, elle refuse que je m'installe chez elle, ainsi que je le lui ai proposé. Elle redoute que je finisse un jour par la quitter comme Steven et que les garçons en souffrent.

— Tu n'es pas comme lui, encore heureux, dit David qui n'avait jamais caché ce qu'il pensait de son ex-beau-frère. Elle s'en rend compte, tout de même ?

— A vrai dire, je ne sais pas bien ce qu'il se passe dans sa tête. Non seulement elle ne veut pas que je m'installe avec elle et les garçons, mais elle insiste pour que, après la naissance du bébé, nous divorcions.

— Quoi ? C'est *elle* qui veut divorcer ?

— Oui. J'ai essayé de la convaincre du contraire, crois-moi, mais elle ne veut rien entendre. Tu connais ta sœur…

— Ne m'en parle pas, soupira David à son tour. Bon. Notre seul espoir, c'est que tu arrives à la persuader qu'il vaut mieux pour tout le monde qu'elle t'accepte chez elle. Ne la laisse pas tomber !

Travis hocha la tête.

Le ton avait changé, mais l'avertissement était malgré tout bien présent dans le conseil de son ami d'enfance.

Avec pour résultat de raffermir sa propre détermination de tout mettre en œuvre pour vaincre les réticences de Marika.

— Ne t'inquiète pas, dit-il en posant la main sur l'épaule de son beau-frère. Marika ne veut peut-être pas de moi pour l'instant comme mari à temps complet, mais elle y viendra. Fais-moi confiance, je finirai par la faire changer d'avis.

Le samedi suivant, dans le cadre de son « programme de persuasion », Travis passa chez Marika pour lui proposer de l'emmener déjeuner avec les garçons. Il ne trouva personne au bercail mais apprit par la voisine qu'elle était partie au marché avec ses trois bambins. Il les y rejoignit aussitôt, et contre toute attente elle n'opposa aucune objection quand il suggéra de les inviter tous les quatre dans la pizzeria du centre-ville.

Aussi étaient-ils à présent assis tous les cinq à une grande table où, en attendant leurs plats, les petits garçons dessinaient avec application.

— Tu transportes toujours le matériel de dessin sur toi ? demanda-t-il, amusé de la voir sortir les crayons de couleur de son grand sac fourre-tout.

— Toujours, répondit-elle. C'est indispensable. Tu ne peux pas savoir le nombre de fois où cela m'a sortie de situations délicates.

Il secoua la tête.

— Tu es vraiment étonnante. Les garçons ont vraiment de la chance de t'avoir pour mère…

— Je n'en suis pas si sûre, répondit-elle avec un sourire presque gêné. Je n'ai aucun don pour la cuisine, je fais le ménage quand j'ai le temps, c'est-à-dire pas souvent, même si je m'arrange pour que ce soit un minimum propre et…

— … et tu aimes tes garçons dont tu places le bien-être avant toute chose, la coupa-t-il. Et c'est ce qui compte, Marika. Le reste n'a finalement que peu d'importance comparé à cela.

Ce compliment toucha Mary Karen au point qu'elle sentit sa gorge se serrer. Et elle fut soulagée de voir la serveuse apporter les plats, lui évitant ainsi d'avoir à répondre.

Elle n'avait que vingt et un ans à la naissance des jumeaux. Quitter son insouciance d'étudiante pour assumer les responsabilités d'une mère de deux enfants n'avait pas été facile. Encore aujourd'hui, elle éprouvait parfois l'impression décourageante qu'elle ne progressait pas dans ce rôle.

Pourquoi Travis ne voulait-il pas d'enfants ? se demanda-t-elle une fois encore alors qu'il aidait Connor à finir son dessin avant de le ranger dans le sac. Il avait un don réel avec eux, et savait les considérer comme des personnes à part entière, comme il le fit en les incluant dans la conversation pendant le repas.

— C'était super, Travis, dit-elle une heure plus tard, quand ils sortirent du restaurant. Je ne sais pas comment te remercier.

— J'ai une petite idée, moi… Mais rien que je puisse te proposer devant des enfants.

Il accentua son allusion en faisant bouger ses oreilles —

un « truc » qu'il avait perfectionné pendant ses années de primaire pour l'impressionner.

Elle aurait pu trouver cela stupide, mais elle se mit à rire, exactement comme elle le faisait quand elle avait huit ans.

Elle avait toujours été attirée par Travis Fisher, et son sens de l'humour parfois décalé n'y était pas étranger.

Sans parler de son sex-appeal…

Celui-ci était particulièrement virulent aujourd'hui, avec ses cheveux malmenés par la brise et la chemise châtaigne qu'elle lui avait offerte au dernier Noël et qui faisait ressortir les pépites dorées de ses yeux. A cet instant, elle ne s'étonnait pas d'avoir jeté tout bon sens aux orties pour l'épouser à Las Vegas …

— Tu viendras ?

Absorbée par sa contemplation, elle n'avait pas entendu un seul mot de ce qu'il lui disait.

Elle cligna des yeux.

— Pardon ? Venir où ?

— Au banquet annuel des remises de récompense, ce soir, répéta-t-il patiemment. Je t'en ai déjà parlé la semaine dernière. J'aimerais que tu m'y accompagnes.

Pour y avoir déjà participé, elle savait que le repas y était comme toujours très soigné et l'ambiance plaisante et même romantique — ce qui était précisément la raison pour laquelle il ne lui était pas du tout recommandé de s'y rendre. Pas avec Travis, en tout cas.

— Si ma compagnie et la promesse de mon attention exclusive ne suffisent pas à te convaincre, pense aux plats fabuleux ou à toute autre raison qui pourrait t'encourager à accepter.

Elle secoua la tête.

— C'est très tentant, mais…

— Allez, Marika !

— Pourquoi tu veux pas aller avec Travis, maman ? demanda Connor en levant le nez de son dessin.

— Oui, pourquoi ? renchérit son jumeau. Tu l'aimes pas ?

Tous les regards étaient sur elle.

— Il est trop tard pour trouver une baby-sitter, expliqua-t-elle, de mauvaise foi.

Travis se pencha vers elle.

— Si je te trouve quelqu'un de confiance, tu viendras ?

Perdue dans les yeux dorés de Travis, elle eut un instant peur de s'y noyer.

Mais où pourrait-il en trouver une libre un samedi, à cette heure ?

— Bien sûr, répondit-elle, certaine qu'il tentait un coup de bluff.

Travis se leva pour aller téléphoner à l'écart du bruit de la salle. Cinq minutes plus tard, il était de retour.

Il se rassit et se carra sur sa chaise en soufflant comme après un coup décisif au poker.

— Tu n'as plus qu'à te préparer pour ce soir. Les garçons, dit-il en se tournant vers ceux-ci, vos grands-parents vous tiendront compagnie ce soir.

— Cool ! dit Caleb. Papy nous laisse toujours jouer tard le soir.

— Désolée de gâcher la fête, ironisa-t-elle, mais mes parents ont un tournoi de rami ce soir chez les Borges.

— Ils *avaient*, indiqua Travis d'un air vaguement suffisant. Carol Borges a attrapé la grippe, elle a décommandé. Tes parents sont donc disponibles pour venir veiller sur ces petits anges, dit-il en regardant les jumeaux ravis. Ils seront chez toi à 17 h 30.

Elle fronça les sourcils.

Travis ne se rendait pas compte. Les garçons continuaient à lui demander régulièrement pourquoi leur père ne venait plus à la maison. Et, comme ils adoraient Travis, elle redoutait qu'il ne remplace à leurs yeux ce père absent. Parce que le jour où il partirait pour ne plus revenir, lui aussi…

— S'il te plaît, Marika, viens avec moi ce soir.

Devant son sourire et en songeant un instant à la soirée qui l'attendait si elle refusait de l'accompagner — dîner, vaisselle, bain des enfants et histoire à lire avant d'aller elle-même se coucher épuisée —, elle sentit sa résolution vaciller.

Après tout, pourquoi pas ? Quel mal y aurait-il à passer une soirée de détente avec bonne chère et bonne compagnie à la clé ?

Elle soupira.

— D'accord, concéda-t-elle enfin. Passe me prendre à 18 heures.

La grande salle du Country Club de Spring Gulch était décorée de très belles vasques de fleurs qui surplombaient les tables rondes aux nappes blanches. Au milieu, dans l'espace dégagé pour la piste de danse, quelques couples évoluaient déjà.

Mary Karen avait choisi pour l'occasion une robe noire soyeuse ornée d'un long jabot de soie gris clair.

Elle espérait que cela cacherait son ventre qui commençait légèrement à s'arrondir. Elle ne tenait pas à ce que sa grossesse se sache. Du moins, pas encore. Elle espérait pouvoir attendre la fin du premier trimestre avant que l'on découvre qu'elle avait été assez stupide pour se retrouver pour la troisième fois dans cette situation…

— Ça va ? demanda Travis qui lui tenait le coude.

— Oui. Je ne vais pas vomir sur tes chaussures neuves, si c'est ce qui t'inquiète, ironisa-t-elle avec un sourire.

— Ravi de l'apprendre, répondit-il sur le même ton. Par

quoi veux-tu commencer ? Danser, bavarder, te jeter sur le buffet de hors-d'œuvre ?

D'habitude, elle aurait choisi de se mêler aux autres convives, mais ce soir elle préférait oublier ses soucis et s'abandonner à la musique.

Evidemment, elle regretta ce choix sitôt que Travis l'eut attirée contre elle sur un vieux tube de Frank Sinatra.

Ce n'était pas la première fois qu'ils dansaient ensemble, loin de là, mais jamais il ne l'avait pressée ainsi contre lui. Et, contrairement à d'autres parfums qui lui soulevaient le cœur, sa discrète eau de toilette la grisa agréablement alors qu'ils se laissaient tous deux porter par la voix du crooner.

— Pourquoi m'avoir invitée, moi, Travis ? s'enquit-elle.

— Parce que tu es ma femme. Et parce que je n'aurais imaginé personne d'autre que toi à mes côtés.

Elle secoua la tête en riant.

— Ta femme… On dirait presque que tu y crois.

— Bien sûr. Je ne suis pas sceptique comme toi.

— Réaliste, objecta-t-elle.

— Réfléchis un peu, Marika. Qui ai-je toujours choisi pour m'accompagner à l'occasion des fêtes ou des surprises-parties ?

— Moi. Mais surtout parce que tu ne voulais pas que tes petites amies du moment se montent la tête si tu les invitais.

— Faux. C'est simplement parce que toi et moi avons toujours été faits l'un pour l'autre. Nous avons des goûts communs pour la musique, le cinéma, l'art, le même besoin d'aider les autres, le même sens de l'humour. Et je suis certain que personne sur terre ne me connaît mieux que toi, et réciproquement.

Impossible de contester cela sans faire preuve de mauvaise foi. C'est vrai qu'ils étaient devenus très proches depuis ces deux ou trois dernières années, et c'était précisément cela qui lui avait permis de découvrir ses réticences face aux enfants. Comportement qui confirmait qu'ils ne pourraient jamais vivre ensemble.

— Allez, insista Travis sur le ton de la plaisanterie. Flatte un peu mon ego. Dis-moi quel homme merveilleux je suis…

Elle sourit, bien qu'elle sente sous sa plaisanterie un message qu'elle ne parvenait pas à déchiffrer.

— D'accord. Tu es… bien.

— « Bien » ? répéta-t-il. C'est tout ? Autrement dit, ordinaire, c'est ça ?

— Travis… Tu sais très bien qu'il n'y a rien d'« ordinaire » en toi, répondit-elle en se moulant impulsivement contre lui.

Levant les yeux, elle rencontra son regard qu'une lueur particulière éclairait.

— J'espère que mon corps irrésistible et mes prouesses au lit ne sont pas les seules qualités que tu me trouves, ironisa-t-il.

Elle avait l'impression que Travis avait toujours fait partie de sa vie. Son frère David et lui avaient été inséparables dès le jardin d'enfants, et alors qu'elle grandissait il avait toujours été là, près d'elle. Fort et protecteur. Or, ce soir, pour la première fois, elle devinait comme une fissure dans l'assurance qu'elle lui avait toujours connue. Etait-ce à cause de sa grossesse ? Craignait-il que le regard qu'elle portait sur lui se soit altéré après l'épisode de Las Vegas ?

Il se rendait sûrement compte pourtant de la place qu'il occupait dans son cœur, non ?

— En plus d'être terriblement sexy, tu as un bon fond, dit-elle. Tu es tendre, gentil et honnête. Et surtout tu ne m'as jamais menti, c'est quelque chose qui compte énormément pour moi.

Elle s'était exprimée sans réfléchir. Ce dont elle venait de prendre conscience à cette seconde même la fit trembler.

Elle aimait cet homme. Elle l'aimait depuis des années, même si elle venait seulement de s'en rendre compte.

Mais qu'est-ce que cela changeait ? Avec Steven, elle avait eu la preuve flagrante que l'amour ne suffisait pas.

Elle s'écarta de lui et s'éclaircit la gorge, forçant un sourire à ses lèvres.

— Ça ne t'ennuie pas si nous allons prendre l'air un instant ? Il fait un peu chaud ici, non ?

— Dis plutôt que tu en as assez de flatter mon ego malmené et que tu cherches n'importe quelle excuse pour changer de sujet.

— Oh ! flûte, je suis si transparente ? rétorqua-t-elle.

Toucher Travis à présent qu'elle avait découvert son amour pour lui lui donnait l'impression de jouer avec le feu. Elle voulut dégager sa main de la sienne.

Mais il l'en empêcha.

— J'aime bien te tenir la main, dit-il alors qu'ils se frayaient un chemin à travers les tables pour rejoindre la grande véranda.

— Ah oui ? s'étonna-t-elle. Je ne t'ai pourtant jamais vu la main dans la main avec tes petites amies.

— Je ne parle pas d'elles, mais de toi. C'est *ta* main que j'aime tenir.

Ne sachant que répondre, elle se tut et le laissa la conduire jusqu'à un coin isolé et obscur. La seule lumière leur parvenant était celle des étoiles.

A présent que la nuit était tombée, l'air s'était nettement rafraîchi, et elle se frotta les bras.

— Désolée, dit-elle, j'aurais dû me douter qu'il ferait plus froid dehors.

Aussitôt, Travis ôta sa veste pour la lui poser sur les épaules. Puis ses bras se refermèrent sur elle et l'attirèrent contre lui.

— Il y a quelqu'un qui a froid, ici ? dit-il, une nuance tendre dans la voix.

Et brusquement elle éprouva un tel bien-être, une telle chaleur en elle, que plus rien ne compta que le cœur de Travis qu'elle sentait battre sous sa joue pressée contre son torse.

6.

Mary Karen s'attendait à ce que Travis l'embrasse, mais au lieu de cela il leva la tête pour contempler le ciel.

— Chaque fois que je regarde un ciel étoilé, je pense à ma sœur Margaret, murmura-t-il.

Elle se fit attentive, car Travis ne parlait que très rarement de ses frères et sœurs.

— La nuit qui a suivi l'enterrement de nos parents, elle m'a montré deux étoiles juste au-dessus de la Grande Ourse, et elle m'a juré qu'elle ne les avait jamais vues avant. Elle a affirmé que c'étaient eux qui les y avaient mises pour que nous sachions qu'ils veillaient sur nous. Sur le moment, cela m'avait vraiment surpris de sa part…

Mary Karen hocha la tête.

Elle pouvait comprendre pourquoi. De toute la famille de Travis, sa sœur aînée était celle qui avait le plus les pieds sur terre.

— Ce sont ces deux-là, dit-il en pointant le doigt vers le ciel.

L'espace de quelques longues secondes, ils restèrent sans bouger, le regard perdu dans l'immensité scintillante.

Jamais elle ne s'était sentie aussi proche de lui, davantage même que lorsqu'ils avaient fait l'amour. Sa joue était tout près de la sienne. Elle n'aurait eu qu'à tourner insensiblement la tête pour que leurs lèvres s'unissent…

— J'aimais énormément tes parents, murmura-t-elle. J'entends encore le rire franc de ton père, et je me souviens des plats fantastiques que ta mère préparait. Ils plaisantaient sur ce qu'ils appelaient mon « radar intérieur » parce que j'arrivais toujours au moment où les petits pains à la cannelle sortaient du four.

Une ombre de sourire apparut sur les lèvres de Travis.

— Ils te manquent toujours, n'est-ce pas ? dit-elle à voix basse.

— Je pense beaucoup à eux ces derniers temps, confia-t-il, le visage toujours tourné vers le ciel. Je me rappelle le bonheur que je ressentais à faire partie d'une famille… C'est drôle, jusqu'à cet instant je ne m'étais pas rendu compte à quel point cela me manque.

Avant qu'elle puisse répondre, une des organisatrices de la soirée vint annoncer aux convives qui profitaient comme eux de la véranda que le dîner allait être servi.

Mary Karen regretta cette interruption. Elle avait le sentiment que Travis avait été sur le point de lui révéler quelque chose d'important. Devant la tristesse qu'elle sentait chez lui à cet instant, elle lui prit impulsivement la main.

Une étincelle parut s'allumer dans les yeux de Travis alors que ses doigts se resserraient sur les siens, et le chagrin céda la place à quelque chose d'intense qui lui fit battre le cœur plus fort.

Contre toute attente, Travis l'entraîna vers la table la plus proche de l'estrade, cible de tous les regards.

C'était très gênant. Mais, alors qu'elle allait lui demander s'il était possible de changer, Harlan Stromberg, le directeur général de l'hôpital, et le Dr Grant vinrent y prendre place avec leurs épouses.

Elle renonça à embarrasser Travis. D'autant qu'Anita Stromberg s'enquérait déjà aimablement de ses enfants.

Et puis vint le moment de remettre les récompenses aux médecins les plus méritants de l'année écoulée, ainsi qu'il était de tradition à cette réception.

Harlan monta sur l'estrade, tapota le micro, et promena un instant son regard sur l'assistance à présent silencieuse et attentive.

— Nous commencerons, comme toujours, par le prix humanitaire. Comme vous le savez tous déjà, cet honneur est traditionnellement décerné au membre de notre communauté qui a le mieux incarné au cours des douze mois passés sa tâche d'aide désintéressée aux plus démunis. Chers amis, je suis à la fois honoré et heureux d'annoncer que ce prix est aujourd'hui attribué au Dr Travis Fisher.

Des applaudissements nourris accueillirent l'annonce.

Stupéfaite, elle se tourna vers Travis.

Lequel, sans surprise, acceptait avec un sourire radieux les félicitations de leurs voisins de table.

Apparemment, elle avait été la seule à ne pas être dans le secret !

L'attrapant par les revers de sa veste, elle pressa sa bouche contre son oreille.

— Cachottier, je te revaudrai ça. Félicitations tout de même.

Le sourire de Travis s'élargit encore, puis il rejoignit Harlan sur l'estrade, où celui-ci se lançait dans son panégyrique, exposant le succès qu'avaient rencontré les services obstétriques et gynécologiques gratuits qu'il avait mis en place dans les quartiers défavorisés de Jackson Hole ainsi que la formation de médecins au Cameroun, sans oublier le rôle très actif qu'il jouait pour la réforme de l'enseignement médical dans l'Etat du Wyoming.

Lorsque ce fut terminé, elle était réellement impressionnée.

Travis prononça ensuite un bref discours de remerciement. Après l'excellent repas qui suivit, il dut remercier tous ses confrères et consœurs qui vinrent le féliciter. Même Kate vint l'embrasser en le complimentant.

Mary Karen remarqua que celle-ci ne paraissait pas du

tout surprise de les voir ensemble. Etait-ce bon signe ou non ? Elle aurait été incapable de le dire.

Ce ne fut que deux heures plus tard, dans la voiture, qu'elle se retrouva enfin seule avec Travis.

— Tu me dois quelques explications, je crois, dit-elle, incapable de cacher sa contrariété. Pourquoi ne pas m'avoir confié que tu serais le roi de la fête ce soir ?

Il eut une moue désinvolte.

— Le sujet n'est jamais venu sur le tapis, argua-t-il en tournant la clé de contact.

Mauvaise foi évidente, songea-t-elle. Il avait eu toutes les occasions voulues pour lui annoncer qu'il allait recevoir le prix le plus prestigieux décerné tous les ans par l'hôpital.

Mais il n'avait rien dit. Tout comme il lui avait tu l'achat de sa nouvelle voiture.

— Marika, soupira-t-il devant son silence buté, beaucoup de personnes dans notre ville valent bien mieux que moi.

Elle le considéra en haussant les sourcils, car l'humilité n'avait jamais trop figuré parmi les qualités de Travis.

— Qui êtes-vous ? dit-elle en se tassant contre la portière, feignant la peur. Et qu'avez-vous fait de Travis Fisher ?

Il s'esclaffa puis, reprenant son sérieux, lui effleura la joue du bout du doigt.

— Merci de m'avoir accompagné ce soir, Marika. C'était très important pour moi que tu sois là.

De nouveau elle ressentit cette étrange vibration sur laquelle elle ne pouvait mettre de nom.

— Et je suis heureuse d'avoir été présente. Mais je suis sûre que, même si je n'avais pas pu me libérer, Kate ou une autre de tes amies aurait été ravie de te tenir compagnie. Elle aurait eu le plaisir d'entendre Anita raconter par le menu l'opération de la hernie de son chat pendant le dîner…

Travis ignora son ironie.

— Si tu n'étais pas venue, j'y serais allé seul. Je ne voulais personne d'autre que toi auprès de moi.

Soudain, il l'attira contre lui et l'embrassa.

Et comme, incapable de résister, elle répondait avec une fougue croissante à l'unisson de la sienne, il glissa la main dans son décolleté et lui caressa un sein lentement, doucement, jusqu'à ce qu'elle sente monter un elle une vague de plaisir qui lui arracha un gémissement.

— Dis-moi que je suis irrésistible, dit-il ensuite, avec une prétention feinte qui la fit rire.

— Au moins, je retrouve le Travis que je connais, maintenant, répliqua-t-elle. Me voilà rassurée.

En riant, il l'embrassa dans le cou.

— Viens chez moi, murmura-t-il. Nous pourrons terminer ce que nous venons de commencer…

Elle en aurait eu bien envie, mais elle songea à ses parents qui devaient guetter l'heure. Tous deux avaient l'habitude de se coucher tôt, et il était déjà 23 heures passées.

— Il ne vaut mieux pas, dit-elle en réprimant un soupir de regret.

Travis la considéra un instant en silence puis, comme elle s'y attendait, il démarra sans protester.

Réveillée par un rayon de soleil tombant sur son oreiller, Mary Karen ouvrit les yeux.

Quel jour était-on ?

Ah oui, dimanche. Hier, elle avait passé la soirée avec Travis. Et elle avait eu toutes les peines du monde à ne pas accepter de rester jusqu'au matin avec lui. Si ses parents ne l'avaient pas attendue…

La sonnerie de son portable l'obligea à se redresser pour l'attraper et répondre.

— Tu dormais ? demanda Travis.

— Mmhhh, presque, marmonna-t-elle en se frottant les yeux de sa main libre. Quelle heure est-il ?

— 10 heures. Qu'as-tu fait des garçons ? Tu leur as donné un somnifère, hier soir ? lança-t-il.

— Ma mère m'a proposé de revenir les chercher ce matin pour me laisser dormir. Je ne les ai même pas entendus se lever ou partir.

— Maintenant que tu es réveillée…

— Que *tu* m'as réveillée, objecta-t-elle.

— Exact. Eh bien, nous pourrions peut-être aller prendre un petit déjeuner quelque part ?

Sa proposition était tentante. Très tentante. Et pourquoi la refuserait-elle ? Pas d'enfants, pas d'obligations…

— D'accord, dit-elle. Donne-moi une heure, le temps de sortir pour de bon du sommeil.

Une heure et une bonne douche plus tard, Mary Karen ouvrit la porte à un Travis en jean, tennis et chemise blanche plus craquant que jamais, et qui la considéra un instant, la tête inclinée.

— Tu es particulièrement belle ce matin, affirma-t-il avec un sérieux qui la troubla. Cette tenue te va à ravir.

Son compliment la fit légèrement rougir, et elle baissa les yeux sur la tunique turquoise vague qu'elle portait sur un jean assez moulant pour souligner ses longues jambes, mais qu'elle ne pourrait plus porter bien longtemps encore.

— Le bleu est décidément ta couleur, dit-il d'un air appréciateur. Et tu as très bonne mine pour quelqu'un qui s'est couché aussi tard. J'en déduis que tu as bien dormi.

— Grâce à mes parents, oui.

— Si tu es prête, mieux vaut y aller avant qu'il n'y ait trop de monde si nous voulons avoir une table en terrasse.

J'ai rencontré David en chemin, et nous sommes convenus de nous retrouver là-bas.

David et July étaient déjà installés lorsqu'ils y arrivèrent. Adam tambourinait joyeusement sur la tablette de sa chaise haute.

— J'ai appelé Lexi et Nick, mais Addie ne se sent pas bien. Ils préfèrent ne pas sortir ce matin, dit July.

La petite Addie, neuf ans, était née pendant la première année d'université de Lexi. Celle-ci n'avait jamais épousé le père, et pendant des années elle avait cru que le bonheur ne serait pas pour elle dans cette vie. Jusqu'à ce qu'elle rencontre Nick… Et bientôt, d'ici moins d'un mois, Addie aurait un petit frère ou une petite sœur.

Mary Karen ne pouvait s'empêcher de l'envier. Jusqu'à son voyage à Las Vegas, elle aussi avait espéré rencontrer un homme qui la regarderait comme Nick regardait Lexi, et qui aimerait ses fils comme il aimait Addie.

Un amant, un mari, un père… C'était tout cela qu'elle attendait d'un homme. Etait-ce trop demander ?

Sans doute, car ce rêve s'était envolé. Pour la bonne raison que le seul homme qui comptait pour elle désormais était celui qui lui tirait une chaise à cet instant. Un amant parfait, mais qui ne serait jamais un mari. Et encore moins le père de ses enfants.

Ils venaient à peine de s'asseoir, quand July lui fit signe de l'accompagner aux toilettes.

Priant pour que sa belle-sœur n'ait pas en tête de la soumettre à un questionnaire en règle, elle se leva pour la suivre.

Elle avait choisi de mettre July dans la confidence de sa grossesse. La connaissant, elle savait pouvoir lui faire confiance. De plus, July étant elle aussi tombée enceinte en dehors des liens du mariage, elle était d'autant mieux placée pour la comprendre sans la juger.

Il n'y avait qu'une cabine avec lavabo. July l'y poussa puis ferma le verrou derrière elles après y être entrée.

— Mais que fais-tu ? dit Mary Karen en résistant à l'envie de pouffer comme une gamine. Il y a tout juste assez de place pour une, alors pour…

— Pour quatre, termina July à sa place en s'appuyant contre le lavabo, les mains posées sur son ventre aussi rond que le ballon de basket de Connor.

Quatre ? Sa belle-sœur avait raison : deux mères, deux enfants…

— Il paraît que Travis est amoureux de toi ?

— Qui t'a raconté ça ? demanda-t-elle, aussitôt sur la défensive.

— Ta mère. Linda a remarqué qu'il te regarde d'une façon très différente depuis quelque temps.

Refusant de se faire des illusions et furieuse contre July d'éveiller des espoirs qu'elle avait déjà du mal à réprimer, elle refusa d'entrer dans son jeu.

— Eh bien, elle se trompe, déclara-t-elle.

Un coup retentit à la porte.

— C'est occupé ?

July, agacée, soupira.

— Oui, c'est occupé, répondit-elle. C'est même la raison pour laquelle le verrou est fermé.

— Nous devrions sortir, chuchota Mary Karen.

— Pas tant que tu ne m'auras pas dit pourquoi il a fallu que ce soit David qui m'apprenne que Travis et toi êtes mariés.

Mary Karen leva les yeux au plafond.

Elle comprenait à présent la raison de ce conciliabule. Il était clair que July était blessée de ne pas avoir été dans la confidence.

— Comment l'a-t-il su ?

— Par Travis. Toi, par contre, tu m'avais dit pour le bébé, mais pas que tu avais épousé le père. C'est un peu gros pour un simple oubli, non ? Pourquoi t'a-t-il épousée ? insista July. Il avait trop bu ?

Devant la difficulté évidente de son amie à rester debout, Mary Karen abaissa le couvercle des toilettes et l'incita à s'y asseoir avant de s'adosser elle-même à la porte, les bras croisés.

— Non. Nous avions bu un verre ou deux, mais pas au point de ne pas savoir ce que nous faisions.

Et c'était bien ce qui l'intriguait, d'ailleurs. Pourquoi Travis s'était-il prêté à cette comédie ? C'était même *lui* qui avait suggéré ce mariage.

— En fait, dit July, je crois que Linda a raison. Je pense vraiment que Travis t'aime et qu'il savait très bien ce qu'il faisait en t'épousant. Maintenant il a peut-être peur, mais il va vite surmonter cela. Je sais qu'il ne te laissera pas vivre cette grossesse seule.

— Non, ce n'est pas son genre, admit Mary Karen. D'ailleurs, c'est moi qui veux divorcer.

— Divorcer ? Mais…

— Travis n'a jamais voulu s'encombrer d'une famille. Je ne t'apprends rien, c'est notoire. Tout le monde le sait, à Jackson Hole.

— Tout le monde peut aussi changer… Et tomber amoureux, suggéra July.

— Pas lui.

— En es-tu sûre ? Assez pour parier ton avenir dessus ? Assez pour divorcer sans lui donner une chance ?

— July… Ce n'est pas seulement à moi que je pense, mais aux garçons.

Elle se rappela la conversation qu'elle avait eue avec Joel Dennes, ce veuf qui élevait seul sa fille de huit ans.

— Rien n'est pire pour un enfant qu'un beau-père ou une belle-mère qui ne l'aime pas.

— Mais Travis adore tes fils ! Ce serait un père fantastique.

— Peut-être, mais il ne m'a jamais dit qu'il m'aimait, moi, rétorqua-t-elle sans réfléchir.

Le regard de July se fit plus doux.

— Ah. Je comprends… Parce que je me souviens de ce que je vivais quand je doutais encore des sentiments de David.

— Je veux un mari qui m'aime, déclara Mary Karen, qui sentit des larmes importunes lui monter aux yeux. Je ne veux pas passer les cinquante années à venir auprès d'un homme qui reste avec moi par devoir.

— Et tu es certaine qu'il ne t'aime pas ?

— C'est de l'amitié qu'il a pour moi, pas de l'amour.

— Et s'il te disait qu'il t'aime, tu le croirais ?

Elle songea à toutes ces années passées en compagnie de Travis, à toutes les fois où il aurait eu l'occasion de lui murmurer ces mots qu'elle brûlait de lui entendre dire et qu'elle avait attendus en vain.

Pourtant, si elle devait se fier à lui, c'est le bonheur de ses enfants qu'elle remettrait entre ses mains. Pouvait-elle prendre ce risque ?

— Oui, reconnut-elle enfin à contrecœur. S'il le disait, je le croirais.

— Très bien.

Avec une grimace, July se releva.

— A présent, tu peux dire à David de me rejoindre ici.

Mary Karen, surprise, haussa les sourcils.

— J'ai perdu les eaux, lui annonça July en désignant du menton la flaque sous ses pieds. Et si nous ne voulons pas que le bébé naisse dans une cuvette de toilettes, tu ferais mieux d'aller prévenir les hommes pour que l'on file à l'hôpital.

7.

Travis promena son regard sur la salle d'attente du centre d'accouchement de l'hôpital récemment rénové.

Les sièges étaient confortables et le vert pâle des murs apaisant. Pourtant, il ne se sentait pas à sa place ici, avec Mary Karen et Adam, alors qu'il devrait être auprès de July pour l'assister.

Mais July s'était montrée inflexible : pas question qu'un ami l'accouche, même le meilleur obstétricien de la région.

— Tu voudrais être auprès d'elle, n'est-ce pas ? dit Mary Karen à voix basse afin de ne pas réveiller son neveu qui s'était endormi sur une des banquettes.

Il soupira.

— Je ne suis pas inquiet, dit-il. Avec Duggan, je sais qu'elle est entre de bonnes mains. Ce qui est difficile pour moi, c'est de rester sur la touche. D'habitude, je suis au centre de l'action, mais là…

Comme la porte s'ouvrait brusquement, il bondit sur ses pieds.

David entra avec un sourire rayonnant de papa pétri de fierté, un petit paquet emmailloté dans une couverture bleue pressé contre son torse.

— Trois kilos deux cent cinquante et un sacré coffre, annonça-t-il, radieux.

— Et July ? s'enquit Mary Karen en se levant.

— Elle va bien. L'accouchement s'est bien passé, et plutôt rapidement, comparé au premier.

Mary Karen s'approcha de lui afin de voir le nouveau-né, et David, très doucement, repoussa la couverture pour révéler le minuscule bébé.

— Il est superbe, murmura-t-elle en souriant à son frère. J'avais oublié à quel point ils sont petits à la naissance…

Tandis que Mary Karen s'émerveillait devant son second neveu, Travis rencontra le regard de David.

— Ce sera bientôt ton tour, dit celui-ci. Et tu découvriras que rien au monde n'est plus exaltant que de tenir son bébé dans les bras pour la première fois.

Travis sourit.

Son ami ne lui avait jamais caché sa joie d'avoir désormais un foyer et une famille.

Pendant que les femmes avaient occupé les toilettes, David lui avait demandé si et quand il avait l'intention d'emménager avec Mary Karen et d'être un vrai mari pour elle. Il n'avait pas aimé sa réponse.

En vérité, Travis ignorait toujours la décision que Mary Karen comptait prendre. Mais David avait raison sur un point : ils n'avaient plus de temps à perdre. Mary Karen atteignait presque la fin du premier trimestre, et le secret de sa grossesse ne tarderait pas à être éventé.

Autrement dit, il devait se décider, et vite. Car, le jour où Mary Karen annoncerait officiellement qu'elle était une fois de plus enceinte, il était déterminé à être à ses côtés. Et pas seulement en tant que père du bébé, mais comme mari.

Les parents arrivèrent à l'hôpital avec les trois garçons moins de trente minutes après avoir été avertis de la naissance de leur nouveau petit-fils. Caleb, le nez collé à la vitre, regarda son cousin pendant un long moment avant de se retourner pour annoncer sur un ton décidé qu'il voulait un petit frère.

— Tu en as déjà deux ! s'exclama sa grand-mère en riant. Ça ne te suffit pas ?

— Nan. J'en veux un tout petit comme celui-là.

Son grand-père se mit à rire.

— Désolé de te décevoir, mon bonhomme, mais je ne crois pas que tu devrais trop compter là-dessus. Ta mère a déjà assez à faire avec tes frères et toi.

Travis lança un regard vers Mary Karen, qui affectait d'être très occupée à nouer les lacets de son plus jeune.

— Il ne faut pas être aussi catégorique, Bob. Regarde ma famille. Ma mère a bien eu huit enfants…

— Mais elle avait aussi un mari.

— Ah, c'est vrai, concéda-t-il, ignorant le regard noir de Mary Karen. Mais qui sait si Marika ne va pas rencontrer un homme vraiment super, tomber amoureuse, l'épouser et avoir un autre enfant ?

— Tout est possible, c'est vrai, soupira Bob avec un manque d'enthousiasme évident à cette éventualité.

Quand les garçons commencèrent à faire des glissades dans les couloirs et à courir un peu partout, Travis décida qu'il était temps de partir.

Le quasi-mutisme de Mary Karen dans la voiture annonçait sans doute possible les explications qu'elle allait exiger de lui.

Ils étaient à peine arrivés chez elle qu'elle envoya les garçons jouer dans le jardin après leur avoir servi un jus de fruits. Elle ne tourna pas autour du pot.

— Qu'est-ce que ça signifie ? dit-elle en se plantant devant lui. Pourquoi aller provoquer mon père ?

— J'essayais simplement de l'habituer à l'idée que tu pourrais te remarier et avoir d'autres enfants. Crois-moi, je n'avais aucune intention de te contrarier.

Posant son jus de pamplemousse sur la table, il vint la prendre par la taille pour l'attirer contre lui. Et quand, après une hésitation, elle posa la joue sur son torse il s'autorisa enfin à respirer de nouveau.

Il n'y avait qu'avec elle qu'il partageait une telle complicité. Mary Karen était la seule à le comprendre vraiment, à accepter tout autant ses défauts que ses qualités. Il ne pouvait pas imaginer sa vie sans elle.

— As-tu déjà pensé au principe qui veut que toute action, quelle qu'elle soit, a des conséquences ? demanda-t-il.

Elle releva la tête.

— Si tu parles de notre nuit à Vegas et de ma grossesse qui a suivi, oui, j'ai fait le rapport, ironisa-t-elle.

Il sourit.

— En fait, c'est à moi que je pensais.

— A toi ?…

— Oui. J'ai pris enfin conscience que la vie que j'ai choisie m'a empêché de vivre celle que je souhaite réellement connaître avec toi et les garçons.

Il la sentit qui se raidissait avant de s'écarter légèrement.

— Que veux-tu dire ?

— Que je souhaite faire partie de votre vie à tous les quatre — presque cinq. Je veux participer à ta grossesse. Je veux voir notre enfant grandir.

Il soutint son regard suspicieux sans ciller, anxieux qu'elle y lise sa sincérité.

— Mon rendez-vous prénatal est à 14 heures demain, dit-elle enfin. Tu peux venir avec moi, si tes horaires te le permettent, bien sûr.

Soulagé au-delà des mots, il glissa les doigts dans ses cheveux soyeux.

— Je m'arrangerai.

— D'accord. Et maintenant, déclara-t-elle en le poussant vers la porte, ouste ! Il est grand temps que je fasse tout ce que j'ai à faire.

Il n'en prit aucunement ombrage. Il était trop heureux qu'elle ait accepté sa présence auprès d'elle à son rendez-vous.

C'était un nouveau pas, et pas des moindres. Pour l'instant il saurait s'en contenter.

— Encore quelques secondes, et nous devrions voir le bébé, annonça le Dr Michelle Kerns avec un sourire en promenant la sonde sur le ventre enduit de gel conducteur de Mary Karen.

Travis avait d'emblée approuvé le choix de Mary Karen. L'obstétricienne avait une personnalité chaleureuse qui mettait sûrement toutes ses patientes à l'aise.

Quand la réceptionniste avait appelé « Madame Vaughn », il lui avait discrètement signalé que Mary Karen s'appelait désormais « Mme Fisher ». Mary Karen avait ouvert la bouche comme pour protester mais l'avait aussitôt refermée. Sans doute n'avait-elle pas voulu faire de scène dans la salle d'attente presque pleine. Il espérait toutefois qu'elle comprendrait qu'il n'avait aucune envie de les voir, elle et son enfant, porter le nom de son ex-mari.

— Oh oh…, dit le Dr Kerns, et il se concentra de nouveau sur l'écran.

Son cœur fit alors un drôle de bond dans sa poitrine.

— Voulez-vous annoncer la nouvelle vous-même, docteur Fisher ?

Intriguée et aussitôt angoissée, Mary Karen quitta l'écran des yeux.

— Que se passe-t-il ? demanda-t-elle, alarmée. Il y a un problème ?

— Aucun, la rassura-t-il. Docteur Kerns, pourrions-nous rester seuls une minute ?

— Bien sûr. Je vous laisse.

Visiblement anxieuse, Mary Karen se redressa sur un coude.

— Qu'y a-t-il, Travis ? Dis-moi, je t'en supplie…

Il lui prit la main et rencontra son regard apeuré.

— Marika… Nous n'allons pas avoir un bébé, mais *deux*.

Avec des jumeaux dans sa famille à elle ainsi que dans la sienne, il n'y avait rien d'étonnant. Ils auraient même dû y penser.

— Oh non, soupira-t-elle en se laissant retomber sur la table. Ce n'est pas possible. Tu en es sûr ?

— Il y a deux cœurs, dit-il avec un sourire qu'il voulait rassurant.

— Je ne pourrai pas recommencer, Travis, murmura-t-elle, les yeux brillants de larmes.

— Tout se passera bien, je te le promets.

Elle secoua lentement la tête.

— Tu n'as pas idée du travail que cela représente.

— Mais cette fois je serai là — pour toi, pour les garçons, et pour nos bébés. Je t'aime, Marika.

Elle releva la tête, posant sur lui un regard mouillé et incrédule.

— Tu… Tu m'aimes ?

Il sentit sa gorge se serrer, alors qu'une puissante émotion balayait son calme habituel.

— Oui.

Tendrement, il essuya une larme qui roulait sur la joue de Mary Karen alors qu'elle nouait les bras autour de son cou.

— Je t'aime, moi aussi.

Ces mots avaient glissé de ses lèvres comme s'ils avaient été là depuis toujours, n'attendant que l'instant propice pour être prononcés.

— J'ai mis du temps à m'en rendre compte, poursuivit-elle, mais j'ai enfin compris que je t'avais toujours aimé depuis mes seize ans. Depuis que je t'ai forcé à m'embrasser dans le jardin. Tu te souviens ?

Il hocha la tête avec un sourire ému.

Comment aurait-il pu oublier ? A dix-huit ans, il était alors en première année de médecine. Mary Karen, elle, venait d'entrer à la *high school*, et elle était déterminée à ce qu'il soit celui qui lui donnerait son premier baiser…

— Je croyais que tu plaisantais quand tu m'as avoué que, à seize ans, personne encore ne t'avait embrassée.

— Je m'étais réservée pour toi, dit-elle.

Un coup discret retentit à la porte.

— Tout va bien ? demanda le Dr Kerns en passant la tête par l'entrebâillement.

Travis se tourna vers elle avec un sourire radieux.

— Ça ne pourrait pas aller mieux, dit-il.

Une fois que Travis l'eut déposée devant chez elle avant de repartir pour l'hôpital où il venait d'être appelé pour une urgence, Mary Karen se retrouva soudain confrontée à la perspective angoissante de l'arrivée prochaine de nouveaux jumeaux, et elle sentit l'euphorie de leur déclaration d'amour retomber.

Et quand Connor et Caleb se jetèrent dans ses jambes pour l'accueillir, suivis de sa mère portant Logan dans ses bras, elle fut à deux doigts de s'effondrer en larmes.

Pourtant, elle trouva la force de faire face.

Après tout, ne disait-on pas que le ciel ne nous donne jamais plus que nous ne pouvons supporter ?

Donc, elle trouverait en elle et autour d'elle les ressources pour assumer cette nouvelle épreuve. Et puis, ses trois garçons commençaient à pouvoir se débrouiller seuls, et…

— Maman, Logan il a fait pipi dans sa culotte comme un bébé ! déclara Connor.

— Nan ! C'est pas vrai ! protesta Logan.

— Si, c'est vrai ! renchérit Caleb.

Elle leva la main pour faire taire tout son petit monde.

Bon. Elle présumait peut-être un peu trop de leur autonomie, songea-t-elle avec un soupir.

Elle sourit à son cadet.

— Ce n'est pas grave, mon ange, dit-elle. Ça arrive à tout le monde de temps à autre.

— Je m'en suis chargée, dit sa mère en sortant de la cuisine. Il était trop occupé à jouer, et il s'y est pris trop tard. La prochaine fois, il saura y aller à temps. N'est-ce pas, Logan ?

Le petit hocha la tête d'un air encore piteux.

— Allez, va finir tes petits-suisses.

Comme les jumeaux repartaient eux aussi à leurs occupations, elle se retrouva seule avec sa mère et jugea le moment opportun pour lui parler.

— Tu peux m'accorder un instant avant de rentrer ? demanda-t-elle. A moins que tu n'aies un rendez-vous ou…

— Non. Mais tu m'inquiètes. Ta consultation n'a rien révélé de grave, j'espère ?

Elle lui avait laissé entendre que c'était un simple examen gynécologique de routine.

Après s'être assurée qu'il n'y avait rien sur le feu et qu'il ne traînait dans la cuisine aucun couteau ou autre chose susceptible de présenter un danger pour les enfants, elle fit signe à sa mère de la rejoindre dans le salon.

— C'est une mauvaise nouvelle ? s'enquit doucement Linda devant sa nervosité.

Mary Karen esquissa un sourire.

— Non. En fait, c'en est même une plutôt bonne… Tu te souviens de mon petit voyage à Las Vegas au printemps ? Quand j'ai pris quelques jours pour me reposer ?

— Naturellement. Je n'ai pas compris alors pourquoi tu

voulais y aller seule, mais je reconnais que tu en es revenue avec bien meilleure mine.

— En fait, j'y ai rencontré Travis.

— Travis ? Et que faisait-il là-bas ?

— Il s'y était arrêté au retour d'un congrès en Californie pour se reposer lui aussi deux jours avant son séminaire annuel et son départ pour le Cameroun ensuite.

— Ah bon. Et quel rapport avec cette nouvelle que tu veux m'annoncer ?

— Nous avons dîné et passé la soirée ensemble, et… nous nous sommes mariés.

Linda en resta un instant interdite.

— Mariés ? répéta-t-elle sans comprendre. Mais ça n'a aucun sens… En plus, il y a trois mois de cela, et tu le dis seulement maintenant. Pourquoi ?

— Parce que nous avions décidé d'annuler ce mariage à son retour du Cameroun. Sur le moment, nous trouvions que ç'avait été une erreur. Sauf que…

Elle marqua une pause.

— Sauf que quoi, ma chérie ?

— Nous avons décidé de rester mariés, finalement, annonça-t-elle avec un sourire.

Quand Travis lui avait avoué son amour pour elle, elle avait eu l'impression de sentir un énorme poids glisser de ses épaules.

Grâce à l'amour, ils pourraient affronter tous les défis que la vie mettrait sur leur route, y compris celui d'élever cinq enfants de moins de six ans.

— Mais c'est merveilleux, ma chérie ! s'exclama Linda. Tu n'aurais jamais pu trouver meilleur homme que lui. Et tu sais que ton père et moi l'avons toujours considéré comme un second fils.

Mary Karen laissa libre cours à la joie qui bouillonnait en elle.

— Oui. Je savais que tu serais heureuse.

Sa mère reprit soudain son sérieux.

— La seule chose qui me chagrine, c'est son attitude envers les enfants. Il n'a jamais caché ce qu'il en pensait. Et avec les trois que tu as déjà…

— Oui, mais rien n'est jamais définitif. L'opinion de Travis comme le reste. Il veut être le père de mes garçons. En plus de ceux que je porte.

— Oui, je suis certaine que…

Linda se figea brusquement en posant sur elle des yeux comiquement écarquillés.

— Qu'est-ce que tu as dit ?

— Je suis tombée enceinte à Las Vegas, pendant notre nuit de noces, expliqua posément Mary Karen. Et nous venons de découvrir ensemble, tout à l'heure, que j'attends des jumeaux.

8.

Travis écouta le message puis referma son portable.

Mary Karen lui annonçait qu'elle avait tout dit à sa mère et que Linda était ravie.

Il aurait préféré qu'elle l'attende pour cela, ainsi qu'ils l'avaient prévu, mais sans doute l'occasion s'était-elle présentée sans qu'elle puisse s'y soustraire. Le problème, c'était que, connaissant le père de Mary Karen, il doutait que celui-ci accepte d'être le dernier au courant.

Ce qui signifiait qu'il devait lui-même aller parler à Bob avant qu'il ne rentre chez lui, en espérant que Linda ne lui aurait pas téléphoné avant.

Bob et Linda avaient été pour lui comme ses seconds parents, aussi n'éprouvait-il aucune gêne avec Bob qui, il n'en doutait pas, serait plutôt heureux de le voir entrer pour de bon dans la famille. L'annonce des deux nouveaux enfants risquait toutefois de passer plus difficilement…

— Travis ? dit Bob, surpris, en le découvrant à la réception de l'agence immobilière. Que fais-tu ici ?

— Je t'attendais. Tu aurais quelques minutes à m'accorder ?

— Pas de problème. Viens dans mon bureau, nous serons plus tranquilles. Alors ? Qu'est-ce qui t'amène ? demanda Bob en se calant face à lui dans un des deux confortables fauteuils en cuir.

— C'est au sujet de Marika.

Un pli soucieux apparut aussitôt sur le front de son futur beau-père.

— Il y a un problème ? Elle devait voir son médecin, aujourd'hui, non ?

— Oui, et elle va bien, ne t'inquiète pas. Elle est chez elle en train de préparer le pique-nique de demain.

Le 4 Juillet, la fête nationale, était traditionnellement célébré dans la famille Wahl par un copieux pique-nique.

— Bob, il y a longtemps que je connais Marika…

— C'est vrai. Mais pourquoi me dis-tu cela ?

— Parce que mes sentiments pour elle vont bien au-delà de la simple amitié.

Il prit une forte inspiration et se lança.

— Normalement, un homme doit demander la permission au père d'épouser sa fille. Mais dans notre cas il est trop tard, car c'est déjà fait. Donc, ce que j'attends de toi, c'est ta bénédiction.

— Tu veux dire que tu as proposé le mariage à Mary Karen et qu'elle a accepté ?

— Non. Nous sommes *déjà* mariés, Marika et moi. Ça s'est passé à Las Vegas, au mois de mars.

Bob se redressa dans son fauteuil.

— En mars ? Tu es marié depuis trois mois avec ma fille, et tu n'as rien dit ? Et pourquoi est-ce que tu m'en parles maintenant ?

— En fait, nous… Nous avions prévu d'annuler. Ç'avait été fait sur un coup de tête, et nous nous sommes rapidement rendu compte que c'était stupide. Sauf que j'ai dû partir au Cameroun et que nous avons été obligés de reporter. Et maintenant il est trop tard.

Bob le fixa d'un œil suspicieux.

— Pourquoi ?

— Parce que Marika est enceinte. Et nous avons découvert aujourd'hui qu'elle attend des jumeaux.

— Des jumeaux ! gronda Bob en bondissant sur ses pieds. Oh non ! Ça ne va pas recommencer !

Devant la consternation de son beau-père, Travis fut heureux que Marika ne soit pas là. Il espéra que son sourire n'apparaissait pas trop figé.

— La situation n'est pas du tout la même, Bob, dit-il. Steven n'a jamais aimé ta fille comme je l'aime, moi. Et il n'a jamais voulu d'une famille non plus.

— Et toi, si ? Je t'ai entendu je ne sais pas combien de fois clamer sur les toits à quel point tu étais heureux d'être célibataire et sans enfants.

— Oui. Mais c'était avant que je prenne conscience de la place que Marika tient dans ma vie. Et avant que je voie les cœurs des deux bébés battre sur l'écran de l'échographe.

Il se leva et vint se planter devant Bob.

— Je te donne ma parole d'honneur que mon seul but désormais sera de rendre Marika et les enfants — *tous* les enfants — heureux.

— As-tu au moins une idée de ce qui t'attend avec une famille nombreuse ? Steven, lui…

— J'ai pratiquement élevé mes sept frères et sœurs, alors cinq ne devraient pas poser de problème. Surtout avec Marika. C'est une femme merveilleuse et une mère fantastique, Bob, et je suis béni des dieux qu'elle m'aime aussi. Et mets-toi bien dans la tête que je *ne suis pas* Steven ! J'aime Marika, j'aime les enfants, et j'ai un sens aigu des responsabilités.

Bob hocha plusieurs fois la tête, pensivement, puis il se leva à son tour pour lui poser les mains sur les épaules.

— Alors, bienvenue dans la famille, fils, dit-il avec une émotion visible.

— Merci, Bob.

Ce soir-là, Travis resta dîner au grand bonheur de Mary Karen, et pendant que les enfants, qui avaient déjà mangé, jouaient dans le salon, tous deux se racontèrent mutuellement l'effet de leurs révélations.

— Au début, comme je m'y attendais, maman a été choquée d'apprendre, pour les jumeaux, dit-elle en sortant les tranches dorées du grille-pain. Mais quand elle est partie elle était très excitée à la perspective du mariage et de ses nouveaux petits-enfants. Et papa ? Qu'a-t-il dit ?

— Même chose. Et je crois même qu'il est très fier d'avoir un homme aussi brillant, talentueux et sexy comme gendre, lança Travis.

— Et surtout modeste ! ironisa-t-elle en riant. En fait, ils sont sûrement rassurés tous les deux de nous savoir mariés.

— Et amoureux. Tu sais que tu es irrésistible avec ta virgule de farine sur la joue ?

— J'ai préparé des escalopes panées pour demain.

— *J'adore* les escalopes panées. Mais il y a quelque chose que j'aime encore plus…

La prenant par la taille, il l'attira sur ses genoux et commença de l'embrasser doucement. Langoureusement.

— Maman et Travis y s'embrassent ! s'écria Connor depuis le seuil.

Elle voulut s'écarter de Travis, mais il la retint fermement.

— J'aime beaucoup embrasser ta mère, Connor. Tu te rappelles ce que je t'ai dit ?

— Que t'as marié maman et que maintenant t'es notre papa.

— Oui. Et même qu'on va avoir deux petits frères ou deux petites sœurs, renchérit Caleb venu aussitôt rejoindre son frère.

— Ti bébés, fit à son tour Logan en trottinant jusqu'à elle pour s'accrocher à ses jambes.

— Tu vois, déclara Travis, triomphant. Je t'avais dit que ça ne leur poserait pas de problème ! Et demain nous l'annoncerons à tout le monde.

— Tu… Tu es sûr que tu n'auras pas de regrets ? demanda-t-elle, hésitante. Je veux dire, plus tard ?

— Marika, mon seul regret à cet instant, c'est de ne pas être seul avec toi.

Son regard disait clairement ce qu'il avait en tête.

Elle lui sourit.

— Il va falloir t'y habituer. Avec cinq poussins autour de nous, nous aurons souvent du mal à nous isoler. Mais, pour ce soir, je te promets qu'une fois que ces trois-là seront au lit je t'accorderai mon attention pleine et entière.

— Promis ?

— Juré.

— Bon. Je saurai patienter jusque-là, alors…

9.

— Allez, les enfants, il est temps de se coucher, annonça Marika en entrant dans la chambre des garçons, où Travis, assis en tailleur sur la moquette, lisait depuis une demi-heure les aventures de Tom Pouce au public passionné installé autour de lui.

Un concert de protestations accueillit cette injonction.

— Nan !

— Nan !

— Nan !

Travis leva les yeux vers le point de vue intéressant que Marika offrait, en se penchant, sur ses seins nus.

Elle venait de prendre une douche et avait visiblement enfilé son peignoir sans prendre la peine de mettre un pyjama.

Il eut soudain très envie de presser la touche « avance rapide » du film dont ils étaient les acteurs.

— Ecoutez votre mère, les garçons, dit-il en se relevant. Il est l'heure. Et de toute façon on ne va pas tout lire ce soir. Il faut en garder pour les autres jours.

— Tu seras là demain ?

— Demain, et après-demain, et après-après-demain… Je vais habiter avec vous, maintenant.

— Tout le temps ?

— Tout le temps.

Ils en avaient déjà discuté, mais, conscient de l'importance de ce bouleversement dans leur vie, il se faisait un devoir de répondre avec une patience indéfectible aux questions des enfants afin d'apaiser toute inquiétude chez eux. Encore que leur réaction soit plus de la curiosité qu'autre chose.

— Allez, au lit, maintenant ! dit-il.

Après avoir encore un peu rechigné pour la forme, les trois garçons vinrent les embrasser tous les deux avant de grimper dans leurs lits. La chambre était petite, les lits superposés des jumeaux faisant face à celui de Logan encore équipé de montants, que Marika replaça une fois le bambin installé.

En grandissant, se rappela Travis, lui aussi avait dû partager sa chambre avec deux de ses frères. L'argent avait manqué pour emménager dans une maison plus grande…

Il se promettait de faire rapidement construire une demeure spacieuse et bien située pas très loin de leurs amis. Il prendrait contact avec Joel Dennes la semaine prochaine et lui demanderait de leur proposer des plans en fonction de leurs indications.

— Bonne nuit, les poussins, dit Marika avant d'éteindre la lumière, ne laissant que la veilleuse dans un coin de la chambre.

— Bonne nuit maman, bonne nuit papa, lancèrent les jumeaux de concert.

Tandis que les garçons pouffaient dans leurs oreillers, ravis de leur plaisanterie, Travis échangea un regard étonné avec Marika dans le couloir.

Mary Karen l'attira dans la chambre et referma la porte derrière lui.

— Désolée, dit-elle.

— Pourquoi ? Je suis plutôt flatté, finalement.

— Les jumeaux se souviennent à peine de Steven. Ils n'avaient que deux ans quand il est parti. Et Logan ne l'a jamais connu.

A présent qu'elle le mentionnait, il prit conscience de

quelque chose qu'il n'avait pas compris : Steven les avait totalement abandonnés.

— J'avais pensé qu'il voyait au moins ses enfants de temps à autre, marmonna-t-il, déconcerté.

— David a fait de son mieux pour assurer une présence masculine auprès d'eux, mais un oncle de passage de temps à autre, ce n'est pas la même chose qu'un père à demeure, évidemment.

— C'est certain, admit-il, se rappelant son oncle Len. Un oncle ne remplacera jamais le père.

Plus que personne, il comprenait l'importance d'un père, et le vide que son absence creusait dans le cœur d'un garçon.

Marika n'avait rien à craindre. Rien au monde ne pourrait le convaincre de les quitter, elle et ses garçons, pas plus qu'il n'aurait pu tourner le dos à sa famille orpheline à la mort de leurs parents.

— Si tes fils veulent m'appeler « papa », je serai ravi, déclara-t-il.

— C'est vrai ?

Ses yeux brillaient comme des saphirs.

— Si Steven n'y voit pas d'inconvénient…

Elle eut un bref rire amer.

— Steven ne se rappelle sûrement même plus qu'il a des enfants.

Travis l'attira contre lui.

— Il ne sait pas ce qu'il perd, dit-il dans ses cheveux.

Enroulant les bras autour de sa taille, Marika posa la tête sur son épaule.

— Merci, Travis. Je t'aime tant, si tu savais…

Il la serra plus fort, ferma les yeux et respira son odeur familière en songeant à leur amitié qui lui semblait remonter à la nuit des temps.

Une amitié qui avait pris un cours bien différent six mois après la naissance de Logan…

Après que son divorce d'avec Steven avait été prononcé, Marika se retrouvait dans une grande solitude affective malgré le soutien de sa famille. De son côté, il avait des aventures qu'il faisait en sorte d'écourter avant qu'elles ne deviennent plus que de simples passades. Leur nouvelle relation avait rempli un vide pour tous les deux.

Et à présent elle était sa femme.

— Je ne peux même pas imaginer être marié avec une autre que toi, avoua-t-il, réfléchissant à voix haute. Tu te rends compte que nous pouvons faire l'amour chaque fois que nous le souhaitons, maintenant ?

Doucement, il ouvrit la ceinture de son peignoir, qu'il fit glisser sur ses épaules.

Mais quand il voulut le lui ôter Marika s'y agrippa.

— Nous pouvons revivre ce que nous avons vécu à Las Vegas quand nous le voulons, poursuivit-il sans insister.

Elle secoua la tête.

— Je n'ai plus le corps que j'avais alors. Maintenant, j'ai un ventre rond comme un melon.

Même si elle souriait, il décela l'incertitude dans ses yeux.

Une fois de plus, il maudit Steven, dont les remarques et l'insensibilité avaient tellement entamé l'image qu'elle avait d'elle-même.

Lui prenant le visage dans ses mains en coupe, il l'obligea à soutenir son regard.

— Marika… Même quand ton ventre aura l'air d'une citrouille, tu continueras de m'exciter.

Mary Karen aurait aimé le croire, elle *voulait* le croire, mais les remarques acerbes de Steven étaient gravées dans son esprit.

— Peut-être que nous…

Elle hésita, se forçant à sourire.

— … nous pourrions éteindre la lampe ?

Travis, elle le savait, n'avait jamais trop aimé faire l'amour dans le noir, mais l'idée d'être nue en pleine lumière l'angoissait.

— Tu as raison, dit-il en allant presser l'interrupteur.

Toutefois, il s'avança ensuite vers la fenêtre dont il orienta les lamelles du store.

— Que fais-tu ?

— La lueur de la lune est bien plus romantique.

Oui, les pâles rayons qui zébraient le lit lui semblaient moins menaçants pour son intimité…

Travis alluma ensuite la radio, qu'il régla sur une station de musique douce. Enfin, il se retourna vers elle et lui prit la main pour l'attirer vers le lit.

— Que… Que veux-tu faire ? s'enquit-elle dans un souffle, intimidée comme une jeune fille à son premier rendez-vous.

— Te masser le dos.

— Oh. Et… Il faut que j'enlève mon peignoir ?

— Comme tu veux, mais ce serait mieux.

D'après son ton désinvolte, Travis n'avait pas l'air de prêter d'importance à son choix. Toutefois elle préféra prudemment le garder.

— Un massage… C'est très tentant, dit-elle enfin.

Après une légère hésitation, elle s'allongea sur le ventre.

Une fois que Travis eut dénoué les tensions de ses épaules, elle se sentait déjà tellement mieux qu'elle soupira d'aise.

— Mmh, c'est divin, soupira-t-elle. Je crois que je vais enlever mon peignoir, finalement.

— Comme tu veux.

Elle crut saisir une intonation particulière dans la voix de Travis, mais son sourire ne trahit rien d'autre que son attention pour elle.

Quand le peignoir eut glissé au pied du lit, elle se retrouva nue sous ses mains expertes qui pétrissaient son dos, ses jambes, ses pieds.

Peu à peu, insensiblement, ses gestes se firent plus sensuels, plus doux. Ses doigts effleuraient par instants la courbe d'un sein, ou frôlaient ses cuisses, ce qui la faisait délicieusement frissonner.

Puis soudain Travis s'arrêta, et elle retint un gémissement de frustration.

— C'est terminé ? demanda-t-elle d'un ton qui ne cachait rien de sa déception.

Son sourire reflétait la lueur qui brillait dans son regard — celle d'un désir dont elle sentait la flamme brûler au plus profond de son ventre.

— Non. Maintenant, je vais faire l'autre face.

Consciente de la stupidité de son geste, elle s'assit et attrapa son peignoir pour s'en protéger.

Si Travis, soudain dégoûté par son ventre proéminent, la laissait seule dans le lit…

— Je ne suis pas Steven, ma chérie, dit-il. Je t'aime telle que tu es.

Il s'était exprimé avec une telle douceur qu'elle crut presque avoir rêvé ces mots. Et avant qu'elle ait pu répondre il se pencha et l'embrassa.

Sa bouche était si pleine de tendresse, son baiser si chaud, qu'elle s'en sentit immédiatement rassurée et… aimée.

Comme elle fondait entre ses bras, il l'invita doucement à s'allonger en repoussant le peignoir dont elle se protégeait.

Elle vit ses yeux luire à la faible clarté de la lune alors qu'il promenait son regard sur son corps offert.

— Tu es si belle, dit-il, d'une voix rauque qui fit couler comme du miel chaud dans ses veines.

Quand il prit sa main pour la porter à ses lèvres et en caresser la paume du bout de la langue, elle sentit ses ultimes réticences s'envoler.

C'était Travis qui était là, près d'elle. Son meilleur ami. Son amant. Son mari. Un homme à qui elle pouvait se fier sans la moindre crainte.

— Il fait un peu chaud dans cette chambre, murmura-t-elle, le souffle court. Tu n'es pas trop habillé ? Tu serais plus à l'aise avec moins de vêtements…

Son rire étouffé acheva de dissiper son malaise.

Sans se faire prier, il se dévêtit rapidement et s'allongea près d'elle, laissant ses mains courir sur son corps et provoquer des vagues de désir en elle, tandis que ses pointes de seins durcies appelaient ses caresses.

Comme il s'amusait manifestement à la faire languir, elle lui prit la main pour la poser elle-même sur sa poitrine.

— Impatiente, madame Fisher ? demanda-t-il, amusé, tout en lui donnant ce qu'elle attendait.

— N'arrête pas, souffla-t-elle, les yeux fermés.

— Pas de danger, répondit-il à mi-voix, avant de se pencher et que sa bouche prenne la place de ses doigts.

Les yeux fermés, elle s'abandonna en gémissant au plaisir qui l'engloutit.

— Oh ! Travis…, souffla-t-elle en s'accrochant à lui.

Elle était à peine redescendue du nuage où il l'avait propulsée qu'il fit courir le bout de sa langue sur son ventre, et vers cet endroit qui l'appelait avec force.

— Travis, supplia-t-elle. Oui. Je t'en prie, viens…

Elle n'eut pas besoin d'en dire plus. Il se hissa doucement sur elle.

— Je ne veux pas te faire mal, dit-il au-dessus d'elle, les bras tendus de chaque côté de son visage.

— Non, tu n'as rien à craindre, le rassura-t-elle en nouant ses jambes autour de sa taille.

Bientôt, presque trop tôt bien qu'elle ait tenté de retarder le plus possible cet instant, elle sentit un nouveau déferlement de pure jouissance l'emporter, et Travis la rejoignit presque aussitôt en murmurant son nom.

Leurs souffles mêlés furent pendant un temps les seuls sons dans la chambre. Puis Travis s'écarta doucement d'elle, maintenant son bras autour de sa taille.

— C'était… agréable, dit-elle, rompant le silence avec une pointe d'humour dans la voix.

— Oui, pas mal, acquiesça-t-il.

— Tu n'as pas l'impression que nous manquons de vocabulaire ? ironisa-t-elle.

— Pourquoi ? Tu préférerais « cataclysmique » ?

— Ou « phénoménal » ? suggéra-t-elle en s'efforçant en vain de garder son sérieux.

— Peut-être « prodigieux » ?

— « Démentiel » serait peut-être plus proche de la vérité ?

Finalement, ils furent d'accord pour constater qu'aucun mot ne pourrait jamais traduire ce qu'ils venaient de vivre.

— Et si on faisait un nouvel essai ?

— Puisque nous avons le temps, pourquoi pas ? Mais plus doucement, cette fois, d'accord ?

— Promis, dit-il en l'attirant sur lui.

— J'arrive ! lança Mary Karen en ouvrant le tiroir de sa commode.

Prenant la boîte de bois ouvragé qui y était rangée, elle en sortit l'anneau d'or incrusté de petits diamants acheté à Las Vegas et le glissa à son annulaire gauche.

La famille et les amis savaient désormais que Travis et elle étaient mariés. Il était temps d'en avertir le reste du monde.

Il était prévu qu'il emménage le lendemain, ce qui marquerait officiellement le premier jour de leur vie commune. Elle mentirait si elle prétendait ne pas appréhender ce changement de vie.

Si Travis se lassait finalement de cette existence mouvementée avec elle et les enfants ? Et si, comme Steven, il regrettait sa liberté et sa disponibilité de célibataire ? Et s'il ne l'aimait pas vraiment et que…

Il fallait qu'elle cesse d'envisager des scénarios-catastrophe. Il l'avait assurée de son amour, et elle n'avait aucune raison d'en douter. Elle avait pu le voir hier soir dans son regard, dans la douceur de ses caresses. Et aussi dans les larmes qui avaient brillé dans ses yeux alors qu'il regardait sur l'écran de l'échographe battre les deux cœurs de leurs bébés.

— Maman ? appela Caleb, planté sur le seuil de la pièce. Papa il a dit qu'y aura plus de pancakes pour nous si on part pas tout de suite.

— « Papa » ? répéta-t-elle, surprise.

— Ben oui. Travis a dit qu'on pouvait l'appeler comme ça si on voulait.

— D'accord. Pour les pancakes, ne t'inquiète pas. Je connais ce café depuis que je suis toute petite. J'allais y prendre des petits déjeuners avec papy et mamy, et ils n'en ont jamais manqué.

— J'ai faim, insista Caleb.

— Et tu n'es pas le seul, dit-elle. Je me sens prête à manger comme quatre.

Pour trois suffirait, songea-t-elle, amusée, en posant brièvement la main sur son ventre.

— Dépêche-toi, maman, soupira encore Caleb comme elle enfilait son jean et un T-shirt qui, bien que large, risquait de ne plus être suffisant pour cacher sa grossesse.

— Oui, maman, dépêche-toi, répéta une voix plus grave qui la fit se retourner.

Travis apparut à son tour sur le seuil, et elle inclina la tête en le considérant d'un œil appréciateur.

Son pantalon kaki et sa chemise noire ouverte sur un T-shirt blanc lui allaient à ravir.

— On va « super bien s'amuser », continua-t-il.

Elle rit de l'entendre prendre le ton de Caleb.

— Je ne suis pas ta mère, murmura-t-elle contre ses lèvres.

— Encore heureux, répondit-il en l'embrassant avec un tel enthousiasme qu'elle aurait oublié où elle se trouvait si Caleb n'avait pas pouffé à côté d'elle.

— Je vais dire à Connor et Logan que vous vous embrassez encore, dit le garçon en filant vers sa chambre.

Pressée contre Travis, elle lui mordilla le lobe de l'oreille, et il sourit en glissant les doigts dans ses cheveux.

— J'ai beaucoup aimé cette première nuit dans ton lit, confia-t-il.

— Mmh. Moi aussi. Sauf que nous avons oublié d'essayer la version lente, finalement…

— Pas de problème. Nous avons toutes les nuits de toute la vie pour nous y employer, promit-il en s'emparant de nouveau de sa bouche.

— Ah ! Tu vois ? lança Caleb, triomphant, en arrivant derrière eux avec son jumeau.

Logan suivait avec son lapin en peluche dans les bras.

— Faim, maman, dit-il sans ôter le pouce de sa bouche.

— Oui, mes petits amours. Je serai prête dans cinq minutes. Vous pourrez attendre jusque-là ?

Tandis que Travis ramenait tout le monde vers le salon, elle termina de se préparer. Elle se passait la brosse dans les cheveux quand elle se rendit compte qu'elle chantonnait.

Elle sourit à son reflet.

Comment pouvait-elle avoir autant de chance ? Non seulement son meilleur ami était devenu un mari tendre, amoureux et attentionné, mais il avait endossé tout naturellement le rôle de père comme s'il n'avait fait que cela toute sa vie. Lui, le célibataire endurci !

C'était presque trop beau pour être vrai…

Elle ferma résolument la porte à toute pensée qui pourrait venir jeter le trouble dans son bonheur.

Travis l'aimait. Elle l'aimait.

C'était tout ce qui comptait.

10.

Travis découvrit très vite la différence entre participer au 4 Juillet en célibataire avec un groupe d'amis et le passer avec trois enfants en bas âge.

Il avait déjà eu un avant-goût de ce qui l'attendait au petit déjeuner. Jamais il n'aurait imaginé qu'un repas d'œufs, de saucisses et de pancakes puisse devenir un tel champ de bataille. Surtout quand les jumeaux avaient commencé à se disputer. Comme il était assis entre les deux…

— Désolée pour ta chemise, dit Marika quand ils s'arrêtèrent au bord du trottoir pour voir passer la parade de voitures anciennes. Heureusement, ça part facilement au lavage.

Il haussa les épaules — difficilement, car Logan y était installé.

— Ce n'est pas grave. J'avais eu du nez en mettant une chemise sombre.

En dehors du fait que Logan prenait sa tête pour un tambour afin de manifester son enthousiasme et qu'il gigotait autant qu'un ver au bout d'un hameçon., il estimait qu'il avait hérité du rôle le plus facile dans leur sortie. Marika, elle, était chargée de veiller sur ses deux aînés turbulents.

Soudain, il sentit un parfum vaguement familier derrière lui.

— Travis ?

Raffermissant son étreinte sur les jambes de Logan, il se tourna lentement.

La grande femme mince qui l'avait appelé lui sourit.

— Depuis le temps que je demande à la providence de te remettre sur mon chemin, elle m'a enfin entendue !

— Leila ? Quelle surprise. Je croyais que tu vivais en Floride ? Il y a des années que je ne t'ai pas vue.

La jolie dermatologue n'était restée qu'un an à Jackson Hole. Une année qu'elle avait passée à se plaindre du froid et de la neige à qui voulait bien l'écouter. Son départ pour des régions plus clémentes n'avait étonné personne.

— J'ai toujours mon cabinet à Pensacola, dit-elle. Je suis juste passée voir des amis. J'allais t'appeler, mais j'ai perdu ton numéro. Pour être franche, je voulais vérifier si ces rumeurs qui courent sur ton compte sont vraies.

Il haussa les sourcils.

— Oh ? Et quel genre de rumeurs, si ce n'est pas indiscret ?

— On dit que tu as finalement sauté le pas et acheté ce roadster BMW.

Il se rappela soudain que Leila partageait avec lui la passion des voitures de sport.

— Rouge sang, déclara-t-il avec satisfaction. Il faut que tu le voies. C'est un bijou.

— Mais pas pratique du tout, ironisa-t-elle, utilisant le terme que leurs confrères leur opposaient sitôt qu'ils exprimaient leur passion en public. C'est comme ma Jag XK décapotable.

— Tu l'as finalement achetée ?

— Eh oui. Ç'a été mon premier achat quand je me suis installée en Floride.

Soudain elle parut s'apercevoir du petit garçon installé sur ses épaules.

— C'est qui ? Un neveu ?

Il se rendit compte alors qu'il avait oublié ses bonnes manières.

— Leila, je te présente ma femme Mary Karen. Marika, le Dr Leila Otto était dermatologue à Jackson Hole qu'elle a quitté au bout d'un an pour la Floride, plus chaude et ensoleillée.

Marika sourit.

— Docteur Otto ? Je crois que nous avons dû nous croiser à l'hôpital.

— Appelez-moi Leila, je vous en prie. C'est un exploit d'avoir réussi à convaincre Travis de se ranger, fit-elle en riant. Je n'ai jamais connu personne de plus déterminé que lui à rester célibataire.

— J'ai simplement trouvé la femme idéale, répondit-il en adressant un sourire complice à Marika. Et le plus drôle, c'est qu'elle était sous mon nez depuis ma plus tendre enfance…

Leila baissa les yeux sur les jumeaux qui insistaient pour aller voir les vieux tacots de plus près.

— Eh, mais c'est une vraie famille nombreuse que vous promenez. Vous faites du baby-sitting ?

— Non. Ce sont les nôtres, dit Travis. Et nous en attendons deux autres pour Noël.

Leila perdit son sourire et le dévisagea un instant.

— Tu te fiches de moi, hein ?

— Pas du tout.

Elle partit cependant d'un éclat de rire.

— Oh ! que je suis bête ! J'ai failli marcher ! J'avais oublié que c'est le genre de blague que tu as toujours adoré faire. Comme si tu étais du style à te contenter d'une vie de famille ! Je t'imagine mal en train de changer les couches et de border des gamins. Tu n'aurais plus qu'à troquer ton roadster contre une berline ou un break bien confortable…

Il sentit très nettement Marika se figer à côté de lui. Se tournant vers elle, il vit que toute couleur avait déserté son visage.

— Je ne plaisante pas, Leila, dit-il avec sérieux. Mary Karen *est* ma femme, et nous allons avoir des jumeaux à la fin de l'année.

Une vive rougeur monta aux joues de Leila.

— Oh. Je… Excusez-moi, balbutia-t-elle. Je n'arrivais pas à croire que… J'ai manqué une bonne occasion de me taire, n'est-ce pas ?

Le sourire de Marika était un rien crispé.

— C'était un plaisir de vous revoir, dit-elle fraîchement.

— Je suis avec nos amis du club auto, et nous avons prévu de nous retrouver pour le concert qui doit suivre le feu d'artifice, dit encore Leila. Vous êtes les bienvenus. Sauf que… Je ne pense pas que les enfants…

— Tu peux y aller avec ton amie, Travis, dit Marika en retenant les jumeaux qui cherchaient à lui échapper. Je garderai Logan.

Il secoua la tête.

— Merci, Leila, mais ma femme et moi avons déjà prévu notre programme pour la journée. Salue tout le monde de ma part.

— D'accord. Mais au cas où tu changerais d'avis, tiens, dit-elle en sortant une carte de visite de son sac. Il y a mon numéro de portable. A plus, lança-t-elle en les saluant d'un signe de la main avant de se fondre dans la foule.

Marika se tourna vers lui.

— Je suis sérieuse, Travis. Si tu veux accompagner ton amie, je…

— Moi aussi, je suis sérieux, Marika, dit-il, choqué qu'elle puisse seulement le suggérer. Les seuls avec qui je veuille passer cette journée sont les enfants et toi.

— Tu es sûr ?

— Certain. Je suis exactement là où je veux être.

Il emmena sa famille au pied des montagnes pour regarder le feu d'artifice au-dessus de Jackson Hole.

Les gens des villages alentour étaient venus aussi, et

tous acclamaient chaque gerbe qui illuminait le ciel étoilé. Mais les garçons applaudissaient surtout les détonations qui faisaient trembler le sol.

— Encore ! criait Logan à une nouvelle déflagration.

Caleb et Connor dansaient sur la couverture en jouant à se faire tomber.

Travis posa un bras sur les épaules de Marika pour l'attirer contre lui.

— J'apprécie beaucoup moins le bruit, maintenant. Est-ce un signe que je deviens vieux ?

Elle répondit à son sourire narquois, mais la lueur qui avait illuminé ses yeux au petit déjeuner ne se ralluma pas.

— Si c'est le cas, alors je ne rajeunis pas non plus.

Inquiet, il repoussa tendrement les cheveux de son visage.

— Qu'y a-t-il, ma chérie ?

Elle secoua la tête puis soupira.

— J'ai déjà du mal à y arriver avec trois enfants. Comment est-ce que je vais faire avec cinq ?

— *Tu* ne vas rien faire. *Nous* nous en sortirons très bien, ne t'inquiète pas.

— Ton amie Leila m'a regardée comme si j'étais folle.

— Elle n'a jamais voulu « s'encombrer » d'un enfant, comme elle le proclame toujours.

Il devait reconnaître que sa plaisanterie sur son roadster qu'il devrait échanger contre une berline lui avait laissé un goût amer. Et, maintenant qu'il y pensait, il avait vu à cet instant quelque chose passer dans le regard de Mary Karen.

Se pourrait-il qu'elle y ait elle-même songé ?

— C'est au sujet de la voiture ? dit-il. Tu te demandes comment nous allons nous en sortir avec un break et un roadster ?

— Je te mentirais si je te disais que je n'y ai pas pensé, c'est certain. Mais nous nous débrouillerons.

— N'empêche qu'un monospace ou un SUV nous serait utile.

Elle hocha la tête.

— C'est sûr qu'un autre véhicule que nous pouvons conduire tous les deux serait préférable, mais…

— Mais tu ne peux pas me demander de renoncer à tout, Marika, répondit-il avec une brusquerie qui le prit lui-même au dépourvu.

Réagissant, elle se pencha vers lui.

— Qu'une chose soit bien claire, Travis : je n'ai jamais exigé que tu renonces à ton précieux roadster. Je ne suis pas idiote à ce point. Je n'ai fait qu'approuver ta remarque comme quoi l'autre solution serait plus raisonnable. Et je comprends aussi que la raison n'entre pas en ligne de compte dans la passion des voitures de sport…

— Que veux-tu dire, exactement ? demanda-t-il froidement. Que je suis *dé*raisonnable ?

— Oh ! Travis, pour l'amour du ciel, grandis un peu !

Caleb commença à pleurnicher.

— Maman ! Te dispute pas avec Travis, dit-il, les yeux pleins de larmes.

— C'est vrai, maman, renchérit Connor. On veut pas qu'il parte comme papa.

— Je ne partirai pas, assura aussitôt Travis avec un sourire rassurant.

Marika s'essuya rapidement les yeux.

— Nous ne nous disputons pas, dit-elle. Nous discutons, c'est tout.

— T'avais ta voix de quand t'es pas contente, insista Connor.

— Ça suffit, les enfants, dit Travis. Votre mère et moi ne sommes pas fâchés du tout, et je n'irai nulle part. Alors on oublie ça et on continue à s'amuser, d'accord ?

— Regardez ! dit Marika en pointant le doigt vers le

ciel alors qu'une nouvelle détonation retentissait. Une autre qui arrive…

Plongé dans ses pensées, il remarqua à peine la pluie d'étoiles scintillantes rouges et blanches qui retomba en corolle au-dessus d'eux.

L'effroi qui s'était inscrit sur le visage de Marika lorsque Connor avait mentionné le départ de Steven l'avait réellement choqué.

L'attrapant par la taille, il l'attira contre lui et posa la tête sur son épaule.

— Excuse-moi, dit-il. Je ne sais pas ce qu'il m'a pris. Tu me pardonnes ?

— Je regrette moi aussi, répondit-elle avec un bref hochement de tête.

Il la sentait raide contre lui. De toute évidence, il y avait un problème.

Trois secondes plus tard, elle posa brièvement la main sur son bras.

— Ça t'ennuierait que nous partions maintenant ?

Il la dévisagea avec attention.

— Que se passe-t-il, Marika ?

— J'ai très mal au dos.

Un signal d'alarme retentit aussitôt en lui.

— Depuis combien de temps ?

Elle s'efforça de sourire mais dut y renoncer.

— Les douleurs ont commencé depuis ce matin, irrégulièrement. Mais elles sont plus fortes depuis un quart d'heure, vingt minutes.

— As-tu perdu du sang ? demanda-t-il tout bas, conscient des trois garçons à portée de voix.

Même à la faible lueur des fusées qui éclairèrent le ciel, il put la voir blêmir.

— Je ne pense pas. Travis, tu crois qu'il y a un problème ? dit-elle en posant une main protectrice sur son ventre.

— Non, dit-il d'un ton qu'il espérait rassurant en commençant déjà de plier la couverture. Désolé, les gars, mais la journée a été longue, et il vaut mieux partir maintenant avant tout le monde si nous ne voulons pas rester bloqués dans les embouteillages.

Curieusement, aucun d'entre eux ne protesta. Et tous les cinq regagnèrent le break à la lueur du feu d'artifice.

L'attention de Travis était tout entière focalisée sur la femme qu'il tenait par la taille.

Il connaissait les statistiques : dix à vingt-cinq pour cent des grossesses étaient interrompues par une fausse couche. Laquelle survenait en grande majorité au cours des treize premières semaines. Marika atteignait précisément cette limite. Le fait qu'ils aient pu voir les deux cœurs battre lors de l'échographie était bon signe, mais cela ne signifiait pas pour autant qu'ils soient à l'abri d'autres problèmes.

Il n'avait jamais prié, mais ce soir il fit une exception. Il demanda avec ferveur au ciel de protéger sa femme et les deux vies qu'elle portait.

— Tu as manqué la rue, dit Mary Karen à voix basse, ne voulant pas réveiller les garçons endormis à l'arrière.

— Si ça ne t'ennuie pas, je préfère que nous passions à l'hôpital, expliqua Travis. Je doute que nous trouvions le sommeil tant que nous ne saurons pas avec certitude que tout va bien pour toi et les petits.

— Que suggères-tu ?

— Je vais t'examiner, et ensuite nous referons une échographie. D'accord ? dit-il avec un sourire réconfortant.

Elle aurait préféré rentrer et mettre les enfants au lit.

Mais Travis avait raison. Rongée d'inquiétude, elle serait incapable de dormir.

Une fois à l'hôpital, et après avoir installé les garçons dans la salle d'attente avec quelques feuilles, des crayons de couleur et la promesse d'une des infirmières de veiller sur eux, tous deux montèrent à l'étage, où Travis l'entraîna vers la salle d'échographie.

Ce ne fut que lorsqu'il passa la sonde sur son ventre et qu'elle vit son visage se détendre qu'elle s'autorisa enfin à relâcher l'air qui semblait être resté coincé dans sa gorge depuis des heures.

— Tout va bien, la rassura-t-il.

— Alors pourquoi est-ce que j'ai mal au dos ?

— Il peut y avoir plusieurs raisons à cela, mais je crois que je suis responsable.

Elle se hissa sur un coude.

— Comment cela ?

Il lui prit la main.

— C'est dû au stress, dit-il. Et *je* suis la cause de ce stress.

Elle crut tout d'abord qu'il plaisantait, mais la culpabilité qu'elle lut dans son regard la détrompa.

— Travis, tu ne me stresses pas, au contraire. Tu m'aides à me détendre.

Il secoua la tête.

— Non. Cette dispute à cause de la voiture était stupide. Ma réaction était puérile et disproportionnée.

Elle posa la main sur son bras.

— La mienne aussi. Nous étions tous les deux sur les nerfs.

— C'est juste parce que je rêvais depuis si longtemps de cette voiture que…

— Tu n'as pas à te justifier, Travis, dit-elle doucement.

— Alors tout va bien ? demanda-t-il.

Elle sourit puis s'assit sur la table d'examen.

— Oui. Tout va bien.

S'agenouillant devant elle, il enroula les bras autour de sa taille et posa la tête sur son ventre.

— Nous avons passé une bonne journée, non ?

— Tu es sûr ? s'enquit-elle. Tu n'aurais pas préféré être avec Leila et tes autres amis ?

— Oh non. Aucune chance. Tu sais quoi ?…

— Quoi ?

— Nous allons rentrer, et je vais te masser le dos.

Elle s'écarta légèrement pour rencontrer son regard.

— Juste un massage ?

— C'est toi qui en décideras.

Comme ses lèvres s'emparaient des siennes, elle sentit une douce chaleur familière jaillir au creux de son ventre.

— Je crois que c'est déjà tout décidé, chuchota-t-elle contre sa bouche.

11.

Mary Karen regarda un instant les flammes qui dansaient dans l'âtre avant de se tourner vers la baie offrant une vue magnifique.

— Au risque de me répéter, dit-elle, c'est une maison fantastique, Lexi.

— Merci. Nous nous y plaisons énormément, répondit son amie en lui tendant un verre d'eau de Seltz, avant de se laisser tomber dans un des deux confortables fauteuils qui flanquaient la cheminée.

Avec sa tunique multicolore et son pantalon noir étroit, il était difficile de croire que celle-ci avait accouché moins de deux mois plus tôt du petit garçon qui dormait dans le couffin au pied du fauteuil.

Mary Karen lissa le devant de son large pull rouge en réprimant une bouffée de jalousie.

En un mois, son ventre, à une époque aussi plat que celui de Lexi, était devenu aussi rond qu'un ballon de foot. Et toute grâce, toute fluidité l'avait désertée. Elle se consolait en songeant que sa grossesse progressait sans problème. Finalement, n'était-ce pas l'essentiel ?

— David m'a dit que Travis et toi envisagiez de faire construire dans la région ? s'enquit Lexi en effleurant du bout du doigt la joue du bébé assoupi.

— Oui, dit Mary Karen. Nous en avons discuté avec Joel le week-end dernier.

Elle se rappela l'excitation communicative de Travis devant les plans proposés.

— Les steaks sont presque à point, annonça celui-ci en entrant dans la pièce.

Le barbecue de la fête du Travail aurait dû se passer dehors, mais au dernier moment le vent charriant des nuages s'était levé et avait fait chuter la température, occasionnant un repli féminin général à l'intérieur. Les hommes avaient toutefois décidé de braver les éléments pour faire griller la viande dans le jardin.

— Je parie que tu commences à avoir faim, non ? dit Travis en venant l'embrasser sur le front.

— Pas trop.

Elle aurait préféré s'astreindre à un régime léger, mais les calories indispensables aux deux petits êtres qui grandissaient dans son ventre l'obligeaient à grignoter toute la journée.

— Et ces deux-là ? dit-il.

Il posa la main sur son ventre juste au moment où l'un des bébés donnait un solide coup de pied.

— Un futur footballeur, c'est sûr, lança-t-il.

— Ou une adepte du kickboxing, renchérit-elle en riant.

— Tu ne veux pas rester avec nous ? demanda July en voyant Travis se diriger vers la cuisine.

— Désolé, mais j'ai promis aux gars de leur apporter des bières — après m'être assuré que ma femme allait bien, évidemment.

Mary Karen eut la sensation qu'une onde chaude courait dans ses veines.

Les deux mois passés avaient été les plus heureux de sa vie. Travis et elle avaient commencé de poser les bases de leur nouvelle vie ensemble — une vie merveilleusement centrée sur la famille et le foyer. Il lui arrivait d'avoir presque peur devant la facilité avec laquelle elle s'installait dans le bonheur. Travis ne criait pas comme Steven, il ne l'abreuvait pas de reproches. Les légers désaccords qu'ils pouvaient avoir se réglaient sans heurt en en discutant aussitôt. Quant aux garçons, ils avaient totalement accepté Travis, qui pour eux était devenu leur père. La discipline qu'il leur imposait, loin d'être oppressante, évitait le chaos et permettait à chacun de prendre sa place tout en développant sa propre personnalité et sa créativité dans une ambiance harmonieuse.

— Inutile de demander si vous êtes heureux tous les deux, déclara Lexi.

— Il faudrait être aveugle pour ne pas le voir, certifia July qui berçait son bébé dans ses bras. Au fait, c'est vrai que vous avez l'intention de fêter Noël dans deux semaines ?

— Oui, admit Mary Karen en attrapant un cracker sur la table basse.

Lexi haussa les sourcils.

— Quoi ? Noël en octobre ?

— C'est l'idée de Travis, expliqua Mary Karen. Comme les naissances sont prévues vers la fin décembre, il est clair que cette période sera très mouvementée. Et comme Travis ne veut pas frustrer les garçons nous avons décidé d'installer l'arbre et d'offrir les cadeaux ce mois-ci.

— C'est une bonne idée, finalement, approuva Lexi.

— Le sapin est déjà en place, dit Mary Karen.

Ils avaient passé une superbe journée dans la forêt à choisir l'arbre, à le couper et à le rapporter.

— Et ce soir nous terminons les décorations. Après, nous attendons le 25 pour ouvrir les cadeaux.

Comme pour manifester son approbation, le bébé fit son rot, ce qui les fit rire.

— Si je connaissais le sexe des bébés, je pourrais choisir quelque chose qu'on mettrait avec le reste, dit July.

Mary Karen saisit le regard interrogateur de Lexi, mais résista à la légère pression de ses amies.

Elles n'étaient pas les seules à tenter de lui arracher des informations. Ses parents avaient tout aussi habilement cherché à savoir, mais sans plus de succès.

— Je n'en sais rien, avoua-t-elle. Et je ne *veux pas* savoir. Travis et moi sommes d'accord pour ménager l'effet de surprise jusqu'au bout.

— Quelle surprise ? s'enquit Nick en revenant avec un plateau de steaks, de hot-dogs et de hamburgers qu'il posa sur la table basse.

— Mary Karen et Travis ne veulent pas dévoiler le sexe des bébés avant la naissance, expliqua July.

— Ma grande expérience en la matière, s'écria-t-il sur un ton docte qui fit sourire son auditoire, me permet de dire que ce sont soit des garçons, soit des filles, soit un de chaque.

— Merci ! ironisa July. C'est une information capitale.

Les plaisanteries qui suivirent plongèrent Mary Karen dans une atmosphère de bien-être rassurant.

En dehors de ses parents, elle savait pouvoir compter sur ce cercle d'amis dont, comme elle, Travis faisait partie depuis des années.

— On va pouvoir bientôt manger ? demanda la petite Addie en passant la tête dans le salon. Les garçons commencent à s'énerver.

— Envoie-les, dit Travis. C'est prêt.

S'appuyant sur les accoudoirs du fauteuil, Mary Karen essaya gauchement de se lever, mais Travis l'en dissuada.

— Reste assise, je m'en occupe, dit-il. Je vais leur porter leurs assiettes.

— Tu pourras t'assurer aussi que le gril est bien éteint ? dit Lexi.

— D'accord.

Mary Karen fixa son regard sur les hanches étroites de

cet homme qui avait su la convaincre de son amour et lui apporter tant de bonheur.

— Je n'arrive toujours pas à croire que le célibataire le plus prisé de tout Jackson Hole soit devenu un mari et un père aussi attentionné, fit Lexi pour plaisanter.

— Quand je pense que, sans moi, ce ne serait peut-être jamais arrivé, soupira David d'un air comiquement suffisant. Si je ne l'avais pas poussé dans la bonne direction…

— Vantard ! l'accusa Lexi en riant. Ces deux-là n'ont eu besoin de personne pour se trouver.

July plaisanta sur son mari, l'entremetteur attitré de la région, ce qui fit rire tout le monde — sauf Mary Karen. « Poussé dans la bonne direction » ? Que voulait-il dire ?

Une ombre assombrit soudain son plaisir. Incapable de s'ôter cette réflexion de la tête, elle profita d'un moment où son frère était seul dans la cuisine pour le rejoindre.

— Tu peux m'expliquer le sens de ta remarque, tout à l'heure ? demanda-t-elle sans détour.

— Quelle remarque ?

— Tu as prétendu avoir poussé Travis dans la bonne direction. J'aimerais bien comprendre…

Elle avait espéré qu'il en rirait, mais la gêne soudaine de David renforça son propre malaise.

— Ce n'est rien, Karen, dit-il avec un rire qui sonna faux à ses oreilles. Je plaisantais, c'est tout.

Il enfonça les mains dans les poches de son jean avec l'air de quelqu'un qui donnerait cher pour se trouver ailleurs.

— Dis-moi, ordonna-t-elle.

— Ce serait trop long à raconter, et ça ne vaut pas la peine, je t'assure.

— David ! appela July. J'ai besoin de toi.

— Euh, désolé, Marika, dit David en s'empressant de ressortir.

Sauvé par le gong, songea-t-elle.

D'ailleurs, c'était peut-être aussi bien. Cette discussion n'avait pas sa place ici.

Mais son frère ne perdait rien pour attendre elle saurait trouver le bon moment pour le faire parler. Et le plus tôt serait le mieux.

12.

Les semaines qui suivirent passèrent rapidement.

Avec le recul, Mary Karen avait fini par admettre que sa réaction à la réflexion de David était probablement excessive. Elle comptait toujours lui demander des explications mais n'avait pas encore trouvé l'occasion de le faire. Deux semaines plus tôt, les jumeaux étaient entrés à la maternelle, et elle mettait Logan trois jours par semaine à la garderie. Malgré cela, entre les courses et les allers-retours pour conduire et ramener les enfants, elle avait le sentiment de n'avoir pas une minute à elle et de passer son temps au volant. Elle aurait aimé pouvoir demander à Travis de l'aider, mais son roadster n'était assurément pas conçu pour le transport d'enfants. Le mieux qu'il pouvait faire était d'aller de temps à autre chercher Logan à la garderie.

Elle n'en prenait pas ombrage. Ces inconvénients étaient un bien petit prix à payer pour le bonheur qu'il lui apportait. En outre, depuis qu'il avait emménagé avec eux, le poids des tâches domestiques s'était grandement allégé.

Elle se redressa en grimaçant après avoir mis les assiettes du petit déjeuner dans le lave-vaisselle.

Son dos commençait déjà de protester. Elle était debout depuis 6 heures. Préparer les enfants pour l'école n'était pas une mince affaire…

Travis, lui, était parti pour l'hôpital peu après qu'elle s'était levée. C'était sa matinée de la semaine consacrée aux opérations chirurgicales. Ensuite, il avait un après-midi de consultations bien chargé. Il lui avait dit de ne pas l'attendre avant 18 heures.

— Nous allons être tous les deux tout seuls toute la journée, Logan, dit-elle. Qu'est-ce qui te ferait plaisir ?

— Promener dans le parc ! s'écria-t-il.

— Chut. Je ne suis pas sourde, tu sais. Tu peux parler plus doucement.

Elle s'avança vers la fenêtre de la cuisine pour soulever le rideau.

Un crachin s'était mis à tomber, qui baignait le paysage d'une grisaille monotone. Mais elle connaissait le climat de Jackson Hole : tout pouvait changer en cinq minutes.

— Il pleut, mon ange. Nous irons cet après-midi s'il fait beau, d'accord ? Tu pourras jouer dans le sable et sur le toboggan. Tu veux que je sorte les coloriages, en attendant ?

— Photos ! dit-il impérativement.

C'était un des passe-temps préférés des enfants. Jamais ils ne se lassaient de feuilleter les albums.

— D'accord. Je vais les chercher.

Quand elle revint, Logan était déjà installé sur le canapé, et elle prit place à côté de lui. Il ouvrit le premier album sur ses cuisses et commença de tourner les pages à son rythme en posant les questions auxquelles elle avait déjà dû répondre si souvent.

— Veux voir bébés Caleb et Connor, déclara-t-il.

Elle contint un soupir.

Logan n'aimait rien tant que regarder ses aînés tout jeunes. Elle n'y aurait vu bien sûr aucun inconvénient si Steven n'était pas apparu aussi souvent sur ces clichés…

— Maman, là ! déclara son cadet en posant un doigt poisseux sur une des photos.

— C'est vrai, dit-elle en sortant un Kleenex pour lui essuyer la main.

Un agrandissement de cette photographie était resté

longtemps exposé au-dessus de la cheminée. Son père l'avait prise à l'hôpital, juste après la naissance des jumeaux. Assise dans le fauteuil de la clinique, elle en tenait un dans chaque bras, et Steven était agenouillé près d'elle. Elle avait l'air si jeune, si heureuse. Et si innocente…

— Et là, qui c'est ? demanda Logan en désignant Steven.

Qu'elle le veuille ou non, Steven *était* leur père à tous les trois, même s'il ne remplirait jamais son rôle.

— C'est ton père. Il habite loin d'ici, tu te rappelles ? Nous en avons déjà parlé.

Logan regarda pensivement l'homme aux cheveux noirs et au sourire crispé.

Pour la première fois, elle vit la distance qu'il y avait entre lui et les enfants et elle. Il était à trente centimètres d'eux sur cette photographie, mais il aurait aussi bien pu se trouver sur une autre planète. Et, comme Logan continuait de tourner les pages, cette distance entre Steven et sa famille lui devint toujours plus évidente.

Comment ne l'avait-elle pas remarqué plus tôt ? C'était un étranger qui avait vécu auprès d'eux pendant ces deux années.

Quand ils eurent refermé le dernier album, Logan avait du mal à tenir les yeux ouverts, et elle était en proie à un maelström d'émotions.

Par chance, Logan ne protesta pas quand elle lui proposa de faire une petite sieste. Après l'avoir couché, elle-même sentit soudain le poids de la fatigue et s'autorisa à s'allonger sur le canapé.

Toutefois, elle fut incapable de s'assoupir.

Pas alors qu'elle venait de découvrir que, durant les deux années qu'ils avaient vécu ensemble, il n'avait pas été heureux. Tous les clichés pris sur le vif étaient là pour le prouver, même si elle n'avait pas voulu le voir jusqu'à présent.

Il lui avait pourtant dit qu'il l'aimait. Suffisamment en

tout cas pour qu'elle le croie. Bien sûr, il l'avait aussi accusée de l'avoir piégé dans une vie qu'il n'avait pas choisie, mais seulement deux ou trois fois, et sous le coup de la colère.

Elle avait toujours pensé que c'était sa seconde grossesse inattendue qui l'avait éloigné d'elle. A présent, elle découvrait que leur mariage avait été une erreur depuis le départ. Elle avait été si absorbée par son rôle de mère qu'elle n'avait pas perçu les signaux d'alarme annonçant la pente sur laquelle glissait irrémédiablement leur mariage.

Du revers de la main, elle essuya ses joues mouillées et se leva pour se poster devant la fenêtre.

La tristesse du paysage était en harmonie avec son humeur.

N'était-elle pas en train de commettre la même erreur aujourd'hui ? Etait-ce ce que David avait voulu dire en proclamant qu'il avait dû pousser Travis dans la bonne direction ?

Dès le début, elle ne lui avait pas caché qu'elle ne le retiendrait pas contre son gré dans un mariage qu'il ne souhaiterait plus. Et lorsqu'elle s'était découverte enceinte, elle lui avait exprimé de façon très claire qu'elle n'accepterait rien de lui qui ne soit pas motivé par un amour réel. En retour, il lui avait juré son amour et son désir d'être à la fois un mari et un père pour ses enfants.

Ces serments avaient-ils été prononcés pour la rassurer ?

Non. Travis l'aimait, elle en était certaine. Rien ni personne ne l'avait contraint à choisir cette vie. Sa seule motivation était son amour pour ses fils, pour elle et pour leurs enfants qu'elle portait. Il serait ridicule de penser autrement…

Pourtant, le sourire qu'elle esquissait se transforma en grimace, et elle dut se mordre la lèvre pour contenir de nouvelles larmes.

Le mieux serait sans doute de lui poser la question.

Mais serait-il honnête ? Quoi qu'il lui réponde, ne continuerait-elle pas à nourrir des doutes ?

Une autre solution serait de parler à David. Son frère lui révélerait la vérité si elle insistait. Et même si cela devait être douloureux, elle préférerait ça à l'incertitude. Car elle venait de le découvrir : se cacher la tête dans le sable n'était pas la bonne solution.

Les yeux bleus de David virèrent à l'orage.

— Si je comprends bien, tu m'as menti ? Tu as prétexté une grosse fièvre de Logan pour me faire venir ici ? Je ne le crois pas !

Mary Karen demeura stoïque devant la colère de son frère.

— J'avais besoin de te parler seule à seul.

— De quoi ?

— De ce que tu as insinué sur Travis le jour du barbecue.

Il secoua la tête.

— Tu vas devoir me rafraîchir la mémoire, dit-il en enfonçant les mains dans les poches de son jean en un geste habituel pour lui.

Mais elle n'était pas dupe. Il savait très bien à quoi elle faisait allusion.

— Tu veux un café ? demanda-t-elle en se dirigeant vers la cuisine, où il la suivit.

Elle devait s'avouer qu'elle n'en menait pas large. Et si ce qu'il allait lui révéler confirmait ses pires craintes ? Et si sa vie merveilleuse n'était ni plus ni moins qu'un château de cartes prêt à s'effondrer sous le souffle de ce qu'allait lui dire David ?

Elle servit une tasse à son frère.

— Tu n'en prends pas ? dit-il après en avoir avalé une gorgée.

— Non. J'ai versé du sérum de vérité dedans, ironisa-t-elle avec un sourire forcé, en s'asseyant. David, je sais que tu n'as pas de temps à perdre, aussi nous ne tournerons pas autour du pot. Dis-moi simplement quel genre de conseil tu as dû donner à Travis.

Après réflexion, David tira une chaise pour s'asseoir en face d'elle.

— Travis et toi êtes heureux, dit-il. Cela ne te suffit pas ? Pourquoi vouloir fouiller dans un passé révolu ?

Elle fut tentée une seconde d'acquiescer et de laisser tomber. Mais ce qu'elle venait de découvrir sur Steven en feuilletant l'album de photos la poussa à aller jusqu'au bout.

Elle se pencha vers son frère.

— Tu te rappelles quand July, en arrivant à Jackson, a menti quant à la paternité d'Adam ? Quand tu l'as découvert, tu en as énormément souffert. Mais le découvrir a finalement été ce qui pouvait vous arriver de mieux. Les secrets sont des destructeurs de relations, David. J'aime Travis. Je veux que notre mariage nous apporte tout ce que j'en attends. Mais je dois savoir s'il reste avec moi par simple devoir ou parce qu'il m'aime.

Des larmes lui brouillèrent la vue.

« Le devoir ». Elle haïssait ce terme.

— Hé ! Ne pleure pas, dit David en lui posant gauchement la main sur l'épaule. Tu es en train de faire une montagne d'une taupinière.

Agacée, elle s'essuya les yeux.

— Parle.

— Laisse tomber, Karen, dit-il en esquissant un pas vers la porte.

— David, si tu sors d'ici sans m'avoir rien dit, j'appelle July. Elle connaît, elle, la façon dont un secret peut empoisonner une relation.

L'expression de David s'assombrit, et elle le vit clairement accuser le coup.

— D'accord, soupira-t-il. Mais n'oublie pas que c'est *toi*

qui as dit à Travis que tu étais enceinte et que tu ne voulais rien avoir à faire avec lui.

Elle eut tout à coup le sentiment qu'elle allait se retrouver dans le mauvais rôle.

— Ce n'est pas tout à fait ainsi que ça s'est passé, objecta-t-elle. J'ai juste précisé à Travis que je ne voulais pas de lui dans ma vie et celle de mes enfants s'il ne m'aimait pas.

— Et tu l'as placé ainsi dans une très mauvaise position, Karen. Tu portais ses enfants, et il savait que tu étais déjà débordée avec les trois autres. Que voulais-tu qu'il fasse ?

— Je lui demandais d'être honnête, rien de plus, répondit-elle en se levant. Mais toi, par contre, tu lui as conseillé de me mentir — pour la bonne cause, bien sûr. N'est-ce pas ?

David ne chercha pas à nier. Ses yeux disaient clairement ce qu'il en était.

Quand il se pencha pour poser la main sur la sienne, elle s'écarta vivement.

— Dis-moi exactement ce que tu lui as conseillé de me dire.

— Je ne m'en souviens pas.

Elle posa la main sur le téléphone.

— Bon, d'accord, soupira-t-il, exaspéré. Je lui ai dit de tout faire pour rentrer dans tes bonnes grâces. Je lui en voulais de te voir de nouveau enceinte. Tu n'avais pas besoin de ça.

— Et moi je t'en veux de m'avoir mise dans cette position.

— *Moi*, je t'ai mise dans… ?

Il secoua la tête.

— Je ne comprends pas. Que veux-tu dire ?

— J'ai cru Travis quand il m'a dit qu'il m'aimait. Je l'ai laissé s'installer avec nous. Les garçons ne jurent que par lui. Comment veux-tu que je lui demande de partir, maintenant ?

— De partir ? répéta David, surpris. Et pourquoi ferais-tu ça ? Tu l'aimes, non ?

— Oui. Mais lui, non. Travis ne m'aime pas, dit-elle en détachant chaque syllabe comme si son frère était obtus. S'il m'aime, c'est comme un ami, et je veux plus que cela. Je veux ce que July et toi avez, David. Ce que Lexi et Nick ont. Je croyais l'avoir moi aussi, depuis deux mois. Mais maintenant je sais que c'est faux. Travis n'est resté avec nous que parce que mon frère l'a encouragé à me mentir !

David se passa la main dans les cheveux en soupirant.

— Je suis désolé, Marika. Je voulais t'aider, c'est tout.

Elle aurait voulu entretenir sa colère contre lui et pouvoir lui attribuer le fiasco de ses espoirs. Mais elle était incapable d'en vouloir longtemps à son frère, qui avait toujours été là pour la protéger. Quand Steven les avait abandonnés, elle et les trois enfants, c'était lui qui l'avait aidée à surmonter le choc. Alors, même s'il avait commis une erreur avec Travis, elle savait que c'était avec les meilleures intentions.

— Merci d'avoir été honnête avec moi, dit-elle en évitant son regard.

Se levant elle se dirigea vers la porte d'entrée qu'elle ouvrit pour lui.

— Embrasse July pour moi.

— Marika, ne gâche pas tout. Travis et toi vous entendez très bien, et… Oh ! flûte. Ne me dis pas qu'à cause de moi…

Se hissant sur la pointe des pieds, elle l'embrassa sur la joue.

— Tu n'as rien à te reprocher, David. S'il y a un responsable dans cette histoire, c'est Travis. Personne d'autre.

13.

Mary Karen fixa le siège de Logan sur la banquette arrière de son break fatigué puis s'assit au volant.

Après être allée chercher les jumeaux à la maternelle, elle s'arrêterait au supermarché. Faire les courses avec les trois enfants n'était pas sa distraction préférée, mais elle n'avait pas le choix, les placards et le réfrigérateur étaient pratiquement vides. Et, d'ici qu'ils soient rentrés, il serait l'heure de préparer le dîner.

Et Travis rentrerait, lui aussi.

D'habitude, elle guettait son retour avec impatience. Mais aujourd'hui elle ne savait pas trop encore ce qu'elle dirait, ce qu'elle ferait…

Impulsivement, elle aurait plutôt envie de lui claquer la porte au nez. Mais l'adulte en elle savait que cela ne résoudrait rien.

Comme elle se penchait pour mettre la clé de contact, elle entrevit son visage dans le rétroviseur.

Celui d'une femme de vingt-six ans, plutôt jolie. Une fille dévouée, une amie fidèle, une mère attentionnée…

Et elle souhaitait maintenant être l'épouse comblée d'un mari qu'elle aime et qui l'aime en retour. Etait-ce trop demander ?

Elle n'avait jamais connu cela avec Steven. Ses scènes violentes et ses insultes n'avaient certes pas contribué à lui apporter la confiance en elle qu'elle avait espéré trouver auprès d'un mari. Il lui avait fallu attendre son départ pour se rendre compte à quel point elle avait été malheureuse avec lui. Et du mal qu'il avait fait à sa propre estime.

Travis n'était pas Steven, bien sûr. C'était un homme fiable, prévenant, passionné. Une âme sœur. Un ami. Mais n'avait-il pas renoncé pour elle à ce qu'il attendait de la vie ?

Elle ne le saurait qu'avec la discussion à cœur ouvert qu'elle comptait avoir avec lui ce soir.

Elle tourna la clé de contact…

Rien ne se produisit.

Elle essaya de nouveau, sans plus de succès.

Oh non ! Dans cinq minutes, les jumeaux l'attendraient à l'école.

Son premier réflexe fut de composer le numéro de Travis, mais elle y renonça aussitôt. Son roadster n'était pas adapté pour deux enfants.

Sa mère, par chance, était disponible. Celle-ci lui promit de se mettre immédiatement en route pour aller les récupérer.

Bien sûr, les placards resteraient vides encore ce soir, mais ils se débrouilleraient. Rien de tel qu'une batterie à plat pour bousculer un peu la routine.

— Une pizza au tofu ? dit Travis en considérant son assiette avec consternation.

Marika avala une gorgée de lait.

— C'est ça ou rien.

Elle avait ce ton sec depuis qu'il était arrivé. Et elle avait eu beau chercher à les cacher sous du maquillage, il avait remarqué ses yeux gonflés. Il lui avait prudemment demandé comment sa journée s'était passée et n'avait obtenu qu'un « très bien » prononcé du bout des lèvres.

Choisissant sagement de ne pas se plaindre, même si une opération en urgence l'avait obligé à sauter son déjeuner, il croqua dans la part de pizza avec l'impression de mâcher du plâtre.

Les jumeaux n'avaient pas l'air plus enthousiastes que lui, mais un coup d'œil de leur mère les dissuada de se plaindre.

— J'avais prévu de faire les courses cet après-midi, mais je n'ai pas pu arriver jusqu'au supermarché, expliqua-t-elle sèchement. La batterie était à plat. J'ai demandé à ma mère d'aller chercher les jumeaux à ma place, et ensuite j'ai appelé le garage.

— Pourquoi ne pas m'avoir appelé, moi ? J'aurais pu…

— Tu aurais pu *quoi* ?

Elle se tut une seconde puis esquissa un sourire, visiblement pour adoucir la brutalité de sa réponse.

— M'assurer que quelqu'un aille prendre les garçons était mon souci prioritaire. Après, j'ai juste eu à passer un coup de fil pour la batterie. Rien de compliqué. Je suis tout à fait capable de régler ces mini-catastrophes. Après tout, c'est ce que je fais depuis que Steven nous a quittés.

— Oui, mais tu n'es plus seule, dit-il en se penchant pour lui prendre la main.

Quand elle se déroba, il saisit quelque chose dans son regard qu'il ne comprit pas. De la peine ? De la colère ? De la déception ? Tout à la fois ?

Il ne savait trop qu'en penser. L'humeur sombre de Marika était-elle due à sa grossesse ? Devait-il l'attribuer à un problème hormonal ?

Il aurait aimé insister, mais il choisit prudemment de patienter jusqu'à ce que les garçons soient au lit. En attendant, il s'efforça de plaisanter avec eux et parvint même à avaler les trois quarts de sa pizza plâtreuse.

Une fois les garçons couchés et Marika en train de se changer dans la chambre, il mit en place un plan destiné à lui remonter le moral : il commença par ouvrir une bouteille de jus de raisin qu'il servit dans des coupes à champagne.

Puis il alluma deux bougies parfumées qui diffusèrent bientôt une douce odeur de cannelle. Après avoir mis un disque de Miles Davis en sourdine, il jeta un dernier regard sur le salon.

Les lumières du sapin de Noël apportaient une touche festive à la pièce.

Parfait. Si sa femme ne retrouvait pas le sourire, c'est que son cas était vraiment désespéré.

Marika le rejoignit cinq minutes après et s'arrêta net sur le seuil, la bouche entrouverte formant un O presque parfait. Ses cheveux qu'elle avait libérés sur ses épaules brillaient comme de l'or liquide, et sa robe de chambre bleue aux poignets et au col de dentelle lui donnait l'air d'un ange.

Heureux de sa réaction, il sourit en lui tendant un des verres.

— Je me suis dit que nous avions une bonne raison de porter un toast.

— Un toast ? répéta-t-elle sans comprendre. A quoi ?

— Nos bébés devraient naître dans exactement deux mois, dit-il. Je pensais que tu comptais les jours, toi aussi.

— Parce que c'est ce que tu fais, toi ? rétorqua-t-elle. Tu comptes les jours ?

Son agressivité le prit au dépourvu, mais il ne la releva pas. Il connaissait assez les femmes, tant sur le plan professionnel que personnel, pour savoir qu'elles maîtrisaient l'art d'esquiver ce qui les tracassait réellement.

— Tu aurais dû m'appeler, dit-il, j'aurais trouvé un moyen d'aller chercher les jumeaux.

— Ce n'est pas le problème.

— Non ? Alors, que…

— J'ai parlé avec David, ce matin, dit-elle en s'asseyant sur le bord du canapé. Je lui avais demandé de passer me voir.

Et de toute évidence ils n'avaient pas discuté de la pluie et du beau temps.

De plus en plus intrigué, il allait questionner Marika, quand elle le devança.

— Nous avons parlé de toi.

— De moi ?

— Oui. Au barbecue, il avait dit quelque chose à ton propos qui m'a beaucoup tracassée.

Il était clair que, tant que ce qu'elle semblait lui reprocher ne serait pas élucidé, elle ne voudrait pas de lui tout près d'elle.

Il s'assit donc en face d'elle, dans un des fauteuils.

— Qu'avait-il dit ? s'enquit-il posément.

— Que si nous étions ensemble, c'était parce qu'il avait su te pousser dans la bonne direction.

Travis s'adossa au gros coussin quilté en souriant.

— Ah, c'est bien ton frère, ça ! Il faut qu'il s'attribue tout le mérite de notre mariage. Il faut dire qu'il essaie depuis des années de nous jeter dans les bras l'un de l'autre. Tu te souviens du bal, à l'université, quand il a voulu que...

— Il ne s'agit pas de ça, le coupa Marika.

— Non ? Alors de quoi ?

Elle soutint vaillamment son regard.

— Réponds-moi franchement, Travis. Quand il a appris que j'étais enceinte, t'a-t-il oui ou non dit de faire tout ce que tu pouvais pour me convaincre de t'inclure dans ma vie ?

Travis fronça les sourcils.

Il se rappelait la colère de David, ce jour-là, dans les vestiaires, mais il n'avait qu'une vague souvenance des propos qui avaient été échangés.

— Il m'a peut-être suggéré quelque chose en ce sens, c'est possible. Je me souviens qu'il était très anxieux.

— Et c'est pour ça que tu m'as dit que tu m'aimais.

— Marika... Je te l'ai dit parce que c'est vrai.

— Vraiment ?

— Vraiment. En fait, je crois que je t'ai toujours aimée.

Tu as été mon amie la plus proche depuis aussi loin que remontent mes souvenirs.

— Je ne veux pas que tu m'aimes comme une amie !

— Que veux-tu dire ? Je ne comprends pas.

— Non ? C'est pourtant simple.

— Ne t'ai-je pas suffisamment prouvé que je t'aime ? Quand nous sommes au lit, tous les deux…

Se relevant brusquement, Marika se planta au milieu de la pièce.

— Tu étais tout disposé à divorcer jusqu'à ce que tu apprennes que j'étais enceinte.

Il se leva à son tour pour s'approcher d'elle, mais pas trop. Il avait le sentiment que tout ce qu'il disait ne faisait qu'aggraver son cas. Si encore il savait ce dont elle l'accusait…

— Marika, ma chérie, que se passe-t-il ? Qu'est-ce qui a déclenché ce… cette colère en toi ?

— C'est de comprendre que la raison, la *seule* raison, qui t'a poussé à me dire que tu m'aimais a été ton fichu sens du devoir ! Tu t'es senti obligé de nous prendre en charge, les bébés et moi. Tu m'as fait croire que…

Elle s'interrompit en secouant la tête.

— Peu importe. Tout est clair pour moi, maintenant. Tu peux poser le masque, plus rien ne t'oblige à jouer les maris amoureux.

Glissant un bras sur ses épaules, il l'attira contre lui.

— Je t'aime, Mary Karen ! dit-il avec une force qui parut la surprendre autant que lui-même. Et ce n'est pas parce que nous avons été simplement amis pendant toutes ces années que mon amour pour toi n'en est pas pour autant vrai. Dis-moi ce que je dois faire pour t'en convaincre.

Marika soutint son regard un moment avant de répondre.

— Jure-moi que tu aurais accepté de m'épouser et d'être un père pour mes fils même si je n'avais pas été enceinte.

Soucieux d'être honnête, il hésita.

— Je ne peux pas te l'assurer, mais je peux en revanche t'affirmer que j'ai été extrêmement heureux ces quatre derniers mois.

Elle soupira.

— N'empêche que je t'ai mis dans une position où tu t'es senti obligé de m'épouser.

— Faux, Marika, dit-il d'un ton délibérément léger. Si j'ai bonne mémoire, nous n'avions ni l'un ni l'autre le canon d'un revolver pressé sur la tempe quand nous avons prononcé nos vœux…

— Mais nous étions sur le point de divorcer.

— Et nous ne l'avons pas fait.

— A cause des bébés.

— Non. Parce que nous nous sommes rendu compte que nous nous aimions.

— Je ne demande qu'à te croire, Travis, murmura-t-elle. Mais je… je ne peux pas.

Ses yeux exprimaient un tel désespoir qu'il ne pouvait lui en vouloir.

— C'est le pire enfer que je puisse imaginer, déclara-t-il en secouant la tête.

— Quoi ?

— Etre amoureux de sa femme qui refuse de le croire.

Une serviette autour des reins, Travis hésita sur le seuil de la chambre.

Pourvu que Marika soit endormie lorsqu'il se coucherait près d'elle !

Il était resté sous la douche plus longtemps que d'habitude en espérant qu'elle aurait eu le temps de s'assoupir avant qu'il la rejoigne. Non qu'il ne veuille pas reprendre cette discussion, mais il était fatigué. Et elle aussi.

Toutes ces années qu'il avait passées à élever ses frères et sœurs lui avaient enseigné quelques stratégies pour résoudre les conflits. Contrairement à ce que certains ouvrages prétendaient, il avait appris que, plutôt que de vouloir à toute force régler le problème avant d'aller dormir, mieux valait parfois laisser la nuit agir et reporter l'explication au lendemain.

Oui, il était certain que, au matin, Marika se serait rendu compte qu'elle avait été stupide de douter de son amour.

Le plus silencieusement possible, il se dirigea vers le lit et s'apprêtait à y entrer quand il se figea.

Il était vide.

Sur le point de ressortir de la chambre pour aller trouver Marika, il la vit.

Assise dans le fauteuil près de la fenêtre, les mains croisées dans son giron, elle posait sur lui un regard impénétrable.

— Je croyais que tu dormirais, dit-il.

— Tu veux dire que tu *espérais* que je dormirais.

— Si tu insinues que je ne veux pas résoudre ce problème, tu fais erreur.

— Je ne veux pas me disputer.

— Moi non plus.

Il vint s'asseoir en face d'elle, sur le bord du lit.

— Notre mariage est essentiel pour moi, Marika. Et j'espère que tu sais que tu peux compter sur moi.

Il s'exprimait d'une voix très calme et douce afin de dissiper la tension qui régnait dans la pièce.

— David avait raison, dit-elle après un instant de silence. Tout est ma faute.

— Que veux-tu dire ? demanda-t-il.

Elle rencontra fugacement son regard avant de baisser de nouveau les yeux sur ses mains.

— Je n'aurais jamais dû te dire que je ne resterais pas

mariée avec toi si tu ne m'aimais pas. Parce que, comme ça, tu n'as d'autre choix que de me mentir.

Merci, David, songea Travis avec amertume. Il se promettait une petite explication avec lui, un de ces jours.

— Je ne t'ai pas menti, Marika. Je…

— Je te dois des excuses. Je t'ai placé dans une situation très désagréable. Mais je te rassure tout de suite : quoi qu'il arrive entre nous, jamais je ne t'empêcherai de voir tes enfants.

Il sentit son estomac se contracter.

Elle envisageait vraiment une séparation ? Un divorce ?

S'accoudant sur ses genoux, il se pencha vers elle.

— Marika, ce que je veux, c'est être ici, avec toi et les garçons. Comme en ce moment.

Il essayait de le cacher, mais l'émotion filtrait dans sa voix. C'était son avenir, sa vie qui étaient en jeu à cet instant.

— Je sais que tu t'inquiètes pour moi, répondit-elle avec un sourire distant. Tu veux me protéger. Mais je m'en sortirai, tu sais. Je suis forte, et j'ai en plus la chance d'avoir une famille qui me soutient.

— Et moi ? Je suis là, moi aussi.

— Oui, je sais.

Elle tendit la main pour lui effleurer la joue du bout des doigts, et il reprit espoir. Cependant, quand il esquissa un geste vers elle, elle se recula.

— Je souhaite que tu prennes le temps de réfléchir à ce que tu veux vraiment, Travis, dit-elle d'un ton ferme. Je ne veux pas avoir à me contenter de faux-semblants. Si tu vis avec nous, tu devras te donner tout entier. Pas un petit peu seulement. C'est tout ou rien.

— Tu me demandes de partir ?

— Non. Mais je ne te demande pas non plus de rester.

Il respira mieux. Au moins ne le chassait-elle pas.

— Mais si tu choisis de rester ici pendant que tu réfléchis à ta décision, nous ne dormirons pas ensemble. Et si nous nous séparons nous ne nous verrons plus. Je m'étais toujours dit que notre relation n'était que physique et qu'aucun de nous deux n'en sortirait blessé. Mais j'avais tort. C'est bien plus que ça, du moins pour moi. Et je ne veux plus me mentir.

Il avait la sensation de se débattre dans un cauchemar dont il ne parvenait pas à se réveiller.

— Je t'aime, Marika.

Elle soutint son regard un instant.

— Je crois que tu es sincère, oui. Mais jusqu'où m'aimes-tu ? Assez pour être certain d'être là où tu dois être ? C'est à cette question que tu dois apporter une réponse claire, Travis. Et pour cela tu vas devoir sonder ton cœur. Et n'oublie pas que, quoi que tu décides, tu continueras à nous voir, tes enfants et moi. Je resterai toujours ton amie.

Lorsque Travis se leva à 6 heures, en prenant soin de ne pas réveiller Marika, le seul plan auquel il était parvenu était celui-ci : continuer comme si de rien n'était.

Il n'avait guère fermé l'œil de la nuit, passant les heures à chercher une solution pour lui prouver qu'il n'était plus l'homme accroché à son célibat et jaloux de son indépendance qu'elle avait connu.

Bien sûr, il devait admettre que cette transformation était assez inattendue. Lui-même avait du mal à se reconnaître dans ce mari aimant et ce père attentionné. Mais vivre auprès de Marika et des garçons avait comblé en lui un vide dont il avait jusque-là ignoré l'existence, et il lui fallait à présent convaincre Mary Karen de sa sincérité. Il allait devoir jouer serré, employer toute son énergie à faire en sorte qu'elle ne puisse plus se passer de lui. Et pour cela les actes étaient plus éloquents que les paroles.

Il aimait trop cette femme et ses trois enfants, sans compter ceux à venir, pour envisager un échec.

Après une nuit tourmentée — la présence de Travis près d'elle ne l'avait certes pas aidée à trouver le sommeil facilement —, Mary Karen se leva avec le projet de consacrer la journée au ménage.

Même si le beau temps qui s'annonçait ne l'y incitait guère, c'était le seul moyen qu'elle avait conçu pour s'occuper l'esprit. Avec un peu de chance, cela l'empêcherait de trop imaginer sa vie sans Travis.

Encore que rien dans l'attitude de celui-ci ne lui donne à penser qu'il songeait à déménager. Comme tous les matins lorsqu'il n'avait pas besoin d'être à l'hôpital aux aurores, il avait préparé le petit déjeuner des garçons, avec lesquels il avait plaisanté selon son habitude. Toutefois les cernes sous ses yeux trahissaient son manque de sommeil à lui aussi.

Ne sachant trop comment se comporter, elle choisit de mettre sans attendre à exécution son programme de nettoyage intensif.

Son portable sonna alors qu'elle sortait le seau et le balai-brosse.

Elle sourit en reconnaissant le numéro de July.

— Salut, dit-elle. Quoi de neuf ?

Ainsi qu'elle l'avait prévu, Travis secoua la tête et vint lui prendre des mains en douceur le nettoyant.

L'ignorant, elle se concentra sur ce que lui proposait sa belle-sœur.

— Mmh. Ce serait une bonne idée, mais… Attends, je vais demander à Travis.

Elle se tourna vers lui.

Avec son jean et son pull en jersey anthracite, il était terriblement séduisant. Appuyé contre le comptoir de la cuisine, les bras croisés, il l'observait avec une expression insondable.

— July me propose de l'accompagner à l'exposition de sculpture, dans le parc.

— Très bonne idée, dit-il. Tu veux y aller ?

La ville organisait tous les ans une exposition où les artistes étaient invités à travailler devant les profanes, auxquels ils pouvaient ainsi expliquer leur art et transmettre leur savoir-faire.

— Oui, ça me plairait. Mais July préférerait que ce soit juste nous deux. Autrement dit, je dois trouver une baby-sitter.

— Je peux m'occuper d'eux, dit Travis. Je ne suis pas de garde aujourd'hui. Une journée de détente avec July te fera le plus grand bien.

— Tu es sûr ?

— Certain. Allez, va te préparer. Je les emmènerai peut-être pêcher, il y a longtemps que j'en ai envie. Passe-moi July. Ce serait bien qu'elle voie avec David s'il peut venir avec moi. Il y a longtemps qu'on en parle.

— Merci, Travis, murmura-t-elle avant de remettre le téléphone à son oreille. July ? C'est d'accord. Et je te passe Travis.

Dix minutes plus tard, tous les plans étaient en place. Il fut convenu qu'elle-même et July iraient à pied jusqu'au parc, ce qui permettrait à Travis de prendre le break pour emmener les garçons.

— Tu es certain que ça ne t'ennuie pas ? demanda-t-elle, soudain assaillie d'un sentiment de culpabilité à l'idée des reproches qu'elle avait faits la veille à Travis.

Comment douter à cet instant, alors qu'il se chargeait de ses garçons turbulents, qu'il avait l'étoffe d'un père attentionné ?

Lorsque la sonnette de l'entrée retentit une demi-heure plus tard, et qu'elle s'apprêta à aller ouvrir, Travis la retint et l'attira contre lui pour l'embrasser sur les lèvres, brièvement mais passionnément.

Un peu étourdie, elle s'écarta de lui en portant la main à sa bouche.

— Pourquoi ? demanda-t-elle simplement en inclinant la tête.

— Pour que tu n'oublies pas que je t'aime.

14.

July effleura du doigt la statuette représentant un poussah presque grandeur nature assis en tailleur et exposé sous un bouleau.

— S'il t'a dit ça, à ta place, je le croirais.

— Vraiment ?

— Oui. Le Dr Allman que je consultais l'année dernière, à l'époque où j'essayais de trouver le courage de dire la vérité à David, m'a dit que quand David me déclarait son amour je devais le croire. Tu as l'air fatiguée, fit-elle soudain. Tu ne veux pas qu'on aille s'asseoir à la terrasse du café ?

— Si, je veux bien. Je ne tiens plus sur mes jambes.

Dix minutes plus tard, confortablement assise, Mary Karen dégustait avec soulagement son thé vert en face de July qui sirotait un cappuccino.

— Je peux te parler franchement ? dit son amie au bout d'un instant.

— Bien sûr, répondit-elle, néanmoins un peu sur la défensive.

— Ne laisse pas ton ex te gâcher la vie.

Ce conseil la prit au dépourvu.

— Pourquoi me dis-tu ça ?

— Parce que, d'après ce que je peux voir, Steven t'influence toujours à distance. Ses mensonges continuent de pervertir tes jugements. Travis te dit qu'il t'aime, mais tu ne veux pas le croire à cause de ton expérience malheureuse avec Steven. Ne lui donne pas ce pouvoir, Karen.

— Mais… Et si Travis en a assez de moi ? Ou des enfants ? Et s'il…

— Et si tu avais tout pour être merveilleusement heureuse mais que tu préférais imaginer les pires scénarios qui soient, histoire de te faire du mal ?

— On ne pourrait pas changer de sujet ? dit-elle d'un ton plus sec qu'elle ne l'aurait voulu.

Elle ne doutait pas que sa belle-sœur cherche réellement à l'aider, mais il était clair que celle-ci ne pouvait pas comprendre.

July n'opposa aucune objection, et elles poursuivirent leur conversation sur des sujets moins personnels.

— A propos, j'ai fait développer les photos que j'ai prises au barbecue. Il y en a de très bonnes de Travis et toi, dit-elle. Je les ai oubliées, mais je te les apporterai la prochaine fois. Je dois rentrer, ajouta-t-elle en regardant sa montre. Je n'ai pas vu le temps passer, et j'ai tout un tas de corvées domestiques qui m'attendent. A force de reporter au lendemain…

Mary Karen lui sourit.

— En tout cas, cette sortie entre filles m'a fait un bien fou, déclara-t-elle, sincère.

— Oui. Pour moi aussi, ç'a été une super récréation. Il faudra que nous trouvions l'occasion de recommencer.

Travis discuta longuement avec David, lequel, comprenant à quel point sa remarque avait semé le trouble dans l'esprit de sa sœur, lui présenta ses excuses.

— Tu veux mon avis ? dit-il. Je crois qu'elle se sent coupable de t'avoir « piégé », et maintenant elle fait tout pour te rendre ta liberté.

— Je n'ai jamais eu le sentiment d'être pris au piège.

— Je sais. Mais ma sœur a toujours été une éternelle

inquiète. La seule façon de la rassurer est de lui faire comprendre une fois pour toutes que tu l'aimes et que tu veux rester avec elle.

Travis se tourna avec un soupir vers les garçons dont les voix excitées leur parvenaient depuis la petite tente que David et lui avaient installée pour leur plus grande joie.

— Je sais. Je cherche désespérément un moyen de la convaincre.

La réponse lui vint inopinément vingt minutes plus tard, par une remarque anodine de son beau-frère alors qu'ils commençaient à charger le break.

— On dira tout ce qu'on voudra sur ce vieux tacot, mais notre SUV n'aurait pas pu contenir le matériel *et* les enfants.

— C'est sûr, approuva Travis en flattant la carrosserie fatiguée du plat de la main. C'est indispensable pour une famille nombreuse.

— J'avoue que je suis surpris de te voir au volant de cette guimbarde, lança David. Tu n'as jamais caché ton aversion pour ce genre de véhicule.

Oui, mais c'était *avant* qu'il ait une famille et qu'il puisse apprécier tous les avantages que procurait un break.

— Et même si ma comparaison ne te plaît pas, ajouta David, Steven et toi êtes bien les mêmes à cet égard. Je crois même qu'il n'a jamais voulu la conduire. Ce vieux break symbolisait pour lui tout ce qu'il détestait dans la vie de famille.

— Papa ?

Travis baissa les yeux sur les petits garçons qui l'entouraient.

Leurs T-shirts étaient maculés de terre, et ils avaient les cheveux pleins de brindilles, les joues rouges et les yeux brillants.

— On pourra revenir ? demanda Connor. On promet qu'on n'ira pas dans l'eau.

— Et qu'on touchera plus aux hameçons tout seuls, renchérit son jumeau.

— Moi plus pleurer, ajouta à son tour Logan.

— Tu nous ramèneras, dis ? insista Caleb.

Devant les regards implorants des trois garçons, Travis sentit son cœur se gonfler d'émotion.

— Bien sûr. Et la prochaine fois nous amènerons les bébés pour qu'ils puissent vous regarder pêcher.

Alors qu'ils empruntaient le chemin du retour, il prit conscience du réel plaisir qu'il avait trouvé à cette escapade.

Il s'était si souvent plaint que ses frères et sœurs l'avaient empêché de vivre une vie sociale normale. Et soudain il se rendait compte que les virées de pêche, les promenades dans les bois, les spectacles donnés par les enfants à l'école avaient constitué les meilleurs moments de sa vie. Jusqu'à l'arrivée de Marika.

Entre elle et les garçons, il avait le sentiment que sa vie était enfin accomplie.

David avait tort. Il n'avait *rien* de commun avec Steven.

Et comme ils rentraient à Jackson Hole dans le confortable break — malgré les ressorts et les sièges usés — une idée commença à germer dans sa tête.

Lorsqu'ils s'engagèrent dans la rue menant à la maison, il savait ce qu'il allait offrir à Marika pour Noël.

Quelque chose de très beau et de très pratique, qui la persuaderait une fois pour toutes qu'il ne ressemblait en rien à son ex et qu'il n'envisageait pas de vivre ailleurs qu'auprès d'elle et des garçons.

15.

Quand Travis avait évoqué l'idée de célébrer Noël au mois d'octobre, Mary Karen avait imaginé une cérémonie tranquille entre les garçons et eux. Quelle naïveté, songea-t-elle, amusée, en refermant enfin la porte sur les derniers amis passés apporter des plats, des gâteaux et des cadeaux pour les enfants.

La main de Travis reposait sur son épaule, légère.

Dès le matin, elle avait décidé d'oublier pour une journée ses inquiétudes et de passer une bonne soirée. Et elle y était parvenue. Travis avait été près d'elle presque toute la soirée, ne ménageant pas ses efforts pour lui prouver qu'elle était belle et aimée.

Et c'était vrai qu'elle s'était sentie en beauté ce soir, malgré son ventre proéminent. Elle avait remonté ses cheveux en un chignon lâche qui dégageait son cou et mettait en valeur sa robe mi-longue bleue aux reflets argentés, fluide et légèrement décolletée. Les regards dont l'avait couvée Travis toute la soirée avaient à plus d'une reprise fait battre son cœur plus vite.

— Tu avais raison pour les cannes à pêche, dit-elle comme elle le précédait dans la cuisine. Les jumeaux sont aux anges. C'était un super cadeau pour eux.

Elle attrapa une bouteille de jus de raisin entamée et la leva.

— Tu m'aides à la finir ?

— D'accord. J'aime vivre dangereusement.

Elle sourit, amusée, et vida le fond de la bouteille dans les deux derniers verres propres qu'elle sortit du placard.

— Je suis surprise que les garçons aient accepté d'aller se coucher sans protester. Ils n'avaient pas l'air si fatigués que ça, pourtant…

— J'ai fait du chantage, avoua Travis. Je leur ai promis que s'ils allaient se coucher sans se plaindre, je les emmènerais manger des pancakes au chocolat demain matin.

— Oh. Je vois. Tu en avais assez de les voir ?

— Non. Je voulais être seul avec toi. Parce que le moment est venu d'ouvrir *nos* cadeaux, dit-il en s'approchant pour la prendre dans ses bras.

— D'accord. Alors allons-y, soupira-t-elle.

— Un peu plus d'enthousiasme serait le bienvenu.

Lui prenant la main, il l'entraîna vers le salon, où il l'invita à s'asseoir sur le canapé.

— Je veux ouvrir le mien d'abord, dit-il.

Un peu nerveuse, elle pointa l'index vers un paquet enrobé de papier d'argent et enrubanné de rouge, que Travis alla chercher pour le poser sur la table basse.

— C'est lourd. Je me demande bien ce que c'est.

Il déballa le cadeau sous son regard nerveux et resta un long moment à le regarder sans rien dire.

Elle se sentit rougir.

— Ils sont spécifiquement conçus pour le roadster BMW, dit-elle, mal à l'aise. Ils protégeront la moquette quand il pleut.

— C'est une attention très touchante, dit-il enfin, avec un sourire rassurant. Merci, Marika.

Il n'avait pas dit qu'ils lui plaisaient.

— J'ai gardé le ticket de caisse. Si tu veux les changer…

Sans répondre, il sortit à son tour une petite boîte de sa poche.

— Moi aussi, j'ai un cadeau pour toi.

Elle ouvrit la boîte avec un peu de nervosité.

C'était une clé. Une simple clé argentée.

Devant son air étonné, Travis la saisit et la lui pressa dans la paume.

— Avec tout mon amour, Marika.

— Qu'est-ce qu'elle ouvre ?

— Viens.

Lui prenant la main, il l'entraîna vers l'entrée, attrapa son châle sur le portemanteau pour lui en couvrir les épaules et l'attira avec lui dans la rue. D'un geste, il lui désigna le véhicule bleu nuit flambant neuf garé devant chez leurs voisins.

— Le monospace de M. et Mme Pettigrew ? Pourquoi me le montres-tu ?

— Il n'est pas à eux, mais à nous. Ou, plutôt, à toi.

Il n'était pas dans ses habitudes de rester sans voix. Ce fut pourtant ce qu'il lui arriva. Pendant quelques secondes, elle ne put prononcer le moindre son.

— Je suis allé le chercher à Afton aujourd'hui, dit Travis. Si la couleur ne te plaît pas, il existe aussi en bordeaux et en vert. Et il peut contenir huit personnes, si bien que nous pourrons encore avoir un autre bébé après les nouveaux jumeaux.

— Parce que tu… tu envisagerais encore un enfant après ?

— Pourquoi pas ? Il faut rester ouvert à toute éventualité.

Elle secoua la tête, abasourdie.

Elle n'aurait su dire ce qui la stupéfiait le plus. Le fait que Travis ait acheté un monospace ou qu'il envisage sereinement d'avoir un sixième enfant.

— Si je comprends bien, dit-elle, tu as échangé le break contre ce monospace ?

— Le break est toujours là. Il nous faut deux véhicules, Marika. Donc, j'ai vendu le roadster et j'hérite du break. Il lui faudra un peu de temps pour s'habituer à moi, mais je suis certain que nous finirons par très bien nous entendre tous les deux… Tu comprends maintenant ma consternation devant les tapis de sol — ce qui ne m'a pas empêché d'apprécier l'intention !

Elle avait l'impression d'avoir la tête qui tournait.

— Mais pourquoi t'être séparé de ton roadster ? Depuis le temps que tu en rêvais.

— Tu n'aimes pas ce monospace ?

— Ne pas l'aimer ? Je le trouve… fantastique ! Superbe ! Mais tu as toujours rêvé d'une voiture de sport. Et, le jour où tu en as enfin une, tu t'en sépares ?

— Oui. Parce que je me suis rendu compte que ce n'était finalement qu'une voiture. Et que deux véhicules utilitaires nous sont indispensables pour conduire les enfants à l'école et aller les rechercher. Nous pourrons nous relayer.

— Mais c'est mon rôle de m'occuper des enfants.

— C'est *notre* rôle, Marika.

Tendrement, il accrocha à son oreille une mèche que la brise avait détachée de son chignon.

— Tu n'es plus seule, mon ange. Je ne te quitterai pas. Le seul endroit où je veux être, c'est auprès de toi et des enfants. Je t'aime, Marika. T'épouser à Las Vegas est ce que j'ai jamais fait de mieux. Il a fallu que je devienne ton mari pour comprendre que ma vie avant toi était vide. Toi et les enfants, vous l'avez remplie de tout l'amour dont j'avais besoin sans le savoir.

— Et toi, tu es le plus beau cadeau que j'aie jamais reçu de la vie, murmura-t-elle en se pressant contre lui. Je n'ai besoin de rien d'autre.

— Tu veux dire que je peux renvoyer le monospace ? ironisa Travis.

— Toi *et* le monospace, répliqua-t-elle en riant. Maintenant, embrasse-moi avant que j'aille étudier mon cadeau d'un peu plus près.

Épilogue

Trois mois plus tard

— Sofie a les cheveux auburn et le teint clair de ma mère, déclara Travis, qui étudiait la nouveau-née nichée au creux de son coude en ignorant ses vagissements perçants.

— Et Benjamin te ressemble beaucoup, d'après les photos de toi au même âge, ajouta Mary Karen en baissant les yeux sur le bébé qu'elle-même tenait dans ses bras. A propos de photos, July a apporté celles qu'elle avait prises au barbecue.

De sa main libre, Travis prit les clichés posés sur la table de nuit.

— Elles sont très belles. July a vraiment un talent de photographe.

— Oui. Ma préférée est celle où nous sommes tous les cinq.

La voix de Mary Karen était devenue un peu rauque.

Si elle n'avait pas déjà été persuadée de l'amour de Travis, cette photographie l'en aurait convaincue. Les garçons étaient agrippés à Travis, dont le regard plein d'un irréfutable amour était fixé sur elle, qu'il tenait par la taille.

Ils formaient une famille, tous les cinq. Et tous les *sept* aujourd'hui.

— Cette photo-là aura sa place d'honneur sur la cheminée, dit-elle. Et elle sera bientôt rejointe par une qui inclura Ben et Sofie.

— Connor et Caleb espéraient deux frères, dit-il.

— Oui, mais je ne m'inquiète pas pour cela. Quelque chose me dit que Sofie ne sera pas longue à faire ce qu'elle veut de tous ses frères — et de son père, ajouta-t-elle, amusée, devant l'expression attendrie de Travis qui caressait la joue de sa fille du bout du doigt. Et, un jour, un de ses frères aura un ami qu'il lui présentera. Il sera drôle, agréable, beau évidemment, et intelligent, cela va de soi…

— Je crois la connaître, ton histoire, l'interrompit Travis, qui vint s'asseoir près d'elle sur le lit. Ils deviendront d'excellents amis avant de sauter le pas et d'être amants. Et un jour, sur un coup de tête, ils se marieront à Vegas et auront beaucoup d'enfants…

Mary Karen laissa un soupir de contentement s'échapper de ses lèvres et s'appuya contre son épaule.

— Comme toi et moi.

— Oui. Et il sera l'homme le plus heureux au monde.

— Et elle la femme la plus comblée de l'univers, assura-t-elle, fixant son regard sur lui.

Son ami. Son amant. Son mari. Le père de ses enfants.

MOLLY EVANS

Passion à Santa Fe

Traduction française de
GENEVIÈVE BLATTMANN

BLANCHE

HARLEQUIN

Titre original :
ONE SUMMER IN SANTA FE

Ce roman a déjà été publié en 2015.

1.

Santa Fe, Nouveau-Mexique, USA

— Tu veux que je *quoi* ?

Le Dr Taylor Jenkins considéra sa sœur avec effarement. Il était prêt à tout, pour elle. Sauf à ça. C'était inenvisageable. Au-delà de ses possibilités. Il était médecin, et pas…

— Je t'en prie, Taylor. Je ne t'ai jamais rien demandé. Après tout ce qu'on a vécu ensemble, tu ne peux pas me refuser ça.

Caroline s'avança pour venir poser une main sur la sienne ; ses yeux bleus suppliants réveillèrent en lui une culpabilité qui avait dominé sa vie pendant de longues années, mais dont il était parvenu depuis longtemps à neutraliser le poison avec une formule très simple : pas d'engagement, pas de culpabilité. Il vivait sa vie comme il l'entendait, et selon ses propres règles.

— Je ne peux pas l'envoyer à nos parents, tu le sais bien.

— Et pourquoi pas à son père ?

— José ? Non. Il passe le week-end au camp militaire et il peut être mobilisé à tout moment. Il consent tout juste à prendre Alex un week-end par mois, et encore… De toute façon, je ne suis même pas tranquille quand je le lui laisse deux jours d'affilée.

La panique lui noua la gorge. Lui, l'urgentiste professionnel respecté, il devait trouver un moyen de se sortir de cette situation. Il était hors de question de…

— Tu *peux* le faire, Taylor, reprit Caroline. J'ai entièrement confiance en toi. Et ce n'est que pour six semaines, pas plus. De toute façon, il est assez grand pour rester un peu seul. Je pourrai t'indiquer des baby-sitters fiables, et ses cousins demanderont à le voir, cet été. Carmelita, la sœur de José, m'a beaucoup aidée depuis mon divorce. Malgré les problèmes avec son frère, elle veut que ses enfants gardent le contact avec Alex.

Son regard accrocha le sien.

Flûte !… Elle *savait* qu'il était prêt à céder. Les femmes avaient une intuition imparable pour ce genre de choses. Il était clair que toute résistance serait futile : elle avait déjà gagné.

Il poussa un énorme soupir en laissant retomber ses épaules. Comment allait-il pouvoir s'occuper de son neveu pendant des semaines ? Lui qui ne pouvait vivre que seul ? Il n'avait même pas un poisson rouge chez lui, pas même une plante.

— Oh, je savais que tu serais d'accord ! s'exclama-t-elle soudain. Merci, Taylor ! Merci. Tu n'as pas idée de l'importance que ça a pour moi.

Elle faillit bien le renverser en se jetant à son cou pour l'embrasser. S'il n'avait pas été appuyé contre son bureau, ils se seraient tous les deux retrouvés par terre.

— Tu me promets d'être rentrée dans six semaines, Caro ? Pas un jour de plus, d'accord ?

Six semaines ! Sa résistance serait épuisée bien avant le terme du contrat…

— Promis ! dit-elle. Ça va me permettre de construire un avenir solide pour Alex et moi, tu comprends ? Tout est aux frais de la compagnie, et j'aurai juste mes repas à payer, mais ils refusent catégoriquement les enfants pendant le stage de formation en Californie. Tu étais mon seul espoir de pouvoir y participer. Crois-moi, j'ai tout envisagé.

Devant la tristesse qui apparut dans ses yeux, Taylor eut alors la conviction qu'il avait pris la bonne décision. Pour sa sœur, sinon pour lui. Car il pouvait d'ores et déjà dire adieu à sa liberté et aux activités grâce auxquelles il assouvissait son besoin viscéral de défis physiques, se mettant constamment à l'épreuve, repoussant toujours davantage les limites de ce qu'il pouvait accomplir. Aurait-il du temps à consacrer à ses passe-temps favoris quand il aurait son neveu chez lui ? S'il avait voulu être un parent, il le serait depuis longtemps. A trente et un ans, il pourrait déjà avoir une famille nombreuse…

— Ce sera une excellente occasion de mieux connaître ton neveu, ajouta-t-elle.

— Que veux-tu dire ? Je le connais bien…

Les yeux de Caroline s'embuèrent. Il en fut d'autant plus surpris qu'elle ne pleurait jamais.

— Oui, tu connais la date de son anniversaire et tu sais qu'il aime les jeux vidéo, ce genre de choses, mais c'est tout. Tu ignores tout du garçon qu'il est réellement.

Elle posa une main sur son épaule.

— Alex a besoin de toi. Son père l'a laissé tomber si souvent que je ne sais pas s'il s'en remettra un jour. C'est un peu comme toi avec papa.

— Je sais, je sais.

Taylor songea à toutes les fois où son père avait été aux abonnés absents pour lui. Où il avait dû ravaler sa frustration et subir l'indifférence méprisante de cet homme à l'âme plus rigide que les cols amidonnés de ses chemises.

— Quand pars-tu ? s'enquit-il, refusant de replonger dans ces souvenirs pénibles.

— Tôt lundi prochain.

— Amène-le-moi dimanche après-midi, alors, et on verra ensemble tout ce que je dois savoir.

— Merci, Taylor. Je te revaudrai ça, tu sais.

— O.K.

Comment pourrait-elle jamais lui restituer le temps qu'il allait perdre ? Mais une fois encore, ce sacrifice n'en valait-il pas la peine puisqu'il rendait service à sa sœur ? Il n'était pas égoïste à ce point, tout de même…

— Si si, je t'assure, insista Caroline. Quand tu auras des enfants, je serai une tantine fantastique.

— Ce n'est pas demain la veille que tu auras des neveux ou des nièces à garder. Si tu en as un jour…

Rien ne garantissait qu'il serait un meilleur parent que l'avaient été les leurs, alors, franchement, il préférait se contenter d'être l'oncle d'un garçon de onze ans. Et c'était déjà beaucoup lui demander…

— Si tu arrêtes un jour de sauter des avions et d'escalader les montagnes, tu rencontreras peut-être une femme qui t'intéressera assez pour te donner envie de garder les pieds sur terre, plaisanta Caroline.

— Oui, c'est ça… On n'a pas déjà eu cette conversation avant que tu tentes de me jeter dans les bras d'une de tes amies ?

Le souvenir de ce rendez-vous désastreux le fit frémir. Plus jamais ça.

— Oui, mais la persévérance est souvent payante. Un jour, tu la rencontreras.

Dubitatif, Taylor la raccompagna à la porte et retourna dans la salle des urgences. Là au moins, dans son élément, il se sentait en sécurité…

Piper Hawkins poussa la porte des urgences… et se retrouva en plein chaos. Pour le premier jour de sa nouvelle mission d'infirmière itinérante, elle n'allait de toute évidence pas s'ennuyer. Avant même de s'être présentée, elle rangea son sac sous le comptoir de la réception et se jeta dans la mêlée, sentant aussitôt l'adrénaline courir dans ses veines. Elle ne fonctionnait jamais mieux qu'en pleine action. Elle espérait seulement que l'équipe l'accepterait d'entrée de jeu. Chaque mission était différente, et elle souhaita, comme chaque fois, que celle-ci se déroule bien.

— Bonjour, dit-elle en entrant dans la première salle de trauma. Je suis nouvelle, et disponible si quelqu'un a un travail à me confier.

— Vous êtes infirmière ? Mettez des gants. Je dois intuber ce patient et le conduire en chirurgie.

L'homme en tenue verte et porteur d'un masque qui s'était adressé à elle avait gardé les yeux rivés sur le patient allongé devant lui.

— Compris, dit Piper en prenant des gants dans une boîte sur l'étagère.

Elle les enfila, puis chaussa une paire de lunettes de protection avant de se pencher sur le moniteur pour étudier les signes vitaux du patient : tension faible et pouls erratique.

— Je m'appelle Piper Hawkins, ajouta-t-elle en saisissant le dispositif d'aspiration pour nettoyer la bouche du patient.

— Taylor Jenkins, urgentiste.

— Dites-moi ce qu'il vous faut.

Malgré le bruit et l'agitation autour d'eux, Piper eut la sensation de se retrouver dans une bulle avec le Dr Jenkins : seuls tous les deux, concentrés exclusivement sur l'homme devant eux. C'était pour cela qu'elle était formée : après être arrivée en pleine pagaille, elle devait savoir exactement ce qu'elle avait à faire pour aider à sauver des vies.

Alors qu'il s'efforçait de maintenir le masque à oxygène sur le visage de son patient, le Dr Jenkins désigna d'un signe de tête un placard derrière elle.

— Plateau d'intubation, dit-il.

— Ça ne vous gêne pas que je vous aide ? s'enquit Piper,

consciente que certains médecins avaient des infirmières de prédilection.

Encore que, dans des situations comme celle-ci, le choix ne fût pas toujours possible.

— Vous avez vos diplômes ? demanda-t-il en lui lançant un regard oblique.

— Absolument.

— Alors ça me suffit. Ouvrez le plateau.

Comme elle s'exécutait, toutefois, elle faillit le lâcher et ne le rattrapa que de justesse, parvenant à le garder stérile. Ce n'était pas son habitude d'être maladroite ; il fallait croire que ce Dr Jenkins la rendait nerveuse.

— Excusez-moi, dit-elle. Je suis vraiment désolée.

— Ce n'est pas grave. Détendez-vous, et respirez.

Le son de sa voix grave et calme l'aida à se ressaisir. D'autres que lui, et elle en connaissait, se seraient énervés après elle, mais lui était resté serein. Sans doute avait-il des nerfs d'acier. Elle prit exemple sur son attitude zen et eut l'impression de se couler dans l'aura de confiance qu'il dégageait, car elle se sentit bientôt étrangement apaisée.

L'homme sur le chariot avait une cinquantaine d'années. Il était inconscient, et des lacérations sanglantes zébraient son visage. Une minerve maintenait sa nuque immobile en attendant qu'il soit conduit en service de radiologie.

Son état, pour tout dire, était assez catastrophique, et elle espérait vivement qu'il ait l'énergie nécessaire pour se battre et survivre. L'ombre d'un souvenir se profila à la lisière de sa conscience, mais elle s'empressa de le repousser. Ce n'était certes pas le moment de revivre la mort traumatique de ses parents. Toute son attention devait être pour le patient devant elle, rien d'autre.

Le Dr Jenkins tendit une main vers elle.

— Je suis prêt à intuber.

— Bien, docteur.

Sans cesser l'aspiration, elle lui donna le tube qu'il introduisit dans la trachée, ce qui permettrait de placer le patient sous ventilation assistée. Ensuite, il serait possible de traiter ses autres blessures.

— C'est l'intubation la plus décontractée et la plus rapide que j'aie jamais vue, commenta-t-elle quand il eut terminé.

— Merci. J'avais envisagé une carrière d'anesthésiste, mais les urgences répondaient davantage à mes aspirations.

— Ce ne sont pas les patients qui s'en plaindront, j'imagine. Si j'ai un jour besoin d'une intubation, je pourrai faire appel à vous ? ajouta-t-elle sur le ton de la plaisanterie.

Il sourit.

— N'hésitez pas.

Elle écouta les poumons du patient.

— Respiration normale. Le tube est en place. Par contre, les bruits du cœur sont un peu étouffés.

Elle s'écarta pour le laisser placer l'embout de son stéthoscope sur le torse du patient.

— Vous avez raison, dit-il en observant le moniteur. Il a subi un gros choc thoracique et nous ne sommes certainement pas au bout de nos peines.

Piper regarda autour d'elle.

— C'est un jour particulier, ou c'est toujours aussi agité, chez vous ?

— On a eu quatre traumatismes en même temps, et tout le monde est sur les dents.

— Je ne pensais pas que ce serait aussi chargé que ma dernière mission…

Elle comprenait maintenant pourquoi sa compagnie lui avait offert une prime aussi importante pour ce travail. Elle risquait fort de ne pas avoir le temps de rêvasser, ici.

— Cet hôpital est le plus proche de l'autoroute, et on a droit à tous les accidents possibles et imaginables. Aujourd'hui ne fait pas exception, conclut-il d'un air sombre.

En lui voyant cette expression fermée, Piper devina que le Dr Jenkins était personnellement perturbé par les événements.

— Je peux savoir ce qui s'est passé ? demanda-t-elle.

Offrir son écoute était ce qu'elle savait faire de mieux. Même si elle ne pouvait rien changer aux problèmes des autres, les inviter à se confier les déchargeait le plus souvent d'une partie de leur anxiété. Or le stress était un problème de chaque seconde pour le personnel hospitalier et, bien sûr, plus particulièrement aux urgences.

— Choc frontal. Un chauffard ivre a emprunté l'autoroute dans le mauvais sens, dit-il en saisissant un kit de suture.

— Oh, mon Dieu…

Elle ferma les yeux, rien qu'une seconde, et inspira profondément pour détendre son ventre soudain crispé. Ses parents, eux aussi, s'étaient trouvés sur la route d'un ivrogne, mais eux en étaient morts. Elle avait vingt ans, à l'époque, et sa sœur douze, et ce drame l'avait, du jour au lendemain, placée dans le rôle de tutrice. Chaque fois que, comme aujourd'hui, la douloureuse tragédie se rappelait brutalement à elle, il lui fallait un moment pour recouvrer le contrôle de ses émotions. Il était certaines cicatrices qui ne se refermaient jamais complètement…

Baissant les yeux sur leur patient, elle lui repoussait doucement les cheveux du front d'une main tremblante quand, tout à coup, l'alarme cardiaque retentit. Son cœur s'emballant au même rythme que celui du patient, elle releva aussitôt la tête vers le moniteur.

— Seringue de 60 avec aiguille cardiaque, ordonna Taylor en se plaçant à gauche du malade.

Piper posa la seringue dans sa main ouverte et le regarda enfoncer sans hésiter l'aiguille entre deux côtes, sous l'aisselle. Le sang, aussitôt, afflua dans la seringue, et Taylor pompa l'excès dans le sac fibreux péricardique, ce qui avait provoqué une pression sur le cœur et expliquait les bruits étouffés qu'ils avaient perçus plus tôt.

— Hémorragie dans le péricarde, dit-il. Il faut qu'on le conduise immédiatement au bloc.

Jetant un coup d'œil sur le moniteur, Piper fut soulagée de constater que le rythme cardiaque n'était plus alarmant. Le patient n'était pas sorti d'affaire, loin s'en fallait, mais au moins la crise avait-elle été surmontée.

— Beau travail, doc.

— Il avait une contusion thoracique, donc c'était à prévoir. Allez, on le conduit au bloc, maintenant, dit-il en ôtant son masque et ses lunettes de protection.

Piper eut alors la sensation que son propre cœur s'arrêtait le temps d'un battement. C'était l'homme le plus séduisant qu'il lui eût jamais été donné de voir. Mâchoires carrées, bouche sensuelle, cheveux noirs épais, yeux d'un bleu profond, presque insondables.

Au prix d'un effort, elle baissa la tête vers leur patient pour se remettre de son émotion. Pourquoi avait-il fallu qu'il ôte son masque ? Elle redoutait de ne pouvoir travailler correctement, à présent.

— Piper ? Vous êtes prête ? demanda-t-il.

— Oui, docteur. J'ai terminé, dit-elle en fixant le moniteur portatif sur le bord du chariot.

— Je m'appelle Taylor.

— Oh… O.K… Taylor. Mais vous allez être obligé de me montrer le chemin.

Dans la salle d'opération, Taylor fit son rapport au chirurgien tandis que Piper faisait le sien à l'anesthésiste.

Une fois le patient entre les mains compétentes de l'équipe chirurgicale, Taylor poussa un soupir de soulagement. Il était temps de faire une pause. La nouvelle infirmière avait eu son baptême du feu et y avait survécu, et il était sûr qu'elle aussi aurait bien besoin d'un répit.

— Un café ? proposa-t-il en se dirigeant déjà vers la salle de repos.

— Il faudrait d'abord que je prévienne l'infirmière en chef, dit-elle en lui emboîtant néanmoins le pas.

Quelqu'un venait d'en préparer car la salle embaumait le café frais.

— Mais je suppose que je peux prendre une tasse d'abord, non ?

— Je suppose aussi.

Taylor en servit une qu'il lui tendit. Elle y ajouta un peu de lait et une sucrette.

— Ce n'est pas comme si vous vous tourniez les pouces, dit-il. Emily n'y trouvera rien à redire. Elle-même était avec les autres victimes qui, elles, n'ont pas survécu.

Il détestait cela. Détestait le fait de ne pouvoir sauver tous les patients qui franchissaient les portes de leur service.

— C'est très dur de perdre des patients, remarqua-t-elle avec une étrange vulnérabilité dans le regard.

— Oui. Surtout quand les problèmes auraient pu être évités.

S'asseyant face à elle à la table, il essaya de ne pas penser aux deux victimes qu'il avait perdues ce matin. Même si leurs chances de survie avaient été très minces à leur arrivée, le sentiment d'échec qu'il éprouvait à ces occasions était écrasant.

Il haïssait l'échec.

Son téléphone portable sonna et il le sortit de sa poche.

— Docteur Jenkins, s'annonça-t-il.

Il écouta un instant, les yeux clos, en se pinçant la base du nez.

— Je peux savoir les détails de la catastrophe, Alex ? s'enquit-il enfin d'un ton las.

Il écouta, les yeux toujours fermés.

— D'accord. Et tu penses pouvoir nettoyer tout seul ?...

Mmm… O.K. Laisse tomber la moquette et le canapé. Ce n'est pas grave. Je serai là pour déjeuner.

L'amusement éclairait les yeux de Piper quand il la regarda de nouveau.

— Quoi ? dit-il.

— Rien.

Elle trempa ses lèvres dans son café, mais la lueur dans ses yeux était toujours là.

— Votre fils est tout seul chez vous ?

— Mon neveu. Ma sœur me l'a confié pour…

Il jeta un coup d'œil sur sa montre digitale.

— … encore cinq semaines et six jours.

— Vous avez réglé le compte à rebours des jours ?

— Des secondes, rectifia-t-il.

Il lui tendit sa montre et comme elle se penchait pour constater par elle-même le chiffre astronomique inscrit sur le cadran, ses yeux bleus s'arrondirent.

— Vous êtes sérieux, en plus ! s'exclama-t-elle.

— Absolument. Je rends un service à ma sœur, mais ma patience n'ira pas au-delà de ce chiffre.

Il avait beaucoup à faire d'ici la fin de l'été, et avait hâte de rattraper le temps qu'il aurait perdu sur son planning.

— Il est si terrible que ça, votre neveu ? Oh, désolée, ce ne sont pas mes affaires…

Il balaya ses excuses d'un geste.

— Ce n'est pas le problème. En fait, j'ai une vie de célibataire habituellement très active aux antipodes de celle que va exiger la présence d'Alex. D'ailleurs, autour de moi, les paris sont ouverts pour savoir combien de temps je vais tenir avant d'obliger ma sœur à revenir de Californie.

Il se massa la nuque en soupirant. Une migraine commençait à se manifester.

— Je compatis, dit-elle sur un ton amusé.

— Merci.

— Et la catastrophe, c'était quoi ?

— Il a ouvert une boîte de jus de raisin sur mon canapé et a arrosé toute la pièce — murs et moquette inclus.

Ce serait peut-être l'occasion de changer le mobilier et de faire repeindre comme il en avait l'intention depuis longtemps, finalement…

— Ce n'est pas blanc chez vous, j'espère ?

— Non, mais pas loin. La moquette est beige et le canapé marron glacé.

— Oh… Alors vous devriez le rappeler tout de suite. Si vous n'agissez pas dès maintenant, les taches seront indélébiles. Dites-lui de verser immédiatement de l'eau oxygénée dessus. Vous en avez chez vous ?

— Je crois, oui.

— Parfait. Je vous laisse, dit-elle en se levant. Il faut que j'aille trouver Emily. Merci pour le café.

2.

Piper avait survécu à sa première et longue journée à l'hôpital. Et la deuxième s'annonçait aussi animée, constata-t-elle en voyant l'agitation aux abords des urgences.

Certaines de ses collègues lui avaient donné de bonnes adresses de restaurants et de sites touristiques qu'elle avait hâte de découvrir, mais il lui faudrait patienter encore trois jours avant de pouvoir visiter la région. Le Nouveau-Mexique apparaissait comme un étonnant mélange de cultures entre les Mexicains et les Indiens du vieux monde qui, au fil des siècles, avait lui-même engendré une culture totalement nouvelle. Rien d'étonnant à ce que les gens soient attirés par cette région comme elle l'avait été.

Cependant, elle ne devrait pas trop tarder pour jouer les touristes car cette mission ne devait durer que six semaines.

Un jour, sans doute, il lui faudrait se fixer quelque part, mais jusqu'à présent, l'attrait du voyage et de la découverte avait été le plus fort, même si elle s'était toujours arrangée pour choisir des villes qui ne l'éloignaient pas trop d'Elizabeth.

Pendant huit ans, elle avait placé les besoins de sa sœur avant les siens, mais celle-ci, qui avait maintenant fêté ses vingt ans, pouvait voler de ses propres ailes.

Ainsi Piper avait-elle désormais toute latitude pour choisir son avenir. Etrange… Depuis le temps qu'elle consacrait sa vie à sa sœur, elle avait du mal à s'imaginer réellement libre. D'ailleurs, à part un épisode désastreux qui l'avait réellement blessée dans son amour-propre, elle n'avait pratiquement pas eu de relations amoureuses.

Elle s'empressa de repousser cette idée — le seul fait de songer à son ex-petit ami lui donnait des aigreurs d'estomac — et revint à ses préoccupations premières.

Après cette mission, elle n'aurait donc plus de responsabilités. Et ensuite ? Que ferait-elle ? La réponse, si elle en avait une, devrait attendre : une voix derrière elle la ramenait au présent.

— Désolé, Alex, je sais que ça ne te plaît pas, mais je n'ai pas le choix, aujourd'hui.

Elle reconnut celle de Taylor.

Se retournant, elle découvrit alors un garçon aux cheveux en bataille qui traînait les pieds à côté du médecin en jean et veste légère. Lequel déclencha une batterie de signaux d'alarme en elle. Cet homme était décidément trop séduisant pour sa tranquillité d'esprit. Elle n'avait en effet aucun désir de renouveler l'expérience de la débâcle émotionnelle à laquelle l'avait conduite son dernier coup de foudre.

Elle se l'était juré : plus jamais ça. Malheureusement, son cœur affolé ne semblait pas avoir perçu le message…

— Mais je suis fatigué, moi, protesta mollement le garçon. Je ne peux même pas faire la grasse matinée et, en plus, faut que je reste toute la journée dans ton hôpital.

— Je regrette, mais c'est là que je travaille, et la baby-sitter n'était pas disponible aujourd'hui. De toute façon, après le fiasco d'hier, je n'ai pas très envie de te laisser de nouveau seul à la maison.

— Mais c'était un accident, je t'ai dit !

Piper s'éclaircit la gorge pour signaler sa présence.

— Salut, dit-elle.

Remarquant manifestement qu'il était sur le point de lui rentrer dedans, Taylor s'arrêta net à deux pas d'elle.

— Oh, bonjour, Piper. Ce premier jour ne vous a donc pas découragée ? dit-il, visiblement distrait.

— Il faudrait une armée pour m'empêcher de revenir.

— Ben pas moi, marmonna le garçon.

— Piper, je vous présente Alex, mon neveu. Un jeune homme vibrant d'enthousiasme, comme vous pouvez le constater.

— Ravie de te connaître, Alex.

Le garçon garda la tête baissée sans répondre. Le sac qui pendait à son épaule semblait assez lourd à Piper. Sans doute son oncle lui avait-il conseillé d'emporter ses devoirs de vacances.

Fouillant dans sa poche, elle en sortit une des barres chocolatées et vitaminées qu'elle apportait pour se donner un coup de fouet quand elle en éprouvait le besoin.

— Ça te tente ? proposa-t-elle.

Alex leva enfin la tête et son visage se détendit quelque peu.

— Ouais, dit-il en prenant la barre qu'elle lui tendait.

— Tu n'oublies pas quelque chose ? dit Taylor.

— Merci.

— Elle s'appelle Piper.

— Merci, Piper.

— De rien, Alex, répondit-elle avec un large sourire.

— O.K. A tout à l'heure, Piper, dit Taylor en entraînant son neveu vers les vestiaires.

Comme ils s'éloignaient, Piper vit Alex lever la tête vers son oncle et l'entendit chuchoter :

— Hé !… Elle est canon.

Taylor, qui s'était penché pour l'écouter, se redressa avec une lueur rieuse dans les yeux et lança vers elle un regard brillant d'une admiration très masculine.

— Oui, c'est vrai, ça, répliqua-t-il.

Le bipeur de Piper sonna à cet instant, ce qui lui permit de se détourner pour lui dissimuler son visage écarlate.

C'était ridicule, mais elle n'avait jamais pu se débarrasser de cette réaction infantile.

Emily l'attendait au poste des infirmières.

— Ah, vous êtes là, dit-elle. J'avais peur que la journée d'hier vous ait fait fuir. Pour un premier jour, c'était plutôt stressant, non ?

— Je suis coriace, plaisanta Piper.

Les événements s'étaient chargés de lui forger une solide carapace. A la mort de ses parents, elle n'avait pas eu le temps de se lamenter sur son sort. Elle avait dû faire appel à une force qu'elle n'avait pas eu conscience, alors, de posséder.

— Eh bien, tant mieux. Vous allez avoir droit au tour du propriétaire qu'il n'a pas été possible de faire hier, et ensuite nous aviserons. Mais je vous ai vue à l'œuvre, et je sais déjà que nous n'aurons pas de problèmes.

Après avoir passé la matinée à se familiariser avec le service, Piper se rendit dans la salle de repos où elle trouva un Alex boudeur assis au bout de la table avec un livre sur les genoux.

— Salut, Alex, dit-elle. Ça ne va pas ? ajouta-t-elle en venant s'asseoir près de lui.

— Je m'embête, dit-il en refermant son livre pour le lui montrer. Taylor veut que je lise ça ; il dit que c'est bien, mais je n'y comprends rien.

— Tu es en quelle année ?

— Sixième.

— Mmm… Moi aussi, à ton âge, j'avais du mal à lire des bouquins. En fait, qu'aimerais-tu faire de tes vacances ?

— Sauter en chute libre, escalader des montagnes, foncer sur une moto… comme Taylor !

Sa frimousse s'était brusquement métamorphosée et ses yeux brillaient d'excitation.

— Parce qu'il fait tout ça ?

Il était clair à cette seconde qu'Alex vénérait son oncle qu'il avait hissé au rang de véritable héros.

— Oui, et plein d'autres trucs. Comme du base-jump en Alaska. Il a une vidéo, et j'ai pu le voir. C'était… géant !

Soudain, il se laissa retomber contre le dossier de sa chaise, découragé.

— Mais moi, je n'ai jamais le droit de faire quelque chose. Et je vais être coincé ici tout l'été.

Taylor s'apprêtait à pousser la porte entrouverte de la salle de repos quand il entendit les voix de Piper et d'Alex. Ce n'était pas son genre d'écouter aux portes, mais il s'immobilisa pourtant, trop intrigué pour se manifester.

— Peut-être qu'il pourrait te trouver un camp, suggéra Piper. Ma petite sœur y allait à l'époque où je travaillais à San Francisco.

— Et ça lui plaisait ? demanda Alex d'un ton sceptique. Qu'est-ce qu'elle faisait, là-bas ?

— Plein de choses. Du vélo, de la marche, et même du quilt, je crois.

— C'est des trucs de filles, ça, dit Alex en soupirant.

Taylor imagina sans mal son air écœuré.

— Pourquoi tu n'en parlerais pas à ton oncle à midi ?

Il y eut un silence puis :

— Il ne m'écoutera pas. Il est comme mon père, il ne m'écoute jamais.

Taylor ferma les yeux. Caroline lui avait bien recommandé de ne pas décevoir Alex. C'était pourtant exactement ce qu'il faisait. Comme son propre père avec lui…

Décidé à réparer son erreur, il toussota de façon audible et entra dans la salle.

— Tiens, vous êtes là, tous les deux ? dit-il, affectant la surprise. Ça va, Alex ?

— Non. J'en ai assez. Je pourrais retourner chez toi ? Je promets que je ne renverserai plus rien. Même que je ne boirai plus, même pas de l'eau.

Ses yeux implorants lui serrèrent le cœur. Il n'était pas préparé à ça, songea-t-il en passant une main dans ses cheveux noirs. Il ne pouvait pas travailler soixante heures par semaine et s'occuper d'un enfant. Piper avait évoqué la possibilité d'un camp. Pourquoi pas ?

— Tu ne peux pas rester seul à la maison, à jouer devant ton ordinateur tout l'été, Alex, dit-il, agacé.

— Pourquoi ? Je le fais bien, d'habitude, en attendant maman.

— Tu viens de me confier que tu avais envie d'escalader les montagnes et de sauter en parachute comme ton oncle, intervint Piper.

Alex lui lança un regard noir.

— C'était pas pour que tu lui répètes ! protesta-t-il.

— Et comment veux-tu le faire un jour si personne ne sait que tu en meurs d'envie ? répliqua-t-elle.

Taylor lui envia son naturel. Sa propre expérience avec les enfants se bornait aux anniversaires, à Noël, et aux cadeaux — qu'il expédiait le plus souvent par la poste.

— Je ne sais pas, dit Alex avec un haussement d'épaules défaitiste.

— Et si tu m'en parlais devant un bon hamburger-frites ? dit Taylor. Je suis certain qu'on pourra trouver une solution qui nous conviendra à tous les deux. Vous venez déjeuner avec nous, Piper ?

— J'ai apporté un sandwich.

— Eh bien, vous le mangerez ce soir.

Pour une raison qu'il ne chercha pas à s'expliquer, il avait envie qu'elle les accompagne.

— O.K., dit-elle. Mais sans les frites, alors.

Comme ils sortaient dans le couloir, Taylor se pencha vers elle.

— Parlez-moi un peu de ces histoires de camp dont je vous ai entendu discuter tous les deux avant d'entrer…

Piper sourit, et il la regarda. La regarda *vraiment.* Si elle n'était pas belle dans le sens classique du terme, son visage en forme de cœur et ses lèvres pleines étaient très attirants. Ses cheveux châtain clair, mi-longs, dansaient sur ses épaules à chacun de ses pas, mais c'étaient ses yeux bleus pétillants d'humour qui l'intriguaient le plus. Curieux… Même s'il avait travaillé toute la journée de la veille avec elle, il ne l'avait pas réellement regardée. Trop occupé par ses patients, sans doute.

Il sentit son cœur se serrer étrangement alors qu'elle rejoignait Alex, devant eux. S'il avait été trop absorbé par son travail pour remarquer une femme aussi jolie que Piper, il avait un problème. Un gros problème…

Après le déjeuner, Piper revint dans le service pour permettre à une autre infirmière de s'absenter à son tour. Comme elle passait devant Emily, l'infirmière en chef, celle-ci la prit à part.

— Je ne voudrais pas me mêler de ce qui ne me regarde pas, mais il faut tout de même que je vous avertisse…, commença-t-elle.

— J'ai commis une faute ? dit Piper, étonnée.

— Pas du tout, rassurez-vous. J'ai simplement remarqué que vous avez déjeuné avec Taylor Jenkins.

Piper fronça les sourcils.

— C'est contre le règlement ?

— Non ! Mais je tiens à vous donner un conseil : méfiez-vous. Taylor est un redoutable séducteur qui a un tableau de chasse déjà bien chargé, surtout avec les infirmières.

— Je vois.

— C'est un homme adorable et un médecin fantastique, mais qui ne reste jamais plus de trois semaines avec une femme.

Elle lui tapota gentiment le bras en ajoutant :

— Mais vous êtes adulte, et donc responsable. Il n'empêche que je tenais tout de même à vous avertir. Au moins, vous pouvez décider en toute connaissance de cause, maintenant.

— Merci, répondit Piper qui doutait d'avoir à se soucier du caractère volage de Taylor.

Elle classa toutefois l'information d'Emily dans un coin de son esprit. A toutes fins utiles…

3.

— Et voilà. C'est parti pour le camp de varappe, section débutants, dit Taylor, ce soir-là, en cliquant sur le bouton pour inscrire Alex au programme commençant dès le lendemain.

Alex sauta sur place dans le salon.

— Ouais ! Je vais escalader la montagne ! Merci, Taylor ! C'est super sympa !

Taylor l'attrapa par les épaules alors que le garçon continuait à s'agiter.

— Doucement, tu veux ? dit-il, un peu débordé par l'enthousiasme exubérant de son neveu.

— Tu ne peux pas savoir comme c'est super ! Enfin, si… Je suis bête, tu le sais puisque t'en fais aussi, toi.

A l'âge d'Alex, lorsqu'il vivait sous la férule implacable de son père, Taylor avait eu la chance de pouvoir malgré tout sortir, fût-ce à son insu. Pour lui, il n'y avait pas eu de camps, mais des arbres et des formations rocheuses qu'il avait appris à escalader par lui-même. Il avait été poussé à se lancer des défis toujours plus ardus — quelque chose que son père aurait été incapable de comprendre. Ensuite, il avait placé la barre toujours plus haut, et ce besoin de se surpasser était pour lui devenu une seconde nature.

Il avait donc développé musculature et force physique qui, tandis qu'il prenait peu à peu sa taille d'adulte, avaient modifié les rapports entre son père et lui.

Celui-ci n'ayant plus les moyens de le contrôler, leur relation avait changé : ils ne s'étaient plus adressé la parole pendant des années. Dieu merci, lui aussi avait eu un oncle qui l'avait aidé à savoir ce qu'il attendait de la vie, et c'est exactement ce qu'il espérait transmettre à Alex en l'aidant à définir son but et, partant, à découvrir sa vocation.

— Oh, je n'y crois pas ! jubila encore Alex. Génial ! C'est génial !

— Hé ! dit Taylor en riant. Tu vas finir par me donner le tournis à danser comme ça. Je crois qu'une bonne douche serait la bienvenue, à présent… Ce serait dommage que tu empestes comme un putois pour ton premier jour.

— C'est quoi, un putois ?

— Une sorte de mouffette. Quand on l'attaque, il envoie un jet malodorant. Allez, file, maintenant.

Caroline avait raison, en fin de compte, songea-t-il alors qu'Alex se dirigeait vers la salle de bains. Il ne connaissait pas vraiment son neveu. Or même si sa propre vie était rien moins que rangée, il était pourtant la seule influence masculine stable dans celle d'Alex, et à présent qu'il passait beaucoup plus de temps avec lui, des émotions qu'il avait cru apaisées depuis longtemps lui revenaient.

D'une certaine manière, sa relation avec son père n'avait pas été si différente de celle qu'Alex connaissait avec le sien. Une relation bâtie sur une tolérance mutuelle plutôt que sur une réelle entente.

Enfin… En ce qui le concernait, tout cela appartenait au passé.

Quittant sa chaise, il enfila son ensemble et ses chaussures de jogging. Il y avait deux jours qu'il n'avait pas couru et avait un besoin impérieux d'éprouver ce sentiment de libération que l'exercice lui donnait.

Il frappa à la porte de la salle de bains.

— Alex, je vais courir. Je suis de retour dans une heure.

— O.K. ! répondit le garçon.

La soirée était douce, et Taylor prit quelques longues

inspirations en s'étirant avant de se diriger vers le parc. Il avait besoin de sa dose d'endorphine ; c'était souvent le seul moyen qu'il avait pour tenir le coup durant les longues journées à l'hôpital.

S'il était en effet entouré de gens compétents avec qui il s'entendait bien, il avait peu d'amis proches, même s'il avait à plus d'une reprise fait de l'escalade avec certains d'entre eux. Comme le Dr Ian McSorley, et quelques femmes avec lesquelles il avait eu des liaisons sans conséquences. Les aventures éphémères lui convenaient parfaitement. Du moins à ce point de sa vie.

Quelques minutes plus tard, il atteignait le parc, avec sa flore et sa faune du désert, et trouva très vite son rythme dans ces allées où il déversait ses frustrations et sa fatigue depuis de longues années.

De loin, Piper vit Taylor s'élancer sur la piste de sable. Jamais elle ne pourrait soutenir un rythme comme le sien, aussi se contenta-t-elle de s'engager tranquillement sur le chemin derrière lui, enchantée par la flore de ce parc si différent de tout ce qu'elle avait pu voir jusqu'à ce jour. Les cactées jetaient des taches de couleurs violentes sur un fond de bruns et de verts sombres. A quelques mètres d'elle, un lièvre zigzagua avant de plonger dans un buisson.

Pas encore habituée à l'altitude — Santa Fe était une ville perchée à deux mille cent mètres —, elle fut essoufflée au bout de quelques minutes et s'assit sur un gros rocher d'où elle suivit des yeux le jogger solitaire qui courait toujours, montant et descendant au gré des fantaisies du relief. Il n'y avait presque pas d'arbres dans le parc, seulement des gros buissons et des arbustes, aussi pouvait-elle sans difficulté le garder dans sa ligne de mire.

L'homme semblait être un concentré de passion et d'énergie.

Intense. C'est le terme qui lui venait à l'esprit lorsqu'elle songeait à lui — un peu trop à son goût, d'ailleurs…

Elle se demandait comment il allait supporter la présence de son neveu pendant ces six semaines. Les hommes comme lui plaçaient leur liberté et leur indépendance avant tout le reste. Comme son ex. Médecin, lui aussi. Autre mission, autre ville, loin d'ici. Une déception qu'elle avait juré de ne plus jamais revivre.

Dès le début, Derek ne lui avait pas caché qu'elle n'était pas à la hauteur d'un homme comme lui. Et elle ne le serait pas davantage avec Taylor.

Ce dernier plongea derrière une colline basse avant de réapparaître sur le versant de la butte suivante. Quelque part en route, le chemin devait faire une boucle, car il revenait désormais vers elle.

— Salut, doc, dit-elle quand il ne fut plus qu'à quelques mètres.

— Oh, bonsoir, Piper.

Il s'arrêta et se pencha pour reprendre son souffle, les mains appuyées sur ses genoux.

— Que faites-vous par ici ?

Elle admira ses jambes minces et musclées, bien exposées par le short, et son torse large qui, sous le T-shirt, se gonflait sous l'effet de son essoufflement.

Surprenant soudain le regard qu'il posait sur elle, elle toussota nerveusement.

— Je… euh… Je me promène. Mais je ne voulais pas vous interrompre. Ne vous arrêtez surtout pas pour moi.

Qu'allait-il penser ? Oh, flûte… Etre attiré par quelqu'un avec qui on travaille pouvait vraiment être une catastrophe. D'un autre côté, sa mission pouvait en devenir… intéressante. Collaborer avec un homme aussi séduisant pouvait difficilement être une corvée…

— J'avais presque terminé, de toute façon, dit-il.

— Vous avez trouvé un camp, pour Alex ? s'enquit-elle, cherchant désespérément un dérivatif à la vue excitante qu'il lui offrait.

— Oui. Il commence demain matin. Merci encore pour la suggestion. Je ne savais vraiment pas comment m'en sortir. Il a failli m'étouffer en me sautant au cou, tout à l'heure. C'est le genre plutôt démonstratif…

— Et ça vous gêne ?

— Quoi ?

— Ce genre de manifestation ?

— Oh… Un peu, oui. Ce n'est pas mon style.

— Une théorie veut qu'on a besoin de quatre câlins par jour pour notre survie, huit pour la forme, et douze pour la croissance. Il paraît que ça stimule le système immunitaire et favorise le bien-être.

Il haussa les sourcils.

— Ça fait beaucoup… Mais on trouve pas mal de choses de cet ordre à Santa Fe.

— Personnellement, j'ai suivi quelques cours sur la guérison par le toucher et je l'ai utilisée avec succès pour calmer la douleur quand rien d'autre n'agissait.

C'était une forme de méditation et d'autoguérison à laquelle certaines personnes étaient très réceptives.

— Vraiment ? dit-il. Il y a une école pour ça, ici. Ça pourrait vous intéresser.

— J'y réfléchirai, mais je ne suis là que pour quelques semaines, alors je n'aurai sans doute pas le temps. En tout cas, ça marche pour moi.

Les mains aimantes de sa tante Ida avaient été là quand elle en avait eu besoin après le terrible drame qui les avait frappées, sa sœur et elle.

Malheureusement, elle doutait que l'insatisfaction que lui valait sa solitude prolongée puisse être guérie aussi aisément. Elle était pour l'instant sa compagne de chaque jour, et peut-être devrait-elle s'y habituer, comme à un mal de dents persistant. Certes, elle se faisait toujours des amis partout où elle passait, mais le soir, elle rentrait seule chez elle, et il lui suffisait de regarder Taylor pour savoir que ce n'était certainement pas lui qui comblerait ce vide. Les hommes comme lui ne s'intéressaient pas aux femmes comme elle.

— Je me porte volontaire pour essayer la thérapie par le câlin quand vous voudrez, dit-il, la tirant de ses réflexions. Mais pas maintenant. Je suis en sueur…

Le regard de Taylor tomba sur la bouche de Piper et le souffle qui commençait à lui revenir se coinça dans sa gorge.

La « théorie par le câlin » lui parut tout à coup très séduisante. Elle était adorable, à rougir ainsi. Il y avait longtemps qu'il était seul et l'idée était tentante. Mais… Non. Pas avec Piper, un membre du personnel avec qui il travaillait. Fût-elle jolie à croquer, ajouta-t-il par-devers lui en admirant discrètement sa silhouette.

— Qu'est-ce qui vous a conduite à Santa Fe ? demanda-t-il. La famille, un petit ami, le hasard ?

Il n'était pas dans ses habitudes de se montrer aussi curieux, mais il avait étrangement envie d'en savoir plus sur elle.

Elle haussa les épaules.

— Je ne sais pas vraiment. Peut-être tout simplement l'envie de connaître le Nouveau-Mexique. C'est la première fois que j'y mets les pieds. Ces missions courtes sont une façon idéale de voir du pays. Et vous ?

— Moi ? J'ai étudié à l'université d'Albuquerque et, ensuite, j'ai émigré ici. Ma sœur y vit aussi. Je peux vous poser une question indiscrète ?

— Essayez toujours…

— Votre aisance avec Alex m'a surpris. Vous avez l'air de bien connaître les enfants. Vous en avez ?

— Non, mais j'ai élevé ma jeune sœur depuis la mort de mes parents, il y a longtemps.

— Je vois. Ça a dû être très dur.

Elle eut un petit sourire triste.

— Abominable.

Incapable de se soustraire à son regard, Piper le soutint et découvrit le désir qui y brûlait alors qu'il regardait sa bouche, sentit son propre souffle s'accélérer en imaginant son corps pressé contre le sien…

Le cri lointain d'un coyote signala la tombée du jour. Elle songea à la beauté des nuits, dans le désert, s'imagina en passer une dans les bras de Taylor…

Toutefois, le cri persistant cassa le lien hypnotique que leurs regards créaient entre eux. Et, soudain, elle tendit l'oreille plus attentivement.

— Vous avez entendu ? dit-elle.

— Quoi ? demanda-t-il comme s'il descendait d'une autre planète.

— J'ai cru que c'était un coyote, mais je n'en suis plus si sûre.

Ils se turent pour écouter de nouveau. Et cette fois, ils perçurent des appels à l'aide.

— Vous avez raison, dit-il. Il y a un problème. Allons-y.

Ils gravirent en courant une petite colline et découvrirent, de l'autre côté, un vieux monsieur assis par terre près d'un chien couvert de sang.

— Oh, mon Dieu !, s'exclama Piper.

— Que s'est-il passé ? s'enquit Taylor en s'agenouillant près de lui.

— Un coyote… Il a attaqué mon… mon chien, expliqua l'homme entre deux respirations sifflantes.

Piper lui prit le pouls, puis pressa une main sur sa joue. Son teint était d'un rouge alarmant.

— Avez-vous un problème de santé, monsieur ? demanda-t-elle.

— Il ne s'agit pas de moi. Je vous en prie… sauvez mon chien, dit-il alors que des larmes roulaient sur ses joues.

Piper releva les yeux vers Taylor qui regarda le chien puis secoua lentement la tête en réponse à sa question muette.

— Voyons en quoi nous pouvons vous aider d'abord, dit-elle gentiment.

— Oh non ! Ne me dites pas que… Muffin est mort ?

— Je l'ignore, dit-elle en lui prenant la main. Nous ferons tout pour le sauver, mais je crois que vous avez vous aussi besoin de soins, monsieur… ?

— Farmer. Jesse Farmer, dit-il avant de fouiller dans sa poche pour en sortir un inhalateur. J'ai des problèmes de… de souffle, expliqua-t-il.

Piper maintint sa main tremblante tandis qu'il aspirait deux bouffées. Les larmes continuaient de couler.

— Avez-vous été mordu, vous aussi ? demanda Taylor.

Le petit chien n'avait eu aucune chance contre le coyote dont le comportement agressif, toutefois, n'était pas normal. Il faudrait le signaler aux autorités du parc, songea-t-il. Il se pourrait qu'il ait la rage.

— Non, répondit Jesse. Il est sorti tout à coup d'un buisson et… et il a attaqué Muffin. J'ai essayé de l'arrêter, mais…

— C'était très courageux de votre part, mais il semble que le coyote vous ait aussi mordu.

— Oh non…

Du doigt, Taylor désigna les marques de dents qu'il avait sur l'avant-bras et le sang qui coulait. Jesse l'observa une seconde, horrifié, avant de perdre connaissance.

Piper essaya de le retenir, mais elle ne put qu'amortir sa chute en l'allongeant en douceur sur le sol avant de lui reprendre le pouls.

— Pouls normal, mais son teint est inquiétant.

— A mon avis, il souffre d'un trop plein d'émotions. Certaines personnes réagissent très mal à la vue de leur propre sang. J'appelle le 911. Il aura besoin de soins, surtout si l'animal avait la rage.

— Vous croyez vraiment que c'est un coyote enragé ? demanda-t-elle quand il lui eut annoncé l'arrivée imminente d'une ambulance.

— C'est très possible. Ce genre de chose arrive plusieurs fois par an, ici, et c'est toujours à cause de la rage. Les autorités surveillent cela de très près.

Piper regarda autour d'elle comme si elle se rendait soudain compte que le crépuscule les enveloppait.

— On n'est pas en danger, au moins ? dit-elle. Il ne risque pas de revenir ?

— Je l'ignore, mais rester sur ses gardes pour le cas où un coyote s'avancerait vers nous toutes dents dehors n'est pas une mauvaise idée.

Sa plaisanterie eut l'effet désiré. Quoique nerveusement, Piper se mit à rire, ce qui dissipa la trop forte tension.

A cet instant, Jesse gémit et essaya de se redresser.

— Ne bougez pas, monsieur, dit Taylor en posant une main sur son épaule pour l'en empêcher. L'ambulance sera là d'une minute à l'autre.

— Une ambulance ? répéta-t-il faiblement. Pourquoi ?

— Piper, vous pourriez aller à l'entrée pour les diriger jusqu'ici ? dit Taylor.

Elle se leva aussitôt.

— Oui. Oh, les voilà déjà, j'aperçois leurs phares.

L'équipe médicale fut sur place une minute plus tard. Jesse Farmer fut rapidement pris en main par les professionnels de l'urgence qui le placèrent sous moniteur afin de contrôler son rythme cardiaque.

— Tension faible, annonça un infirmier.

Taylor étudia le moniteur et n'eut aucun mal à interpréter le tracé.

— Il semble qu'on ait affaire à un bloc cardiaque du troisième degré, dit-il. Pas étonnant qu'il se soit évanoui. Jesse, vous a-t-on déjà dit que vous aviez un problème de cœur ?

— Une fois, oui, répondit-il, le souffle court. Mais c'est fini.

— Malheureusement non. Ce genre de choses n'est jamais terminé.

Les patients, en général, refusaient l'idée que leur corps puisse les trahir, et sans doute Jesse ne faisait-il pas exception. Cependant, ignorer les symptômes et les conseils du médecin ne pouvait que mener au désastre.

— Mon cardiologue m'a dit que… j'avais besoin d'un stimulateur, mais ça ne me plaisait pas.

L'infirmier lui posa un masque sur le visage.

— Je regrette, mais ce qui vient de se passer prouve que vous en avez impérativement besoin, dit Taylor. Allez-y, les gars. Maintenez-le branché sur le pacemaker externe pendant le transport.

Jesse repoussa le masque.

— Et Muffin ? s'écria-t-il.

— Nous nous en occupons, le rassura Piper. Mais vous devrez appeler votre famille à votre arrivée à l'hôpital. Il faut que quelqu'un soit auprès de vous.

Dès que l'ambulance eut disparu, elle se tourna vers Taylor.

— J'ai un grand sac plastique dans le coffre de ma voiture ; on pourra y mettre Muffin. Mais je suppose qu'on doit appeler un service précis, dans ce cas, non ?

— Le Wildlife qui s'ocupe de la faune et de la flore. Ils ne se dérangeront sûrement pas à cette heure, mais ils nous indiqueront quoi faire.

Quinze minutes plus tard, le corps de Muffin était dans le coffre de la voiture de Piper qui tendit à Taylor un flacon de lotion désinfectante.

— Vous avez tout prévu, remarqua-t-il, étonné.

— Oui. Toujours prête ! J'ai fait un stage chez les scouts,

et, avec ma sœur, j'ai dû souvent me transformer en infirmière à domicile…

La nuit étant tombée maintenant, les réverbères s'allumèrent sur le parking.

Brusquement, Taylor regarda sa montre.

— Oh flûte ! J'ai oublié Alex. J'étais censé sortir une heure, pas plus, et ça en fait presque deux.

— Il vous aurait appelé s'il avait eu un problème, non ?

— Sans doute. Mais n'empêche que je ne veux pas traîner. Si quelque chose devait lui arriver, je ne me le pardonnerais pas.

— Vous voulez que je vous dépose ? Ça ira plus vite.

Il en fut aussitôt soulagé. Incroyable. Il ne connaissait Piper que depuis deux jours, et elle commençait déjà à lui paraître indispensable…

— Avec un coyote enragé dans le secteur, il ne vaut mieux pas que vous vous attardiez tout seul, ajouta-t-elle.

— C'est sûr, répondit-il en s'installant tant bien que mal dans la petite voiture.

4.

Quelques minutes plus tard, Piper déposait Taylor devant chez lui.

— Entrez une minute, dit-il, je vais appeler le Wildlife. Et après, je vous offre un verre d'eau ou ce que vous voudrez d'autre.

A sa suite, Piper traversa le garage, la cuisine et le salon où Alex était assis sur le canapé, en pyjama, un casque sur les oreilles et un livre sur les genoux.

Surpris par leur arrivée, il sursauta et ôta son casque.

— Ça va ? demanda Taylor. J'ai été plus long que prévu.

Il avait promis à Caroline de s'occuper d'Alex, mais il ignorait s'il se sortirait vainqueur de la mission. Sauter en chute libre était bien plus facile que d'être précipité dans le rôle de substitut paternel. Il avait jusqu'à présent soigneusement évité ce genre de responsabilité, et s'y retrouvait pourtant plongé jusqu'au cou…

— Je n'ai pas remarqué, répondit Alex. J'étais en train de lire.

— Qu'est-ce que tu lis ? s'enquit Piper.

— Euh…

Piper suivit son regard et, se retenant de rire, prit le livre qu'elle remit à l'endroit.

— Je t'assure que c'est plus facile dans ce sens-là, dit-elle avec un sérieux affecté.

Une vive rougeur apparut sous le teint mat du garçon.

— Raté, marmonna-t-il comme pour lui-même.

— Ça, tu peux le dire, répliqua Taylor.

— J'allais le lire, juré ! Mais j'étais tellement excité pour demain que j'ai joué un peu sur mon ordi pour me calmer.

Il bondit du canapé, révélant la grosse tache sur le tissu clair dont l'eau oxygénée, visiblement, n'était pas venue à bout.

— Tu sais Piper, Taylor m'a inscrit dans un camp ! Et c'est grâce à toi !

Spontanément, il lui sauta au cou et elle répondit à son étreinte en riant.

— Je suis très heureuse pour toi, Alex.

La lâchant, il alla en faire autant avec son oncle.

— Merci, Taylor !

Il s'écarta toutefois rapidement.

— Pouah ! T'es tout mouillé !

— Désolé, j'ai transpiré, c'est vrai.

— Maintenant, je sais ce que c'est qu'un putois ! lança Alex en sortant du salon. Salut, Piper !

— Bonne nuit, Alex.

Elle se tourna vers Taylor.

— C'est quoi cette histoire de putois ?

Il haussa les épaules.

— Une discussion sur l'hygiène que nous avons eue tout à l'heure…

La lumière brillant dans les yeux de Piper l'intriguait. Il avait connu beaucoup de femmes aussi casse-cou que lui et avides de sensations fortes. Mais l'énergie qui émanait de Piper était d'une nature différente. Elle était… rassurante, confortable. Et totalement inconnue de lui.

— Bon, j'appelle le Wildlife, dit-il, préférant canaliser le cours de ses pensées sur quelque chose de moins dangereux.

Deux minutes après, il raccrochait.

— Il est trop tard pour qu'ils envoient quelqu'un de chez eux ce soir, mais un employé d'Animal Control va passer prendre le chien. On nous conseille vivement de bien nous laver si on l'a touché.

— D'accord. Pauvre toutou… Au moins, d'après ce que j'ai compris, il n'a pas eu trop le temps de se rendre compte de ce qui lui arrivait.

Elle étouffa un bâillement puis se leva.

— Il est temps que je rentre. La soirée a été bien plus mouvementée que je l'avais prévu…

— C'est sûr. Une petite promenade dans le parc qui se transforme en sauvetage d'une victime d'un coyote enragé, ça n'arrive pas tous les jours.

Taylor la raccompagna jusqu'à sa voiture et il sortit le sac où était déposé le cadavre du chien pour le poser dans l'allée en attendant que l'employé de la compagnie vienne le chercher.

— A demain, dit-elle, en démarrant.

— A demain, Piper.

Pensif, Taylor la regarda s'éloigner dans la rue. Qu'est-ce qui, en elle, captait ainsi son attention ? Ses yeux ? Sa bouche sensuelle qui semblait faite pour les baisers ? Ou ce corps mince et élégant que ses mains désiraient ardemment redessiner ?

Secouant la tête comme pour en chasser ces pensées interdites, il retourna dans la maison. Il n'avait pas le droit de penser en ces termes. Piper était une collègue et, de plus, il était évident qu'elle ne cherchait pas une aventure.

Si elle s'engageait, ce serait probablement avec le souhait de construire quelque chose de solide. Autant dire qu'elle pouvait le rayer tout de suite de sa liste de candidats.

Quant à lui, il avait tout intérêt à oublier le désir qu'elle suscitait en lui. Les relations à long terme n'étaient pas vraiment inscrites dans ses gènes…

Avec l'écho des colères de son père et des sanglots de sa

mère dans sa tête, il se jeta sous le jet tiède de la douche et y resta un long moment.

Les souvenirs étaient toujours très longs à se diluer…

Après une bonne douche chaude, Piper, assise dans son lit en long T-shirt de nuit pêche, une verveine sur la table de chevet, ouvrit son ordinateur portable pour lire ses mails.

Elizabeth était sur le point de commencer ses cours de cuisine à Phoenix, en Arizona, et c'était la première fois qu'elle se retrouverait vraiment seule. Loin d'Ida et loin d'elle, Piper, qui souhaitait de tout cœur que tout se passe bien pour elle.

Sa gorge se serra à l'idée que sa petite sœur n'aurait sans doute bientôt plus besoin d'elle.

Et puis, inopinément, Taylor vint s'imposer à son esprit, effaçant toute idée de responsabilité et de cours de cuisine… Un homme qui lui semblait presque dangereux, car elle devinait confusément qu'elle serait capable pour lui d'abandonner toute retenue, et même de renoncer aux objectifs qu'elle s'était fixés. Un homme sexy comme il ne devrait pas être permis de l'être. Un homme fort, dominateur, qui devait faire merveilleusement l'amour.

En soupirant, elle attrapa son mug pour boire une gorgée de sa tisane. Avec des pensées comme celles-ci, ce n'était pas une malheureuse verveine qui l'aiderait à dormir. Une boîte entière de somnifères lui serait nécessaire si elle continuait sur cette lancée…

Une petite icone apparut sur son écran, annonçant l'arrivée d'un e-mail et, soulagée de cette diversion providentielle, elle cliqua pour l'ouvrir.

5.

Elle venait de poser son sac sur le canapé, le lendemain soir en rentrant de l'hôpital, quand le téléphone se mit à sonner.

— Allô ?

— Piper ? C'est Alex.

— Bonjour, Alex… Comment vas-tu ? Ça s'est bien passé, au camp ?

— Super. Je voulais savoir si tu voulais venir avec nous, samedi. Moi et Taylor, on va faire de la varappe.

Elle hésita. C'était tentant, mais ce genre d'exercice ne lui convenait pas franchement. Elle avait toujours eu peur des hauteurs, et quand elle devait prendre l'avion, c'était sous sédatifs.

— Taylor sait que tu m'appelles ? demanda-t-elle.

— Oui, je lui ai demandé si je pouvais t'inviter.

— Et il est d'accord ?

— Il trouve que c'est une super idée, parce qu'il avait envie que tu viennes aussi.

Piper sentit la fatigue de sa longue journée de travail s'envoler. Même si Alex exagérait la joie de son oncle, elle en était tout de même ravie.

— Il est là ? s'enquit-elle. Je peux lui parler une seconde ?

— Quitte pas…

La voix grave qu'elle commençait à si bien connaître retentit à son oreille, provoquant un délicieux frisson le long de son dos.

— Piper ? Vous êtes partante, alors ?

— Si vous êtes d'accord, bien sûr.

— Je le suis. On pourra pique-niquer quelque part. Alors on compte sur vous ?

— Si vous n'envisagez pas l'Everest, ça devrait pouvoir se faire.

Son rire lui fit un tel effet qu'elle désespéra de pouvoir fermer l'œil de la nuit…

— Non, pas d'Everest samedi.

— Alors c'est d'accord.

Elle le regretterait peut-être, mais toujours est-il qu'elle venait de prendre l'engagement de faire de l'escalade pour la première fois de sa vie…

— Vous plaisantez ! s'exclama-t-elle en contemplant l'énorme formation rocheuse devant laquelle ils s'étaient arrêtés. Je ne grimpe pas ça !

Le rocher escarpé s'élançait, menaçant, devant eux. Piper eut la sensation qu'un trou se creusait dans son ventre…

— Il n'est pas aussi gros qu'il en a l'air, dit Taylor en riant. Mais, de toute façon, ce n'est pas à celui-là qu'on va s'attaquer, mais au modèle réduit à côté.

Du doigt, il en désigna un autre, de taille bien plus raisonnable, et niché contre son grand frère.

— Oh, Taylor…, geignit Alex. Il est tout petit. Je grimpe plus haut que ça, au camp.

— On verra pour les exploits plus tard, mon bonhomme. Tu vas d'abord me montrer de quoi tu es capable.

Aussitôt, Alex sortit son matériel de son sac et il commença de mettre ses sangles. Après les avoir vérifiées, Taylor se prépara à son tour.

Devant l'air atterré de Piper, toutefois, il dut avoir pitié d'elle.

— Ecoutez, si ça vous effraie à ce point, vous pouvez rester ici et nous regarder. Mais vous risquez de mourir d'ennui…

— Je prends le risque, ironisa-t-elle. Je préfère avoir les pieds bien ancrés sur le sol.

— Quand on grimpe, c'est exactement ce qu'on fait. Sauf que le sol est vertical…

— Votre logique me laisse perplexe, Taylor, dit-elle en riant à son tour. Allez-y. Et ne vous tracassez pas pour le pique-nique : je monte la garde.

Sauf qu'elle risquait d'avoir perdu tout appétit d'ici là. Elle avait déjà des crampes d'estomac alors qu'ils n'étaient même pas encore partis. L'infirmière en elle était sur le qui-vive, prête à les voir tomber et s'écraser sous ses yeux.

Une fois qu'ils commencèrent à grimper, cependant, elle se rendit compte que le rocher n'était pas si monstrueux que cela, en fin de compte. Non qu'elle regrettât pour autant de ne pas les avoir accompagnés, mais au moins en oublia-t-elle sa peur alors qu'elle les regardait progresser lentement le long de la paroi.

Concentré sur la précision de chaque mouvement, Taylor baignait dans une profonde sensation de sérénité. Il adorait l'escalade, et partager cette passion avec son neveu la lui rendait plus chère encore. Le canyon retiré les protégeait des bruits de la ville et les isolait dans une bulle de paix loin de la foule et du stress.

Il aimait par-dessus tout ces instants qui lui permettaient de tout oublier. Seul comptait le choix de l'endroit où il allait poser le pied, affermir sa prise. Des gestes qu'il enseignait au fur et à mesure à son neveu.

— Pourquoi tu t'arrêtes ? demanda Alex, haletant, alors qu'il se retournait pour l'attendre.

— Pour qu'on reprenne notre souffle. Et ensuite, on redescend.

— Déjà ? Oh non… On n'est pas encore en haut.

— Je sais, mais descendre est une autre paire de manches, et tes muscles seraient trop fatigués si on allait jusqu'au sommet.

— Bon, d'accord…, répondit Alex d'un ton résigné.

Comme il entamait la redescente, toutefois, Taylor remarqua que la jambe de son neveu tremblait alors qu'il plaçait son pied dans une anfractuosité de la roche.

— Ça va ? demanda-t-il, inquiet.

Le moment serait très mal choisi pour avoir un spasme musculaire, mais ce genre de choses arrivait souvent aux grimpeurs novices qui forçaient au-delà de leurs capacités. Taylor comprit qu'il allait devoir se montrer très prudent.

— Oui, oui, répondit le garçon avec ce qu'il perçut comme une bravade.

— Alex ! dit Taylor d'une voix ferme mais calme.

Cette fois, Alex leva la tête. Son visage était bien trop rouge et son souffle trop rapide. Il était manifestement à bout de forces.

— Piper ! appela Taylor.

Elle se leva aussitôt et mit sa main en visière.

— Je suis là. Ça se passe bien ?

— Alex est fatigué.

— C'est pas vrai ! se récria le garçon.

— Je vais le descendre avec la corde, et je voudrais que vous le guidiez à l'arrivée.

— D'accord. Allez-y.

— Taylor ! protesta de nouveau Alex. Je peux descendre tout seul !

— Ne discute pas, Alex.

Tandis que Taylor préparait une corde supplémentaire, il s'aperçut que la brise légère qui leur ébouriffait les cheveux s'était transformée en rafales s'engouffrant dans leurs vêtements. Ce qui n'allait pas faciliter la manœuvre, c'est certain. Les tempêtes d'été pouvaient se déclencher sans prévenir, alors même qu'il faisait beau.

Les mâchoires serrées, il rejoignit Alex.

— Je vais attacher cette corde à ton harnais et te faire descendre. Et pas besoin de faire cette tête-là ; il n'y a rien de honteux, je t'assure. C'est une simple question de sécurité. On est à une quinzaine de mètres et tes muscles sont trop fatigués pour fonctionner. Je regrette. Je n'aurais pas dû t'emmener aussi haut.

Le garçon avait fait de l'escalade pendant toute la semaine au camp, et il aurait dû se reposer. Mais il savait être très convaincant quand il le voulait, et son idée d'inviter Piper avait balayé les dernières réticences que Taylor aurait pu avoir. C'était sa faute. S'il devait arriver quelque chose à Alex, il en serait seul responsable.

Et il ne se le pardonnerait jamais.

Piper regardait avec anxiété Taylor fixer la corde au harnais d'Alex.

— Je vous l'envoie ! cria Taylor.

Du sol, elle put voir les muscles de ses bras et de ses jambes mis à rude épreuve par l'effort exigé. Elle se fiait à Taylor car il était évident qu'il savait ce qu'il faisait, mais la violence croissante du vent l'angoissait.

— Piper ! cria Taylor. Vous pouvez monter jusqu'au rebord ?

Il avait raison. Si elle se hissait sur le palier à un mètre cinquante du sol, elle pourrait certainement guider Alex jusqu'au sol.

— J'y vais ! répliqua-t-elle en grimpant sur la mince saillie.

Une fois sur place, elle agita un bras vers lui.

— Allez-y !

Les bourrasques transformaient Alex en pendule au bout de sa corde et menaçaient à chaque seconde de le propulser contre la paroi. Les muscles saillants, Taylor était intensément concentré sur le garçon qui arrivait enfin près de Piper. Il n'était plus qu'à un mètre d'elle et…

Et l'attache céda.

Le cri de Piper se répercuta dans l'esprit de Taylor alors qu'Alex tombait.

Impuissant, Taylor ne put que les regarder tous les deux basculer jusqu'au pied du rocher. Sans hésitation, il détacha la corde de sécurité et descendit aussi vite qu'il le put.

Au bout de quelques minutes qui lui parurent des heures, il arriva enfin au rebord d'où il sauta pour atterrir auprès d'eux. Ses muscles brûlaient sous l'effort qu'il leur avait imposé.

— Alex ! cria-t-il en s'agenouillant près du garçon qui se redressait en se frottant la figure.

Submergé par des émotions qu'il eût été en peine de définir, Taylor serra son neveu contre lui.

— Hé ! Tu m'étouffes ! protesta Alex.

— Tu as mal quelque part ? demanda-t-il en le relâchant enfin et en lui palpant les bras, les épaules, la tête.

Il ne trouva que des égratignures et quelques bosses.

— J'ai rien, Taylor. Mais j'ai eu peur… T'as vu Piper ? Elle a réussi à m'attraper.

Taylor se tourna vers la jeune femme, assise par terre à deux mètres de là, qui avait amorti le plus gros de la chute.

— Piper, ça va ? Vous n'êtes pas blessée ? s'enquit-il.

Rapidement, il lui fit subir le même examen qu'à son neveu. Rien de cassé non plus. Ils avaient eu de la chance.

— Mon dos sera probablement en compote demain, dit-elle. A part ça, j'ai l'air d'être encore entière. Sauf…

Elle leva une main vers sa nuque et grimaça lorsqu'elle constata le sang sur ses doigts.

— J'ai dû me cogner plus fort que je pensais.

— Laissez-moi voir.

Se plaçant derrière elle, il glissa à son tour les doigts dans ses cheveux et sentit ce qui apparaissait comme une petite lacération.

— Rien de grave, dit-il. Vous n'aurez pas besoin de points de suture. Une poche de glace devrait suffire.

— Tant mieux. Et Alex ?

— Il est miraculeusement indemne.

— J'ai soif, Taylor. Et ma gourde, elle est vide, déclara Alex.

— Tu n'as qu'à aller chercher la mienne, dit Piper. Elle est dans le coffre. Tu te sens mieux ?

— Ouais ! Vivement qu'on recommence !

Son enthousiasme la fit sourire. Les enfants étaient bien plus résistants que les adultes. Sortant quelques barres énergétiques de son sac, elle en tendit une à Alex.

— Tiens. Ça va te redonner des forces. Pendant ce temps, je vais examiner ton oncle.

Prudemment, elle s'approcha de Taylor. Il était tourné vers le canyon, et son dos raide était révélateur de tous les reproches dont il devait s'accabler.

— Taylor ? dit-elle doucement. Ça va ?

— Je vais bien, oui, répondit-il sans la regarder.

Elle remarqua les nombreuses éraflures et entailles sur ses bras et ses jambes.

— Vous n'en avez pas l'air.

Elle dut presque se reculer devant la colère flambant dans ses yeux quand il les tourna vers elle. Toutefois, elle n'en fut pas effrayée. C'était contre lui-même qu'était dirigée sa fureur. Il se condamnait sans appel pour quelque chose dont il n'était pas responsable.

Délibérément, elle s'approcha de lui, presque jusqu'à le toucher. La chaleur, l'énergie, la puissance qu'il exsudait étaient si fortes qu'elle dut se faire violence pour ne pas battre en retraite. Il était un condensé de colère prête à exploser. Les hommes forts étaient souvent désarmés devant la peur.

— Je suis prête pour le câlin, maintenant, dit-elle en plaçant ses mains sur les épaules de Taylor.

— Quoi ?

Incrédule, Taylor cligna des yeux. Elle n'était pas sérieuse… Si ? Un câlin ? Maintenant ?

— Vous m'avez dit l'autre jour que vous seriez prêt à essayer cette thérapie quand je voudrai…

— Piper… ce n'est vraiment pas le moment.

Il avait failli tuer son neveu et elle par la même occasion.

— Au contraire, c'est l'instant idéal, répondit-elle, la voix rauque d'émotion.

Sans attendre sa permission, elle enroula les bras autour de ses épaules et l'attira à elle.

Surpris de son audace, Taylor l'enlaça machinalement, et la tension qui consumait chacun de ses muscles s'éteignit. Comme par enchantement. La sensation de Piper contre lui, la façon dont son corps épousait le sien, et l'anxiété de ce qui aurait pu finir en catastrophe conspirèrent pour le priver de tout son bon sens.

Il aurait dû s'écarter d'elle, tout de suite, et il s'y efforça, mais quand il posa les mains sur ses hanches pour la repousser, il en fut incapable. Au contraire, il l'attira plus étroitement contre lui.

Enfouissant le visage dans son cou, il ferma les yeux et inspira profondément, savourant son odeur sucrée. Oui, elle avait raison. C'était bien l'instant idéal…

— Je suis désolé, Piper, murmura-t-il. Si désolé. Rien de tout ça n'aurait dû arriver.

Les femmes qui l'avaient accompagné jusqu'à présent dans ses escalades avaient eu de l'expérience en la matière, et il n'avait pas eu à s'inquiéter pour elles. Ce qui venait de se passer était un désastre qu'il se promettait de ne jamais revivre. De toutes les inepties qu'il avait commises dans sa vie, celle-ci figurait dans le peloton de tête.

— Ce n'était pas votre faute, dit-elle. Et il n'y a pas eu de conséquences graves.

Il sentait sa poitrine contre son torse, et ses hanches pressées contre son ventre lui inspiraient à présent des sensations d'une tout autre nature.

S'écartant doucement, il se pencha vers elle et ne put résister…

Sans réfléchir, il s'empara de sa bouche et déversa dans son baiser toute sa peur, toute sa frustration. Un désir ardent se saisit soudain de lui avec la force et la férocité du vent qui continuait à s'acharner sur eux. Le gémissement de plaisir avec lequel elle l'accueillit exacerba son avidité. Il eut l'envie irrépressible de l'emmener chez lui et d'explorer son corps tout entier.

Il enfouissait les doigts dans ses cheveux pour mieux la presser contre lui quand elle se recula.

— Aïe ! dit-elle.

— Oh ! C'est votre bosse… Je vous ai fait mal.

Il s'écarta d'elle, choqué par l'intensité du désir qui venait de s'enflammer entre eux. Et quelques profondes respirations ne suffirent pas à l'apaiser, pas plus que les battements sourds de son cœur.

— Oui. Mais ce n'est pas grave.

En souriant, elle posa une main sur son bras.

— J'ai aimé le reste…

— Moi aussi, répondit-il avec un sourire hésitant. Plus que je ne l'aurais dû.

— Taylor, rien de tout ceci n'est votre faute, répéta-t-elle. Vous ne pouviez pas prévoir cette brusque tempête.

— C'est moi qui ai amené Alex ici. Donc je *suis* responsable.

— Arrêtez de vous culpabiliser. C'était un accident, et tout le monde va bien.

— Mais…

— Chut…

Elle l'attira de nouveau contre elle, fugacement, puis s'écarta.

— Je pense que nous devrions rejoindre Alex et rentrer.

Taylor s'attarda une seconde encore à observer l'effet qu'avait eu leur baiser sur elle. Ses yeux limpides brillaient encore de plaisir, ses lèvres étaient rouges, ses joues colorées. Le plaisir lui allait bien.

Mais mieux valait désormais qu'il prenne ses distances car sa propre réaction lui semblait bien trop vive pour être ignorée.

Il regarda autour de lui.

— Où est Alex ?

— A la voiture.

— Depuis tout ce temps ? Je ne veux pas qu'il s'éloigne tout seul ! Alex ! cria-t-il.

A cet instant, le garçon réapparut de derrière un buisson en rajustant son pantalon.

— Je suis là.

— Qu'est-ce que tu faisais ?

— Ben, j'étais en train de… J'ai bu beaucoup, ce matin, alors…

— Oui, bon, d'accord, dit Taylor en commençant à rassembler leurs affaires. Je n'ai plus trop envie de pique-niquer. Il vaut mieux qu'on rentre, en effet.

6.

— Il est fâché ? demanda Alex à Piper en s'efforçant de refouler ses larmes.

— Non. Ton oncle était simplement très inquiet pour toi.

— Fallait juste que j'aille…

— Je sais. Tu n'as rien à te reprocher, Alex. Parfois, quand ils ont peur, les adultes disent des choses qui font mal. Mais il va se calmer, ne t'en fais pas.

Manifestement pas très convaincu, Alex monta dans la voiture. Le retour fut silencieux et tendu. Devant l'échec de ses tentatives pour sortir Taylor de son mutisme, Piper se contenta d'admirer le paysage jusqu'à leur arrivée.

La voiture venait à peine de s'arrêter devant le garage qu'Alex en jaillit pour aller s'enfermer dans sa chambre.

— Vous l'avez blessé, dit Piper en aidant Taylor à porter le pique-nique dans la cuisine.

— Moi ? C'est lui qui m'a fait une peur bleue !

— Et vous vous en êtes pris à lui. Ce serait une bonne idée d'aller lui parler.

— Pour lui dire quoi ?

— Eh bien, vous pouvez commencer par vous excuser.

— De quoi ? D'être prudent ? D'être responsable ? De redouter qu'il lui arrive quelque chose ?

Piper sentit la moutarde lui monter au nez.

— D'être un oncle têtu, une tête de mule incapable de reconnaître qu'il n'était pas en colère mais simplement effrayé. Alex croit qu'il a fait quelque chose de mal, alors que c'est seulement *vous* qui avez réagi violemment parce que *vous* avez eu peur.

Taylor accusa le coup. Le ton soudain très sérieux de Piper le déstabilisait.

— Quand j'avais son âge…, commença-t-il.

Il s'arrêta. A l'âge d'Alex, il avait été hospitalisé deux fois par son père pour des blessures consécutives à des prétendues chutes…

— Qu'alliez-vous dire, Taylor ? insista Piper en venant poser gentiment une main sur son bras.

Comme il s'asseyait lourdement sur une chaise, elle s'agenouilla devant lui.

— Qu'y a-t-il ? Vous pouvez me le dire, Taylor.

— Il va falloir que Caroline revienne. Je ne peux pas faire ce qu'elle attend de moi. Je ne peux pas.

— Vous n'avez pas le choix. Votre sœur compte sur vous, et Alex… a *besoin* de vous. Plus que vous ne le pensez, à mon avis.

— Vous ignorez tout de moi, Piper, et surtout ce qui me fait dire que je ne suis pas capable d'assumer ce rôle… Caroline n'aurait jamais dû me demander ça. La solitude et l'indépendance, c'est la seule vie à laquelle j'ai droit. Je n'ai aucune prédisposition pour m'occuper d'un garçon de onze ans.

— Bien sûr que si. Il faut seulement que vous alliez les chercher très profondément en vous. Croyez-moi, je sais ce qu'il en est de se retrouver du jour au lendemain responsable d'un enfant. Et en même temps, on ne peut pas le refuser. Pourquoi n'iriez-vous pas parler à Alex ? Il comprendra. Vous avez juste à laisser s'exprimer votre cœur.

Plongeant dans ses yeux turquoise, Taylor eut simplement envie d'effacer les événements du jour et de s'immerger dans leur limpidité. De se fondre dans la douce féminité de son corps… C'était hors de question, évidemment. Il avait beau être perturbé, il n'avait aucun désir de se servir d'elle.

— Vous avez raison, dit-il en soupirant. Je vais aller lui parler.

Comme elle se levait, Piper grimaça.

— Aïe ! Je crois que je vais avoir du mal à trouver une bonne position pour dormir, cette nuit.

— Votre dos ?

— Oui.

Elle avait beau minimiser la douleur, il était évident qu'elle souffrait.

— Laissez-moi voir. Vous êtes tombée sur le dos, c'est ça ? dit-il, revoyant l'instant où Alex avait basculé dans ses bras tendus.

— Oui. Ce n'est rien. Un peu d'ibuprofène et je dormirai comme un bébé.

— Faites-moi voir tout de même, insista-t-il, déterminé à l'examiner.

Il la fit se retourner, lui remonta son T-shirt et serra les dents en découvrant les dégâts.

— Pourquoi n'avez-vous rien dit plus tôt ?

— Parce que les douleurs commencent seulement à se manifester. Quoi ? Qu'est-ce qu'il y a ?

— Ecorchures, graviers, et gros hématome en formation sur le côté droit.

— Je comprends pourquoi ça faisait un peu mal, dit-elle avec un petit rire. Mais rassurez-vous, je survivrai.

Il remit le T-shirt en place. Tout cela à cause de lui. Il lui revenait donc d'y remédier.

— Je vais vous ôter les graviers. Mais avant, vous devriez aller prendre une douche pour faire un premier nettoyage, et ensuite, je m'occuperai du reste.

— Oh non, dit-elle. Ne vous en faites pas, ça ira.

Il riva sur elle ce regard fixe qu'il réservait généralement pour ses patients têtus.

— Ce n'était pas vraiment une suggestion.

La prenant par les épaules, il la fit se retourner et la dirigea vers sa salle de bains personnelle.

— Prenez une douche. Et ne vous gênez pas pour utiliser tout ce dont vous aurez besoin.

— D'accord. J'y vais.

Une fois dans la grande pièce carrelée de vert émeraude, Piper referma la porte, se déshabilla puis regarda son dos dans le miroir. Ah… Elle comprenait maintenant l'insistance de Taylor. C'était pire qu'elle l'avait imaginé. Ses omoplates étaient tout éraflées et une superbe ecchymose s'annonçait en effet sur sa hanche droite.

Suivant le conseil qu'il lui avait donné, elle sortit une grande serviette moelleuse du placard, et comme elle pénétrait dans la cabine de douche, une image s'imposa à elle : celle de Taylor y entrant avec elle…

Ne s'étant jamais considérée comme une femme passionnée, elle fut d'autant plus surprise de la force du désir qui la saisit à cette seconde. Taylor semblait avoir le don de réveiller les besoins assoupis de son corps…

Elle ouvrit les robinets et laissa l'eau chaude laver son dos, et la débarrasser des pensées troublantes que le parfum de sa savonnette au bois de santal suscitait.

Quand elle ressortit de la cabine dix minutes plus tard, elle hésita. Il serait idiot de remettre ses vêtements sales. Aussi s'enroula-t-elle dans la grande serviette et sortit-elle de la salle de bains embuée.

Elle s'immobilisa sur le seuil de la cuisine. Planté devant la fenêtre, Taylor lui tournait le dos. Peut-être fut-il averti de sa présence par l'odeur du santal, toujours est-il qu'il fit brusquement volte-face et se figea.

Piper sentit sa bouche se dessécher devant le regard

intense qui remontait lentement de ses pieds nus, le long de ses jambes, et sur sa silhouette enveloppée dans la serviette. Puis quand leurs yeux se rencontrèrent, elle lut dans les siens que la vue qu'elle lui offrait était tout à fait à son goût.

Si elle n'avait pas été consciente de la présence d'un enfant dans la maison, elle aurait peut-être été assez audacieuse pour laisser tomber la serviette…

— Asseyez-vous à califourchon sur la chaise pendant que je m'occupe de votre dos, dit-il après s'être éclairci la voix.

Il en tira une autre pour lui qu'il plaça derrière elle.

Piper ferma les yeux. Cela allait être plus difficile qu'elle le pensait. Aucun homme ne l'avait vue nue, ni même à moitié nue, depuis très longtemps, et l'idée de sentir les mains de Taylor sur elle l'excitait bien plus que ne pourrait le faire le souvenir de ses amants passés. A l'aide d'une profonde et discrète inspiration, elle tenta d'apaiser ses sens affolés et posa son front sur le dossier de la chaise.

Taylor faillit perdre pour de bon le sang-froid qu'il avait conservé à grand-peine aujourd'hui. En d'autres circonstances, il aurait laissé libre cours aux desiderata de son corps. Piper était un irrésistible, et dangereux, mélange de séduction et d'innocence. Un fruit défendu dans lequel il avait une folle envie de croquer à pleines dents.

Se ressaisissant, il écarta doucement les pans de la serviette pour lui découvrir le dos. Devant ses courbes harmonieuses, devant sa peau satinée, il eut un mal fou à retenir ses mains qui brûlaient de les caresser.

Il trouva refuge dans une extrême concentration tandis qu'il ôtait les minuscules graviers restés incrustés dans la chair. Il appliqua ensuite une pommade antibiotique sur les éraflures qu'il couvrit d'une gaze, puis un baume sur l'hématome qui commençait d'être bien coloré.

— Et voilà, dit-il, soulagé d'avoir pu mener sa tâche à bien sans libérer le démon qui s'agitait en lui.

— Merci, dit-elle en se relevant.

Elle hésita une seconde.

— Je préférerais ne pas remettre mon T-shirt.

— Ne vous gênez surtout pas pour moi, répondit-il.

Il eut un petit sourire, et la tension entre eux parut arriver à son point culminant.

— Taylor ! s'exclama-t-elle avec un rire nerveux et en piquant un magnifique fard. Mais qu'allez-vous penser ? Je veux simplement dire que mon T-shirt est sale et que si vous pouviez m'en prêter un, ce serait préférable. Je vous le rendrai demain.

— Oh… Oui, bien sûr.

Il s'éclipsa une seconde et revint avec un T-shirt bleu cobalt qu'il lui tendit.

— Au cas où vous changeriez d'avis, cependant, je n'y verrai aucun inconvénient, dit-il avec un sérieux affecté. Mais mieux vaut éviter de le faire en présence d'Alex, il est très impressionnable.

— J'en tiendrai compte, promis, répondit-elle en retournant dans la salle de bains.

Elle venait de disparaître quand Alex, les yeux rouges, sortit de sa chambre.

— Taylor… je suis désolé.

— Moi aussi, Alex, je suis *très* désolé.

Il attira son neveu dans ses bras et tous deux restèrent enlacés quelques secondes.

— Tu n'as rien fait de mal, tout était ma faute. J'ai réagi de façon exagérée parce que j'ai eu peur, tu comprends ? Ma colère était dirigée contre moi, pas contre toi.

Il sentit le garçon trembler contre lui et le serra plus fort, s'immergeant dans la tendresse du moment qui semblait donner raison à Piper : les câlins étaient peut-être bien salutaires à la fois pour le corps et pour l'esprit, après tout. Surtout ceux venant d'un enfant.

Alors qu'elle ressortait de la salle de bains, Piper entendit l'échange entre l'oncle et le neveu. S'éclaircissant ostensiblement la gorge, elle les rejoignit dans la cuisine.

— Ça va, les hommes ?

— Piper ! s'exclama Alex en s'écartant de Taylor. Tu veux voir mon nouveau jeu vidéo que Taylor m'a offert ?

Elle rit devant le brusque changement d'humeur du garçon. De toute évidence, le câlin avec son oncle avait fait merveille.

— Bien sûr !

— Je vais l'installer !

Comme Alex ressortait en trombe de la pièce, elle se tourna vers Taylor.

— Tout va bien ? demanda-t-elle. Ce ne sont pas mes affaires, je sais, mais il a l'air d'aller mieux.

— Oui. Et moi aussi, répliqua Taylor sans fausse honte.

Il se passa une main dans les cheveux. Ils ne se connaissaient que depuis quelques jours, mais il avait partagé plus de choses avec cette femme qu'avec qui que ce fût dans sa vie. Et il en éprouvait un réel bien-être. Comme si c'était dans l'ordre des choses.

Toutefois, en ce qui la concernait, il savait que cette dépendance de sa part n'était pas saine. Il comprenait aussi que lui donner une impression erronée ne lui rendrait pas service.

— Etrange journée, n'est-ce pas ? dit-il.

— Oui, on peut le dire.

— Piper ! Ça y est, c'est prêt !

— Je vais jouer avec lui quelques minutes, et ensuite, je rentrerai.

Taylor se contenta d'acquiescer d'un signe de tête alors

qu'il la regardait se diriger vers le salon, se demandant pourquoi il avait succombé aussi vite à ses charmes, et comment il allait traverser les cinq semaines à venir sans avoir besoin de faire appel à elle…

7.

Le réveil fut difficile. Tous ses muscles étaient douloureux, et même ses cheveux lui faisaient mal.

Piper lança un regard réprobateur vers le rayon de soleil qui se frayait un chemin par l'interstice des rideaux, puis essaya de calculer combien de temps elle pouvait encore s'attarder au lit. Elle s'était presque rendormie quand le téléphone sonna.

— Piper, c'est Taylor. Comment vous sentez-vous, ce matin ?

Sa voix grave dissipa les brumes du sommeil. Elle soupira.

— Pas terrible, à vrai dire… Un peu… courbaturée.

— Je suis navré.

— Pas de problème. Dès que mes muscles seront un peu réchauffés, tout ira bien. On n'a pas inventé l'acétaminophène et l'ibuprofène pour rien… C'est gentil de vous inquiéter pour moi.

— En fait, j'ai aussi une autre raison : Alex a des cousins qui l'ont invité pour la journée, et je pensais profiter de son absence pour me faire pardonner.

— Taylor, c'est très aimable à vous, mais vous n'êtes pas obligé de…

— Non, mais ça me ferait plaisir. Nous avons raté notre pique-nique, hier, alors je voulais me rattraper en vous invitant à un brunch.

C'était une très bonne idée. Pas d'escalade, et pas de repas à préparer…

— Si vous êtes sûr que vous n'avez pas autre chose de plus trépidant à faire, comme de sauter d'un avion sans parachute ou de plonger d'une falaise, c'est d'accord.

Son rire chaud la fit frissonner.

— Rien d'aussi téméraire, non. Peut-être un peu de jogging dans le parc ce soir, mais pas plus. Je passe vous prendre dans une heure. D'accord ?

— Je serai prête.

Un ibuprofène et une douche plus tard, il sonnait à sa porte. Elle reconnut aussitôt l'odeur de santal de sa savonnette et ne put s'empêcher de l'imaginer sous sa douche, là où elle avait été elle-même la veille. Son short kaki et son polo marine ne laissaient rien ignorer de ses superbes jambes bronzées, ni de son large torse.

Quant à son regard, qui glissa de ses sandalettes à talons à son débardeur jaune pâle, en passant par ses jambes que dénudait sa courte jupe de lin turquoise, il fit très efficacement monter sa température de quelques degrés.

Puis il rencontra ses yeux et sourit, la libérant du charme où l'avait plongée son inspection attentive.

— Prête ? dit-il, en lui présentant son bras.

Elle y glissa le sien et se laissa conduire jusqu'à sa décapotable.

— Où va-t-on ? s'enquit-elle en bouclant sa ceinture.

— Dans un café, près de l'opéra. Ils servent des brunchs fantastiques.

— J'ignorais qu'il y avait un opéra à Santa Fe.

— L'un des plus originaux du monde. A ciel ouvert et niché dans les collines avec une acoustique exceptionnelle… Vous aimez l'opéra ?

— Certains. Mais pour être franche, je n'y connais pas grand-chose.

— Moi non plus. Comme pour l'art en général, d'ailleurs.

Je sais ce que j'aime, mais c'est instinctif. Ma culture en la matière est assez réduite.

— Nous sommes deux dans ce cas. A propos d'art, j'ai entendu parler d'un marché indien, à Santa Fe. Vous y êtes déjà allé ?

— Oui. C'est à la fin du mois d'août. Tous les Indiens du Sud-Ouest viennent exposer leurs créations, et c'est superbe.

— Tant mieux. J'irai sûrement car l'anniversaire de ma sœur est en septembre, et je lui trouverai sans doute quelque chose. Et pour ma tante Ida aussi à qui j'envoie un cadeau lors de chacune de mes missions. Comme ça, elle ne se sent pas à l'écart. Oh, pendant que j'y pense, votre T-shirt, dit-elle en le sortant de son sac pour le poser à côté d'elle sur le siège. Merci.

Une demi-heure plus tard, ils étaient installés à la terrasse d'un restaurant aux murs d'adobe offrant une vue magnifique sur la vallée et les montagnes se dressant au nord. Une guitare classique égrenait des mélodies en fond sonore.

Comme le silence s'installait entre eux, Piper trompa sa nervosité en grignotant les chips présentées dans un ravier sur la table.

— Ne soyez pas gênée avec moi, Piper, dit Taylor en lui prenant la main.

— Gênée, moi ?

Elle frémit sous l'intensité de son regard bien trop perçant et qui semblait plonger au cœur même de son âme.

— Oui, vous. Aujourd'hui, c'est juste vous et moi. Quand Alex est là, vous êtes naturelle. Mais avec moi tout seul, vous êtes tendue.

— Je regrette. C'est indépendant de ma volonté, plaisanta-t-elle faiblement.

Sa tension venait bien entendu de la très forte attirance qu'elle éprouvait pour lui et qui ne pourrait jamais se concrétiser. Ne serait-ce que parce qu'ils travaillaient ensemble.

Et même s'il devait se passer quelque chose entre eux, ce ne pourrait être que temporaire. D'une part, elle repartirait bientôt, et d'autre part, Emily l'avait avertie de l'inconstance de Taylor.

— Vous m'intimidez, par moments, ajouta-t-elle. Je suis certaine de ne pas être le genre de femme à qui vous accordez votre temps, d'habitude, n'est-ce pas ?

— C'est vrai, je le reconnais. Mais pourquoi devrais-je me limiter ?

— En fait, j'ai du mal à comprendre l'intérêt que je pourrais présenter pour vous. Vous m'êtes peut-être reconnaissant des quelques suggestions que je vous ai faites pour Alex, mais à part ça…

Les hommes de son genre ne la voyaient même pas d'habitude, aussi, que Taylor lui consacre son temps la surprenait.

— Je ne voudrais surtout pas que vous ayez le sentiment de me devoir quoi que ce soit, insista-t-elle.

Il resserra sa main sur la sienne qu'il n'avait pas lâchée.

— Même si je vous dois beaucoup, pour Alex, ce n'est pas ça. Il y a simplement quelque chose qui se passe entre nous, vous ne pensez pas ? demanda-t-il avec un sérieux qui la figea sur sa chaise.

— De… de quoi parlez-vous ?

Lui revinrent fugacement à la mémoire les conseils donnés en passant par les autres infirmières : Taylor était un homme dangereux pour le cœur — et pour la libido. Mais à cette seconde, elle se sentait incapable de résister à la force du magnétisme qu'il exerçait sur elle.

D'ailleurs, quand il se pencha vers elle pour l'attirer doucement en posant la main sur sa nuque et qu'il s'empara de sa bouche, elle ferma les yeux, se laissant porter par la déferlante d'émotions que provoquait sa sensuelle exploration.

— C'est de *ça* que je parle, répondit-il en lui reprenant la main.

— Je vois.

Prenant son verre d'eau glacée, elle en avala deux longues gorgées dans le vain espoir d'étouffer le feu qu'il venait d'allumer en elle. Peut-être aurait-elle eu plus de succès en se le versant directement sur la tête. Et encore…

— Je pourrais difficilement contredire votre diagnostic, docteur, ironisa-t-elle.

— Je voulais juste m'assurer que ce n'était pas un effet de mon imagination…

Leurs brunchs arrivèrent enfin et ils choisirent de les déguster en discutant de sujets anodins, même s'ils ne pouvaient ignorer l'étrange tension qui planait entre eux.

— Racontez-moi ce que l'on ressent en sautant d'un avion, dit-elle en buvant une gorgée de son mimosa, un cocktail champagne-jus d'orange qu'il avait eu la bonne idée de lui conseiller.

— Vous êtes déjà allée sur les montagnes russes ?

— Oh oui, et j'ai été malade.

— Eh bien, le saut dans le vide, c'est la même chose, mais puissance dix.

— Je crois que je préfère le plancher des vaches, tout compte fait. Il y a longtemps que vous pratiquez ça ?

— J'ai commencé à seize ans. C'est mon oncle qui m'y a initié, et depuis, je suis accro.

— Y a-t-il des choses que vous n'arrivez pas à faire ?

Taylor eut un rire bref.

— Des quantités, mais je m'évertue à les ignorer. Ça met ma confiance et mon charme en danger.

Au moment de partir, alors qu'elle se levait un peu trop brusquement, Piper se rassit en grimaçant.

— C'est toujours douloureux ? s'inquiéta Taylor.

— Oui. Je l'avais oublié. Je vais recommencer la scène, mais au ralenti.

Un long bain chaud une fois de retour dans son appartement, suivi d'une bonne sieste devrait remédier au problème.

— Restez immobile une minute, dit Taylor en se plaçant derrière elle comme ils arrivaient près de sa voiture.

Intriguée, Piper le sentit qui posait les mains sur ses épaules en pressant ses pouces sur deux points précis entre ses omoplates et sa colonne vertébrale.

— Aïe ! s'écria-t-elle en s'écartant. Excusez-moi, Taylor, ce doit être encore trop tôt pour un massage.

Il lui ouvrit sa portière.

— Je vous emmène chez moi ; je ferai quelques manipulations sur votre dos. A mon avis, vous avez quelque chose de déplacé qui ne se remettra pas tout seul.

— Des manipulations ?

— Oui. J'ai aussi un diplôme de médecin ostéopathe, une discipline qui permet de rendre au corps son alignement normal. Un simple geste peut parfois avoir raison d'une douleur sans avoir recours aux médicaments. C'est un complément très utile à la médecine traditionnelle.

Une fois chez lui, il la conduisit dans le salon.

— J'aurai plus de place pour manœuvrer, dit-il avant, de nouveau, de se placer dans son dos. Quoi que je fasse, restez détendue. Si vous vous raidissez, je pourrais vous faire mal, ce qui n'est pas le but.

— D'accord. Je suis prête.

Le cœur de Piper battit plus vite quand il l'attira en arrière, contre lui. Lui pressant la tête contre son épaule gauche, il la fit bouger d'avant en arrière plusieurs fois afin de la placer en bonne position.

Un frisson de désir la parcourut, mais elle l'ignora puisque Taylor lui avait recommandé de se détendre. Toutefois, ainsi alanguie contre lui, elle avait du mal à repousser les sensations importunes qui se manifestaient.

— Maintenant, croisez les bras sur votre poitrine, les mains posées sur vos épaules, dit-il.

Elle s'exécuta, mais sursauta quand elle le sentit l'enlacer.

— Vous êtes sûre que ce n'est pas un stratagème pour m'attirer dans vos bras ? plaisanta-t-elle.

— Même pas, dit-il avec un petit rire. Ça fait partie de la manœuvre. A présent, laissez-vous aller contre moi, inspirez, et expirez brusquement. Je vais vous soulever.

Sitôt qu'elle eut rejeté l'air avec force, Taylor resserra ses bras sur les siens et la souleva en arrière avec une légère secousse. Elle sentit un craquement dans son dos qui se réverbéra dans tout son corps.

— Waouh..., murmura-t-elle quand ses pieds touchèrent de nouveau le sol.

— Comment vous sentez-vous ?

Elle tourna précautionneusement le torse à gauche, puis à droite. La douleur avait pratiquement disparu. Persistait une imperceptible tension musculaire dans le dos, peut-être, mais rien de comparable à ce qu'elle subissait avant.

— Etonnant, docteur miracle... Merci.

— Tout le plaisir était pour moi. En dehors de ça, vous devriez aussi envisager l'hydrothérapie.

— Une douche ? dit-elle, se figeant quand il lui repoussa les cheveux du visage et posa une main sur sa hanche.

— Je pensais plutôt à un bain dans mon Jacuzzi.

Sa voix était devenue un murmure rauque qui s'enroula autour d'elle telle une volute, lui bloquant le cerveau. A la simple idée de se retrouver avec lui dans un Jacuzzi, elle eut l'impression que ses jambes refusaient soudain de la porter. Une décision s'imposait — qui pouvait l'emporter soit vers les hauteurs éthérées de l'extase, soit vers les profondeurs insondables de la douleur...

— Vraiment ?

— Vraiment.

— Je n'ai pas de maillot.

Comme si cela pouvait constituer un obstacle..., songea-t-elle.

— Ce n'est pas un problème pour moi, dit-il. Généralement, je n'en porte pas moi-même.

Ses mains glissèrent sur le haut de ses cuisses pour remonter sur ses hanches et l'attirer contre lui. Son souffle devenait plus court. Le sien aussi.

— Serez-vous dans l'eau avec moi ? s'enquit-elle.

Un lent sourire étira les lèvres de Taylor.

— Le souhaitez-vous, Piper ?

Oh doux Jésus, oui ! Serait-ce une bonne décision ? Sans doute que non, mais si elle ne saisissait pas cette chance, elle risquait de passer le reste de son existence à le regretter.

Les occasions de cet ordre ne se présentaient pas si souvent dans sa vie qu'elle puisse les laisser passer sans en profiter. Or Taylor ne lui offrait ni plus ni moins qu'une chance d'être avec lui, sans aucun engagement, seulement une expérience qui s'annonçait délicieuse entre deux adultes consentants. Ensuite, ils redeviendraient collègues.

Quoi de plus naturel, après tout ? Pour une journée, elle pouvait se permettre cette fantaisie. Jamais elle n'avait éprouvé une telle attirance pour un homme, et elle savait que lui aussi la désirait.

Ils avaient envie l'un de l'autre. C'était aussi simple que cela.

Pour toute réponse, elle inclina la tête, lui donnant un meilleur accès à son cou où sa bouche chaude vint aussitôt se presser. Le désir qu'elle laissa alors s'exprimer librement enflamma tout son corps, et elle ferma les yeux pour s'abandonner totalement au baiser de Taylor.

Elle avait passé sa vie à tout organiser, à se contrôler, ne laissant que peu de place à l'imprévu et aux plaisirs des sens, et à présent, elle n'avait qu'une envie : se livrer entièrement à la passion de Taylor, le laisser explorer son corps, découvrir le sien… et oublier pour un temps le reste du monde.

Se retournant contre lui, elle enroula les bras autour de son cou et lut dans ses yeux tout le désir qu'il éprouvait pour elle. Cette lueur la conforta dans sa décision : elle allait prendre ce que Taylor avait à lui offrir, même si ce n'était qu'une heure de sa vie.

— J'aimerais récupérer ce T-shirt, dit-elle.

8.

Sans un mot, Taylor alla le lui chercher et elle s'isola dans la salle de bains pour se changer, la raideur de son dos n'étant plus qu'un lointain souvenir.

Quelques minutes plus tard, le cœur battant, elle le rejoignit dans le jardin où il l'attendait, immergé dans le bassin rond à l'ombre d'un figuier, de l'eau jusqu'au torse. Les hautes palissades de bois leur garantissaient une intimité rassurante.

Sous son regard ardent, elle se laissa à son tour glisser dans l'eau délicieusement tiède et bouillonnante et soupira de bonheur.

— Mmm… C'est fantastique. J'ai l'impression d'être sur le point de fondre.

Elle oublia cependant très vite toute idée de relaxation quand Taylor s'approcha d'elle, car c'est tout son corps qui se tendit à la perspective de sentir ses mains et sa bouche sur elle.

— Tu es toute rouge, dit-il, et ce tutoiement soudain ajouta encore à son excitation. Tu te sens bien ?

— Ce doit être l'eau qui dilate mes vaisseaux sanguins, répondit-elle.

Comme s'il était dupe…

— Evidemment, dit-il avec un sourire amusé. Laisse-moi tout de même m'en assurer.

Il lui prit le poignet sans la quitter des yeux.

— Le pouls est très rapide, aussi. Tu es sûre que c'est l'eau ?

— Je fais peut-être une réaction.

— A quoi, par exemple ? Tu me sembles physiquement tout à fait normale…

Son regard s'attarda sur ses seins que le T-shirt mouillé moulait avec impudeur.

— Au mimosa ? suggéra-t-elle.

— Tu n'en as bu qu'un. Non, je crois que la cause est ailleurs… Peut-être es-tu allergique à ce T-shirt ? Même si je trouve qu'il te va beaucoup mieux qu'à moi…

Il ne l'avait toujours pas touchée et elle devait presque se mordre les lèvres pour ne pas le supplier de le faire.

— Vous… Tu veux le récupérer ?

— Peut-être. Mais garde-le encore un peu. Il est vraiment particulièrement… seyant, sur toi.

Se laissant porter par l'eau, elle dériva jusqu'à ce que ses seins effleurent son torse puissant. Alors Taylor se pencha et s'empara de ses lèvres avec une fougue à laquelle elle répondit avec une égale ferveur.

Sans même réfléchir, elle enroula les jambes autour de sa taille, découvrant, ainsi qu'il l'avait annoncé, qu'il ne portait pas de maillot.

Taylor referma sa bouche sur un de ses seins à travers le tissu. Voir ainsi ses formes modelées par son propre T-shirt était terriblement excitant. Ses gémissements accentuaient encore, pour autant que ce fût possible, le désir qu'il avait d'elle.

— On va sortir de l'eau, dit-il, le souffle court. Il n'est pas conseillé d'y rester plus de dix minutes.

Il se hissa sur le rebord, l'aida à y monter à son tour, puis l'entraîna vers une grande serviette étalée sur l'herbe.

— Je veux te faire l'amour, Piper, dit-il. Tu ne peux pas savoir à quel point…

— Oui. Oui, oh oui…, murmura-t-elle, plongeant son regard dans le sien.

— Tu es sous contraception ?

— Implant contraceptif. Mais ce n'est pas ce que tu crois, Taylor, ajouta-t-elle aussitôt. Ça ne m'arrive pas souvent.

— On t'a peut-être dit le contraire, mais à moi non plus. Je ne suis pas à la hauteur de ma réputation. Regarde-moi…

Quand il vint en elle, ses yeux rivés aux siens, il sut que c'était vrai, qu'elle n'avait connu que peu d'hommes avant lui, et quelque chose, du côté de son cœur, s'ouvrit. Quelque chose qui, à son insu, avait été fermé à ses émotions.

Jusqu'à cet instant.

Comme si Piper avait possédé la clé qui l'avait libéré…

Chaque coup de rein de Taylor rapprochait Piper un peu plus du paradis. Le plaisir montait crescendo et, bientôt, elle enfouit les doigts dans ses cheveux tandis qu'il l'emportait au cœur d'un monde dont elle n'avait jusque-là qu'effleuré les abords.

Taylor n'avait encore jamais perdu son contrôle. Mais devant la réaction intense de Piper, il ne vit aucune raison de se maîtriser. Lui aussi s'abandonna à cette extase, anxieux de la partager avec elle qu'il serra contre lui jusqu'à ce que tous deux, hors d'haleine, redescendent de ces sommets qu'il avait l'impression de conquérir pour la première fois.

— Tu as rendez-vous quelque part ? marmonna-t-elle contre son torse quelques minutes après alors qu'il regardait sa montre.

Il sourit.

— Non. Et Alex ne sera pas là avant deux heures.

Il caressait son dos sous le T-shirt ; sa peau était si douce.

— Tu restes un peu avec moi ?

— Oui…

Il l'embrassa de nouveau, et le plaisir rejaillit avec la même force. Mais cette fois, pour s'aimer, ils prirent leur temps.

Cette fois, la tendresse fut au rendez-vous…

Ce soir-là, Piper laissa à regret l'eau de la douche effacer de sa peau l'odeur de Taylor. Cela avait été un réel bonheur, d'être avec lui. Un bonheur qui lui donnait envie de poser ses valises, du moins pour un temps.

Après tout, ces longues années consacrées aux autres ne lui donnaient-elles pas aujourd'hui le droit de s'offrir égoïstement quelques moments de plaisir ? Même si elle n'avait jamais pris les relations amoureuses à la légère, elle savait qu'une aventure avec Taylor avait des chances de lui fabriquer de très bons souvenirs.

Promenant la douchette sur son corps, elle autorisait son esprit à vagabonder sur leurs étreintes de l'après-midi quand le souvenir de sa dernière relation, deux ans auparavant, vint gâcher son plaisir.

Derek Winsome, médecin à Los Angeles. Doué d'un tel talent que les patients ne juraient que par lui, et d'un tel charme qu'aucune femme ne lui résistait. Et elle n'avait pas fait exception. Elle s'était retrouvée dans son lit, à attendre de lui beaucoup plus qu'il n'était prêt à donner.

Les regrets commencèrent à jeter leur ombre sur ce qu'elle venait de vivre. Allait-elle bientôt espérer de Taylor quelque chose qu'il ne pourrait jamais lui accorder ? Elle avait baissé sa garde avec Derek et rien de bon n'en avait résulté, sinon une douloureuse leçon.

Que lui apporterait une relation avec Taylor ?

Il n'était sûrement pas du genre à se fixer et à vouloir une famille. De toute façon, après avoir eu charge d'âme durant toutes ces années, elle n'était pas certaine non plus de le vouloir. A une époque, elle avait caressé le rêve d'une vie partagée avec l'âme sœur, pleine de soleil et de rires d'enfants. Mais cette longue période de solitude avait peu à peu effacé ce fantasme et installé un sentiment de fatalisme résigné.

Elle sortit de la douche et enfila un T-shirt propre pour

la nuit. Incapable de chasser l'humeur sombre dans laquelle l'avaient plongée ses souvenirs importuns, elle s'installa devant son ordinateur pour vérifier ses e-mails, espérant un message d'Elizabeth. Il n'y en avait aucun, mais elle s'occupa un moment en répondant à ceux d'amies et d'autres infirmières itinérantes comme elle. Toutefois, Derek et Taylor restaient là, à la lisière de son esprit conscient.

Devrait-elle continuer à voir Taylor en dehors de l'hôpital ? Et que se passerait-il quand arriverait le terme de sa mission à Santa Fe ? Elle avait vécu à San Francisco les vingt premières années de sa vie, mais beaucoup d'eau avait coulé sous les ponts depuis, et elle n'était plus certaine de vouloir y retourner. Même si sa tante y était toujours, Elizabeth habitait désormais à Phoenix, et puis Santa Fe était un endroit fantastique, un melting-pot où foisonnait une passionnante diversité de cultures. Elle pourrait très bien s'y fixer. Beaucoup d'hôpitaux étaient heureux d'engager les itinérantes à titre permanent.

Surfant sur le site internet de sa compagnie, elle chercha d'éventuelles missions qui pourraient l'intéresser, mais après huit années à courir le continent, elle était pratiquement déjà allée dans tous les endroits qu'elle avait souhaité connaître, et elle n'éprouvait plus le même enthousiasme. Ni la même impatience.

Elle avait tout son temps, désormais…

Taylor venait de rentrer la décapotable dans son garage quand une voiture s'arrêta devant l'allée et qu'Alex en descendit. Il avait quitté Piper moins de vingt minutes plus tôt après l'avoir raccompagnée chez elle, et déjà, elle lui manquait. Sa peau, son odeur, sa douceur… Si Alex n'était pas rentré, il aurait eu du mal à ne pas aller la retrouver pour passer la nuit avec elle.

Et pourquoi pas ? Ils étaient adultes, non ? Ils pouvaient s'offrir de bons moments ensemble sans engagement à la clé. Au moins était-ce ainsi qu'il avait toujours joué le jeu et il ne voyait aucune raison d'en changer les règles.

— Taylor ! s'écria Alex en courant vers lui. Où tu étais ?

— J'ai ramené Piper chez elle.

— Tu es allé faire de l'escalade avec elle ? demanda-t-il, l'air dépité.

— Non. Je l'ai juste invitée à déjeuner pour racheter le pique-nique raté d'hier.

— Ah bon… Parce que c'est moi ton équipier, maintenant, hein ? Tu sortiras plus sans moi, promis ?

— Je n'y songerai même pas, Alex, dit-il, même si l'idée seule suffisait à le faire frémir. Tu as dit au revoir à tout le monde ?

Alex alla rechercher son sac à dos dans la voiture et salua ses cousins qui adressèrent un signe amical à Taylor.

— A vendredi ! leur lança Alex comme ils démarraient.

— Que se passe-t-il, vendredi ? s'enquit Taylor.

— Ils veulent que je passe la nuit chez eux car c'est l'anniversaire d'Elliot. Tu veux bien ?

— Naturellement. Je ne vois pas ce qui t'en empêcherait. Ta mère te laisserait faire, je suppose ?

Alex haussa les épaules.

— Bien sûr. Et des fois, ce sont eux qui viennent à la maison.

— Alors pas de problème.

Comme Alex filait vers sa chambre et qu'il refermait la porte, Taylor songea à Piper. Ce serait peut-être l'occasion idéale de passer une nuit avec elle…

Il se promit de consulter le programme que proposait l'opéra pour ce soir-là.

9.

Accaparée par son travail, Piper eut à peine le temps de voir passer la deuxième semaine de sa mission, et Taylor n'eut apparemment guère l'occasion, lui non plus, de relever la tête.

Elle avait reçu des e-mails d'Elizabeth, mais ils restaient vagues, comme si le lien qui les unissait s'effilochait avec la distance.

Toutefois, si elle le regrettait, elle avait toujours su que ce moment arriverait où elle devrait renoncer à son rôle de mentor, même si, en raison des temps très durs qu'elles avaient traversés et affrontés ensemble, elles étaient plus proches que la plupart des sœurs. Et c'est pourquoi Piper avait le sentiment de perdre sa meilleure amie.

Se retrouver à vingt ans responsable d'une préadolescente de huit ans sa cadette avait été une épreuve très difficile, surtout dans des circonstances aussi dramatiques. Mais toute autre solution lui aurait paru inconcevable, et ce fut un devoir qu'elle accomplit parfois avec difficulté, parfois avec bonheur, parfois encore en se rebellant contre le destin.

La mort de leurs parents l'avait obligée à acquérir une maturité précoce, et à affronter les problèmes placés sur son chemin au moment de l'adolescence d'Elizabeth. Au fil des années, leurs rapports avaient fluctué, et ils semblaient prendre aujourd'hui encore un nouveau tournant.

Piper était en train de considérer un sandwich peu appétissant quand Taylor entra dans la salle de repos, et elle sentit aussitôt son cœur s'emballer. Même dans sa tenue verte de chirurgien, il parvenait à exhaler une force et une masculinité irrésistibles.

— C'est mercredi, dit-il.

Perplexe, elle hocha la tête.

— Jusque-là, nous sommes d'accord. Mais celui-ci a-t-il quelque chose de particulier ?

— Pose ton sandwich. C'est jour de chili con carne.

— Oh, génial… J'avais oublié.

Elle s'empressa de ranger son triste sandwich et de suivre Taylor jusqu'à la cafétéria.

Une fois assis devant une assiette fumante du plat traditionnel mexicain — ragoût pimenté de viande hachée et de haricots rouges —, Taylor oublia le stress de sa matinée et discuta avec Piper des cas auxquels ils avaient eu affaire dans la salle des urgences. Jusqu'au moment où le silence gêné qu'il avait redouté commence à s'installer entre eux.

— Tu as eu des nouvelles de ta sœur ? s'enquit-il.

— Oui, répondit-elle en terminant son assiette.

— Un problème ?

Elle haussa les épaules.

— Ce n'est sûrement rien de grave, mais ses mails sont de plus en plus succincts. J'ai l'impression qu'elle m'écarte de la vie qu'elle est en âge d'avoir maintenant.

— Ne t'inquiète pas… Elle doit simplement être prise par ses cours. Les premiers semestres sont les plus durs, on le sait bien.

Tout en acquiesçant distraitement, Piper releva les yeux vers lui, et il y lut la même question que celle qui tournait dans sa propre tête : qu'allait-il se passer entre eux à présent qu'ils avaient fait l'amour ?

Le plus souvent, les femmes avec qui il avait une aventure n'attendaient rien de plus de lui, ce qui lui convenait tout à fait. Mais cette philosophie ne lui semblait plus appropriée en ce qui concernait Piper.

Depuis des jours, il ne cessait de penser à elle — une première pour lui.

Mais lui qui passait sa vie à prendre des risques, pourquoi n'en prendrait-il pas aussi sur le plan sentimental ? Ce ne serait jamais qu'un défi de plus à relever.

Et si ça ne marchait pas entre eux deux, ils pourraient toujours revenir à la case départ. Qu'avaient-ils à perdre ?

Repoussant son assiette, il se pencha vers elle.

— Tu as des projets pour vendredi soir ?

— Aucun. Pourquoi ?

— Je t'invite. Et habille-toi chic, nous allons dans le grand monde.

Instinctivement, Piper hésita. Taylor allait-il lui réserver le même sort que Derek ? L'éblouir par des dîners dans les grands restaurants et des spectacles-surprises avant de la laisser tomber sans préavis du jour au lendemain ?

Cependant, la sincérité dans les yeux de Taylor démentait cette hypothèse. Par ailleurs, si elle persistait à se méfier de tous les hommes, elle finirait par rester coincée dans un repli du passé, triste et solitaire, et il n'en était pas question. Elle avait connu une expérience malheureuse, mais avait appris sa leçon et il était temps maintenant d'aller de l'avant.

— Où m'emmènes-tu ? demanda-t-elle, excitée malgré sa méfiance car il y avait trop longtemps que sa vie manquait de piquant.

— C'est une surprise, mais à mon avis, tu ne seras pas déçue.

S'ils n'avaient pas été au milieu de la cafétéria, Taylor l'aurait volontiers embrassée. Mais il devrait attendre vendredi soir, et il avait hâte d'y être. Ils allaient pouvoir prendre leur temps, s'aimer sans avoir à surveiller l'heure…

A cet instant, son bipeur retentit, le rappelant au travail, et ils ne se revirent pas de la journée.

Le vendredi soir, Piper se précipita dans son appartement et jeta son sac sur le canapé. Elle s'apprêtait à courir dans la salle de bains quand elle avisa le clignotement du voyant lumineux de son répondeur. Elle allait l'ignorer, mais une idée s'imposa à elle : et si c'était Taylor qui appelait pour décommander ? Une impression nauséeuse de déjà-vu la renvoya une seconde dans un passé pas si lointain qu'elle aurait préféré oublier. Derek avait été un spécialiste en matière d'annulation de dernière minute.

Elle pressa la touche, et fut soulagée de reconnaître la voix de sa sœur. Elle avait besoin de lui parler.

« Plus tard, Elizabeth », songea-t-elle en allant se préparer.

Le carillon de l'entrée retentit alors qu'elle finissait de se coiffer, et elle alla ouvrir en marchant à cloche-pied, le temps de mettre son second escarpin à talon.

L'air se coinça dans sa gorge. Taylor était devant elle, en costume anthracite, une rose à la main. Elle en eut presque les larmes aux yeux.

« Inspire. Expire. Ne t'évanouis pas. »

— Bonsoir, dit-elle d'une voix étranglée.

Il était plus beau que jamais, songea-t-elle en s'écartant pour le laisser entrer.

— Tu es superbe, répliqua-t-il avec un regard qui la fit rougir de plaisir.

Lissant nerveusement sa robe de soie sauvage d'un bleu un peu plus soutenu que ses yeux, elle se félicita d'avoir, un jour, commis la folie de craquer devant la vitrine d'une boutique de luxe.

— Merci. Toi aussi.

— Tu es prête à y aller ?

— Oui. Mais où ?

— On dîne d'abord. La surprise viendra ensuite. Oh, j'oubliais… Alex ne dormira pas à la maison, ce soir.

— Ses cousins ?

— Oui.

Une nuit entière avec Taylor. Cette perspective donna à son pouls l'envie de battre des records…

Après un dîner fabuleux — cuisine irréprochable et ambiance romantique à souhait —, Taylor, toujours mystérieux, les conduisit jusqu'aux abords d'un grand édifice qui se découpait sur un magnifique ciel d'été.

— L'opéra ? dit-elle en se redressant sur son siège, les yeux écarquillés. Tu m'emmènes à l'opéra ?

— On ne peut rien te cacher.

— Qu'est-ce qu'ils jouent ? demanda-t-elle avec une excitation de petite fille attendant d'ouvrir ses cadeaux de Noël.

— *Mama mia*. C'est une comédie musicale, pas un vrai opéra, mais…

— C'est vrai ? J'avais très envie de le voir ! Oh, Taylor, c'est fantastique ! Merci.

Comme il se garait sur le parking, elle lui effleura la joue du bout des doigts, s'efforçant de ne pas se laisser submerger par l'émotion. Il avait organisé cette soirée *pour elle*. Elle n'avait pas eu droit à autant d'attentions depuis très longtemps.

Il se pencha pour l'embrasser sur la tempe.

— Je suis heureux que ça te fasse plaisir.

Ce qui était la vérité. Taylor n'avait pas pour habitude de faire tant d'efforts pour quelqu'un, mais, curieusement, pour Piper, ce désir lui était venu naturellement.

Et puis ils n'auraient peut-être pas l'occasion de se voir très longtemps, tout au plus jusqu'à la fin de la mission de Piper, alors pourquoi ne pas profiter au maximum de ce temps qui leur était offert ?

Le show combla Piper au-delà de toute espérance, et son plaisir avait été décuplé par la présence de Taylor qui lui avait tenu la main durant toute la durée du spectacle.

Ils étaient sur le chemin du retour quand son mobile sonna. Après avoir vérifié le numéro affiché sur le petit écran, elle appuya sur une touche tout en se redressant sur son siège.

— Elizabeth ? dit-elle avant de se figer pour écouter le flot de paroles de sa sœur. Non, non et non ! s'écria-t-elle soudain. Pas question, tu m'entends ? Je te l'interdis !

Une exclamation étouffée jaillit de sa gorge.

— Comment ça, je n'ai pas le droit ? Je suis ta sœur, c'est moi qui paie ton école, et…

Elle referma brusquement l'appareil et regarda droit devant elle en s'efforçant de calmer sa respiration et gênée que Taylor ait été témoin de cet échange houleux.

— C'est toi qui as coupé ? s'enquit-il.

— Non, elle.

— Tu as envie d'en parler ?

Sa voix était si douce que ses yeux la picotèrent, mais elle se ressaisit fermement.

— Je n'en reviens pas, marmonna-t-elle. Elle est en train de gâcher tout ce que je me suis évertuée à mettre en place pour elle !

— C'est-à-dire ?

— Elle veut quitter l'école pour un homme ! Et elle n'a que vingt ans ! Oh flûte, gémit-elle, furieuse, cette fois, que cette nouvelle vienne ternir la joie de cette soirée.

Puis elle vit que Taylor se garait sur le parking de son appartement et ajouta :

— Tu viens prendre un café ?

Taylor la suivit dans la cuisine et la regarda s'activer dans sa superbe robe de soie. Cette femme irritable était une facette d'elle qu'il ne connaissait pas encore, mais il voulait l'aider, ne serait-ce qu'en lui offrant une oreille attentive. Un effort, pour lui : jusqu'à présent, il avait fui au moindre signe d'émotion féminine. Avec Piper, toutefois, c'était différent. *Tout* était différent…

— Si tu allais te changer ? Tu serais mieux ensuite pour boire ton café. Je vais finir de le préparer. Vas-y.

Comme elle hésitait, il la poussa gentiment vers la chambre.

— Je ne serai sûrement pas de très bonne compagnie, objecta-t-elle. Et tu ne seras pas à l'aise, avec ton costume.

— J'ai un ensemble de jogging dans le coffre. Je vais me changer aussi, et nous pourrons parler.

Dix minutes plus tard, Piper, en bermuda et vieux sweater, était recroquevillée dans un coin du canapé, face à Taylor à coté d'elle, en jogging bordeaux.

— Ce n'est pas comme ça que j'avais envisagé la fin de cette soirée, dit-elle tristement.

— Moi non plus.

— Si au moins elle avait attendu demain pour m'appeler…

Taylor ne pouvait qu'abonder dans son sens. Il avait espéré cette nuit avec impatience. Piper envahissait de plus en plus ses pensées le jour, ses rêves la nuit. Jamais aucune femme avant elle ne lui avait fait un tel effet. Et le plus étrange, pour lui, était qu'il n'avait pas pour autant envie de la fuir… Au contraire.

— Alors… Raconte-moi pourquoi elle veut arrêter l'école pour un homme, dit-il.

Elle but une gorgée de son décaféiné et soupira.

— Elle a rencontré ce Edouardo je ne sais plus quoi le premier jour où elle est arrivée à Phoenix. Il rêve d'avoir son propre restaurant ; apparemment, sa famille en a un, et comme il croit tout savoir, il a laissé tomber l'école. Maintenant, elle veut en faire autant.

Elle secoua lentement la tête en ajoutant :

— Ce n'est pas ce qu'ils auraient voulu.

Taylor la considéra avec curiosité.

— Qui ça, « ils » ?

— Mes parents. Je leur ai promis à leur mort que je ferai tout pour qu'Elizabeth suive des études et devienne indépendante.

— Ce sont eux qui t'ont fait promettre ça ?

— Non. C'est le serment que je me suis fait après leur mort.

Doucement, il posa une main sur son bras.

— Que leur est-il arrivé ?

— Un accident de voiture, il y a huit ans. Ils revenaient de leur seconde lune de miel.

Sa voix sourde trahissait son émotion, et Taylor posa le bras sur ses épaules pour l'attirer contre lui.

— Et tu as dû devenir adulte du jour au lendemain, n'est-ce pas ? Et t'occuper de ta sœur…

— Je n'avais pas le choix. On n'était plus que toutes les deux — toutes les trois, avec tante Ida.

Le respect qu'il éprouvait pour elle s'en trouva accru. Elle était encore plus forte qu'il ne l'avait pensé.

— Je peux à peine m'occuper de mon neveu pendant six semaines, et toi, tu as endossé la responsabilité d'élever ta sœur pendant huit ans ?

— Avec l'aide d'Ida. On a habité avec elle les premières années, alors que, mes diplômes d'infirmière en poche depuis peu, j'allais travailler pour rembourser l'emprunt immobilier — j'étais la plus proche parente et j'avais l'âge légal, en conséquence c'est à moi que ça incombait. Et comme il était hors de question de confier Elizabeth à un établissement d'Etat, ou même à Ida qui avait largement passé l'âge de jouer les nounous, je n'ai même pas eu à réfléchir.

Elle releva les genoux et enroula les bras autour de ses jambes.

— Je devrais peut-être aller la voir et lui parler…

— Ou la laisser se calmer toute seule et l'appeler demain.

— Pour qu'elle fasse une énorme bêtise et parte avec un homme dont elle ne sait probablement rien ?

— Piper… elle a l'âge légal. Tu ne peux plus intervenir dans ses décisions.

— Si. Je dois la convaincre de ne pas gâcher sa vie.

Elle essaya de dégager sa main qu'il venait de prendre, mais il tint bon.

— Pourquoi ? insista-t-il. Pourquoi ne pourrait-elle pas vivre des aventures comme sa grande sœur ?

— Qu'est-ce que tu racontes ? Je ne suis jamais partie avec un homme, moi, et je n'ai pas renoncé à mes obligations. Il a bien fallu que j'assume la charge que le destin a mise sur mes épaules.

— Et tu lui en veux d'avoir la chance d'être jeune et libre, ce que toi, tu n'as pas pu connaître.

— Taylor ! Comment peux-tu dire ça ? J'adore ma sœur…

— … mais tu lui refuses le droit de s'amuser, parce que les circonstances t'en ont empêchée.

— C'est faux ! protesta-t-elle avec véhémence.

L'était-ce vraiment ? Mais Piper était trop en colère, à cette seconde, pour écouter ce qu'il cherchait à lui dire.

— Ce qui me met en rage, c'est qu'elle va tourner le dos à toutes les possibilités qu'elle aurait une fois son diplôme en poche, et qu'elle piétine ainsi tous les efforts que j'ai faits pour elle.

— D'accord. Je comprends. Mais essaie de voir les choses de son point de vue à elle. Comment crois-tu qu'elle te considérait ? Piper, la grande sœur, le soutien de famille, qui sillonne le continent en vivant de palpitantes aventures pendant qu'elle-même est coincée à la maison avec tante Ida. Quels rêves est-ce que ça pouvait faire naître dans la tête d'une adolescente impressionnable, à ton avis ?

Piper en resta un instant bouche bée. Et sa propre adolescence lui revint soudain à la mémoire. Elle avait eu la chance de pouvoir voyager, elle, de découvrir d'autres horizons car leurs parents l'y avaient encouragée.

Atterrée, elle leva les yeux vers lui. Sa sœur l'avait probablement hissée sur un piédestal, comme le faisait Alex avec Taylor, et peut-être, en effet, souhaitait-elle suivre ses traces, ce que Piper n'avait jamais soupçonné. Le problème, c'est qu'Alex était un encore un enfant alors qu'Elizabeth, elle, avait cessé de l'être.

— Tu voudrais qu'elle reste bien sagement à l'école, poursuivit-il, mais elle a peut-être d'autres ambitions qu'elle n'a jamais partagées avec toi, sa sœur superstar.

La main de Taylor se glissa sur sa nuque et commença de la masser.

— Alors j'ai manqué à mes engagements envers mes parents, dit-elle, au bord des larmes.

— Non. Crois-moi, je sais ce qu'est l'échec, et tu n'as rien à te reprocher, Piper.

— Comment pourrais-tu connaître l'échec, toi qui réussis tout ce que tu entreprends ?

Taylor eut un rire bref teinté d'amertume.

— Ça n'a pas toujours été ainsi.

Il soupira. Son intention n'était certes pas de revivre le passé, mais il tenait à redonner confiance à Piper, et peut-être que parler un peu de lui-même l'y aiderait.

— J'ai eu un père violent qui avait la main très leste et une mère incapable de lui tenir tête, commença-t-il. C'était un militaire, et il n'était pas question de discuter les ordres qu'il distribuait. Rien de ce que je faisais n'était jamais assez bien à ses yeux.

Son visage se ferma alors qu'il replongeait dans ces années éprouvantes.

— Adolescent, j'étais très maigre et j'avais des problèmes de coordination, et mon père en avait conclu que j'étais plus ou moins débile. Il a passé son temps à m'humilier, à me répéter que je ne serai jamais bon à rien, que j'étais un échec pour lui, et pendant un temps je l'ai cru, moi aussi. Ce n'est qu'en arrivant à l'université que j'ai commencé à voir plus clair. A comprendre que le problème, ce n'était pas moi, mais lui. J'avais heureusement la chance d'avoir un oncle qui m'a beaucoup aidé. Il n'avait jamais eu d'enfants, mais il a su compenser la dureté de mon père en étant là chaque fois que j'avais besoin d'un confident, de conseils ou de réconfort.

— C'est horrible, murmura Piper en lui prenant la main à son tour. Personne ne devrait être traité ainsi, jamais.

— Non. C'est quelque chose à quoi j'évite de repenser, mais ça m'a façonné, ça a fait de moi ce que je suis aujourd'hui, que je le veuille ou non. Et je me sens très proche de ceux qui subissent la même chose.

— Comme ta sœur ?

— Caroline, elle, a eu une expérience différente. Il l'avait cantonnée dans un rôle de domestique : elle devait faire la cuisine, le ménage et le reste. Elle s'est mariée très vite pour lui échapper, mais ça a été une erreur — sauf pour Alex, bien sûr.

— Elle doit être forte, elle aussi, non ?

— Oh oui ! Il fallait que nous unissions nos forces pour survivre.

Piper termina son café en cherchant à comprendre pourquoi elle tenait tant à contrôler la vie de sa sœur.

— J'ai joué le rôle de parent alors que j'aurais dû être une sœur, une amie pour Elizabeth. J'ai insisté pour qu'elle aille dans les écoles que *je* choisissais, et c'était moi qui décidais de l'endroit où nous passerions les vacances. Quand elle a eu son diplôme de fin d'études, je l'ai emmenée à Disneyland alors qu'elle voulait aller en Jamaïque.

— Tout ça, c'est du passé, Piper. Tourne la page. Aujourd'hui, ta sœur a besoin de ton soutien.

— Mais comment puis-je l'épauler alors que j'ignore ce qu'elle fait et que ce qu'elle me confie est complètement absurde ?

— Pour toi, mais pas pour elle. Où ce restaurant est-il censé s'ouvrir ?

— Je ne sais pas trop. Sans doute à Phoenix, puisque ce Eduardo est de là-bas.

— Alors pourquoi n'irais-tu pas passer un week-end avec elle pour en discuter ? Ça ne pourra que vous faire du bien à toutes les deux. Tu apprendras à la connaître en tant qu'adulte. A vingt ans, ce n'est plus une adolescente, Piper.

Il pressa un baiser sur sa tempe, puis se leva en l'attirant contre lui dans le même mouvement.

— Je vais rentrer et te laisser réfléchir.

— Je suis désolée, Taylor, dit-elle en le raccompagnant à la porte. Ce n'est pas du tout la nuit que j'avais… espérée.

— Moi non plus, mais nous survivrons.

Il l'embrassa sur le bout du nez.

— Le temps est au beau, et j'irai sans doute sauter d'un avion, demain.

— N'oublie pas d'ouvrir ton parachute, lui conseilla-t-elle en souriant, soulagée d'avoir pu se confier à lui.

— J'essaierai de m'en souvenir, promis.

— Et merci de m'avoir écoutée, ajouta-t-elle. J'en avais besoin.

Elle l'étreignit, ferma les yeux quand sa chaleur l'enveloppa, mais ne chercha pas à aller plus loin. Taylor devenait un ami. Un ami qui prenait dans sa vie une place bien plus importante qu'elle ne l'aurait imaginé, et cela la surprenait et l'effrayait tout à la fois.

Se faisait-elle des illusions ? Un homme comme lui ne se contentait pas d'une femme comme elle. Peut-être serait-il plus prudent de mettre un peu de distance entre eux plutôt que de chercher les occasions d'enflammer leur désir qui ne demandait qu'à jaillir à la moindre étincelle.

Même si sa mission se terminait d'ici quelques semaines, rien ne l'empêcherait de prolonger son contrat, voire d'accepter un emploi permanent. Toutefois, elle ne voulait pas aller au-devant d'une déception. Attendait-elle trop de Taylor ? Pourrait-elle se contenter de ce qu'il aurait à offrir sans rien espérer de plus ?

Un jour, elle voudrait une famille. Un jour, elle voudrait une relation qui résisterait à l'épreuve du temps. Un jour, elle voudrait se fixer quelque part.

Elle referma la porte en soupirant. Ce jour-là lui semblait se rapprocher chaque jour un peu plus…

10.

Le lundi matin, Piper arriva au travail épuisée. Elle avait passé le samedi et une bonne partie du lendemain avec sa sœur à Phoenix avant de rentrer à Santa Fe le dimanche soir. Elles s'étaient disputées, elles avaient pleuré, elles s'étaient réconciliées. Et Piper avait lâché prise. Elizabeth volait désormais de ses propres ailes, bien campée sur ses positions et soutenue par un homme qu'elle affirmait aimer, et qui semblait lui aussi très amoureux d'elle.

C'était plus que Piper avait elle-même dans sa vie — un bonheur auquel elle avait dû renoncer afin de se consacrer entièrement à Elizabeth.

L'aiguillon de la jalousie la tourmenta durant son voyage de retour à Santa Fe.

Mais ainsi que l'avait si justement dit Taylor, Elizabeth était désormais majeure, et Piper avait conscience qu'elle devait la laisser prendre ses décisions, faire ses expériences, bonnes et mauvaises, et en subir les conséquences. S'il le fallait, elle serait là pour l'aider à remonter la pente…

Elle n'avait pas mis les pieds depuis trente secondes dans le service qu'un homme en arrêt cardiaque, une victime d'un accident de voiture et une femme sur le point d'accoucher arrivèrent presque simultanément en voiture, en ambulance et en taxi.

— Je prends l'accident, annonça Taylor. Piper, avec moi.

Elle le suivit dans la salle de traumatologie où elle oublia tout hormis son travail. Après avoir débranché le patient du moniteur de l'ambulance, elle le rebrancha sur celui de la salle.

Même si ses mains tremblaient légèrement à cause de la gravité de la situation, cette anxiété lui était familière et elle savait qu'elle avait les moyens de la surmonter. Bien plus aisément que ses angoisses personnelles.

Taylor écouta les poumons du patient puis lui palpa la gorge.

— La trachée est déviée.

— Tube thoracique ? demanda Piper qui, sans attendre la réponse, sortit un plateau tandis que Taylor mettait des lunettes de protection puis les gants stériles qu'elle lui tendait.

— Bétadine, dit-il en tendant une compresse de gaze.

— Oui, docteur.

Elle en imbiba la gaze puis leva les yeux vers le moniteur.

— Tension et saturation en oxygène normales, mais pouls trop rapide.

Arturo, le pneumologue, se tenait à la tête du patient et lui insufflait de l'oxygène dans les poumons.

— Il devient plus difficile à ventiler, aussi. Mauvais signe, mon vieux, mauvais signe, dit-il d'un air sombre.

Piper sentit une goutte de sueur couler entre ses omoplates. Une trachée déviée indiquait un pneumothorax qui, s'il n'était pas immédiatement traité, pouvait entraîner des problèmes extrêmement graves.

Cependant, alors qu'elle regardait Taylor, elle recouvra un semblant de calme. Quoiqu'il agît avec célérité, chacun de ses gestes était précis et efficace. Il émanait de lui une assurance inébranlable qui apaisa les craintes qu'elle nourrissait. Taylor savait ce qu'il faisait, et il était en train de sauver son patient. Il n'y eut plus désormais la moindre place pour le doute dans son esprit.

— Quand nous aurons calmé la tension du cœur, ça devrait aller mieux, dit-il.

Une fois qu'il eut nettoyé le côté gauche du torse du patient à l'aide de la compresse, il palpa les côtes puis tendit la main vers Piper.

— La lame d'abord, puis le tube avec le stylet.

Elle plaça les instruments dans sa main et le regarda tandis qu'il entaillait la chair puis glissait l'extrémité du tube dans la petite ouverture avant de l'enfoncer en force entre les côtes du patient jusqu'à la cavité pleurale. Elle retenait son souffle ; c'était une intervention douloureuse pour le patient inconscient, mais qui lui sauverait la vie.

Dès que le tube eut atteint sa destination, elle s'autorisa à respirer de nouveau et en relia l'extrémité externe à l'eau distillée.

— Des bulles. Nous avons des bulles, docteur ! annonça-t-elle avec un sourire.

L'intervention avait réussi.

— Bien, commenta Taylor en s'essuyant le front de son avant-bras.

Leurs yeux se rencontrèrent une seconde et, devant le sursaut de son cœur, elle se détourna pour prendre le kit de suture qu'elle lui tendit afin qu'il puisse fixer le tube sur la peau du patient.

Taylor palpa de nouveau la gorge de l'homme.

— Apparemment, on a réussi. Retour à la normale.

— Je suis toujours étonnée des dégâts que peut faire un peu d'air dans la cavité pleurale.

— L'air qui se trouve là où il n'a rien à faire peut engendrer toutes sortes de problèmes. Avertis la radio, dit-il en prenant le pansement qu'elle lui tendait. Notre patient va avoir besoin d'un scan crânien, d'une radio de la colonne et sans doute aussi du thorax et de l'abdomen.

— D'accord, dit Piper en décrochant le téléphone.

Taylor se dirigea vers le lavabo pour se nettoyer tout en écoutant Piper répercuter ses instructions. Elle connaissait son métier, c'était indéniable. Distraitement, il se demanda comment s'était passé son week-end avec sa sœur, mais écarta aussitôt cette pensée.

Si elle voulait lui en parler, elle le ferait à son heure. D'ailleurs, cela ne le concernait pas, à moins qu'elle ait envie de partager ses soucis avec lui.

Toutefois, il tenait à prendre un peu de recul. Même si elle lui plaisait, même si elle l'avait aidé pour Alex, même s'il n'avait jamais rencontré de femme aussi touchante, aussi drôle, aussi attirante, aussi... Flûte. Ce n'était pas son panégyrique qu'il voulait faire. Au contraire. Il devait chercher des raisons de s'éloigner d'elle.

Ils s'entendaient à merveille, certes, mais tôt ou tard, leur relation se mettrait à battre de l'aile. Cela avait toujours été le cas, avec lui. D'une manière ou d'une autre, il trouvait immanquablement le moyen de rompre et de passer à autre chose.

Pourquoi cette fois-ci ferait-elle exception ?

Quelques heures plus tard, Piper confia le patient à l'infirmière des soins intensifs.

— Traumatisme thoracique et lacérations, annonça-t-elle. Scan crânien, radios spinales et abdominales toutes négatives. Pneumo côté gauche. Placement du tube thoracique confirmé par la radio.

Elle lança un coup d'œil vers l'homme encore un peu groggy auprès duquel se tenaient sa femme et un homme jeune, sans doute son fils.

— Il a eu de la chance, ajouta-t-elle.

— Oui. Le chauffard avait un taux important d'alcool dans le sang. C'est rare, un lundi matin. Généralement, ce genre d'accident est plus courant pendant le week-end...

Elle s'apprêtait à partir, ce soir-là, imaginant déjà le long bain chaud qui l'attendait, quand Taylor la rejoignit.

— Tu rentres ? s'enquit-il.

— Oui. Je suis sur les genoux, ce soir. Et toi ?

— Moi aussi. Je dois juste aller chercher Alex avant.

— Ta sœur revient bientôt ?

Il consulta sa montre.

— D'ici quelques semaines.

— Et tu as des projets pour ta liberté bientôt recouvrée ? ironisa-t-elle gentiment en se dirigeant vers le parking.

— Escalade, base-jumping, rafting… Le quotidien du héros, quoi, dit-il avec un air faussement blasé qui fit rire Piper.

Elle aimait cette façon bien à lui de la sortir de sa morosité, et dont il ne se rendait même pas compte. C'était étrange… Ils avaient des natures diamétralement opposées : il était avide de sensations qui lui faisaient perdre la notion de la réalité, et elle avait besoin de sentir ses pieds bien ancrés dans la terre, pourtant ils avaient tissé entre eux un lien qu'elle redoutait de voir se rompre.

Après qu'Alex serait retourné avec sa mère, sans doute Taylor n'aurait-il plus besoin d'elle. Et qu'adviendrait-il, alors ? Devrait-elle retourner à sa vie solitaire ? Une vie si normale, si banale comparée à celle de Taylor…

— Qu'as-tu fait, ce week-end ? s'enquit-elle. Du parachutisme ?

— Du deltaplane.

Comme ils arrivaient devant sa voiture à elle, elle s'y adossa.

— Vous menez une vie dangereuse, docteur.

Un véritable drogué à l'adrénaline, ajouta-t-elle mentalement.

— Ça n'est pas si dangereux que cela en a l'air.

— Ah non ?

— Non. Comment ça s'est passé, avec ta sœur ?

Elle haussa les épaules et accrocha une mèche de ses cheveux derrière son oreille, ce que Taylor interpréta comme un signe de nervosité.

— Elle est déterminée à suivre son plan avec Eduardo. Je l'ai rencontré, et ils m'ont emmenée dans le restaurant qu'ils vont ouvrir. Ils ont de grands projets.

— Et tu en penses quoi ?

Après l'avoir fui, elle rencontra finalement son regard.

— Que je vais devoir m'y résigner. Ils se croient vraiment amoureux ; ils s'imaginent que la vie leur appartient et que le succès les attend.

— Ils ont peut-être raison.

— Ou ils ont peut-être tort.

— Oui, mais ensemble, ils pourront accomplir bien plus qu'ils ne le feraient chacun de leur côté.

Piper haussa les sourcils en le considérant avec étonnement.

— C'est mot pour mot ce qu'ils ont dit.

— Alors ils sont peut-être plus intelligents que tu l'imagines, plaisanta-t-il.

En soupirant, elle ouvrit la portière de sa voiture pour y jeter son sac.

— Tu as l'air épuisée, ajouta-t-il plus sérieusement.

— Oui. Le week-end a été long et la journée aussi. Comme je travaille les deux jours à venir, ce soir est ma seule chance de rattraper un peu mon retard de sommeil.

Il faillit la prendre dans ses bras, mais se retint au dernier moment. Pourquoi la réconforterait-il ? Elle était une infirmière avec qui il travaillait.

Oui, mais elle était aussi une femme avec qui il prenait un plaisir intense à faire l'amour. Quelqu'un qu'il commençait à considérer comme une amie. Et bien plus.

Ce qui lui déplaisait au plus haut point…

Sa conception d'une relation à long terme n'allait pas

au-delà d'un séjour de quatre, cinq jours dans une station de ski — à un moment où la neige n'était pas au rendez-vous... Piper bouleversait ses normes de référence et il résistait de toutes ses forces, même si une partie de lui avait très envie de se laisser prendre au piège.

Quelque chose en elle résonnait fort du côté de son cœur, cicatrisait les blessures au plus profond de lui et guérissait des plaies dont il n'avait même pas eu conscience.

— Je travaille ces jours-là aussi, répondit-il. On se verra.

— Je serai là pour le chili con carne de mercredi, dit-elle avec un petit sourire. Je suis accro aussi, maintenant. Rien que pour ça, je ne pourrai peut-être plus jamais quitter Santa Fe.

— Tant mieux. Le piment vert est souverain pour tous les maux.

— Si seulement..., commenta-t-elle avec un soupir.

Alors qu'elle s'installait au volant, il s'accroupit devant la vitre qu'elle venait de baisser.

— Je sais que tu es fatiguée, ce soir, mais peut-être que mercredi, après le travail, nous pourrions nous retrouver au parc pour courir ensemble ?

Juste pour avoir un peu de compagnie, rien de plus, songea-t-il.

— Si tu me promets qu'on ne rencontrera pas de coyote enragé...

— Juré !

— Alors O.K.

Il la regarda s'éloigner, intrigué par cette femme qui espérait trouver stabilité, durée et loyauté dans une relation. Tout ce qu'il avait toujours fui, mais qui, curieusement, aujourd'hui, ne lui paraissait plus si effrayant.

Peut-être changeait-il. Peut-être la compagnie de Piper le transformait-elle. Peut-être aussi que cette longue journée avait eu raison de ses défenses et que ses pensées devenaient confuses, se perdant dans des considérations dangereuses.

Peut-être qu'un verre avec des amis le soulagerait de ce sentiment de solitude qu'il avait jusqu'à ce jour réussi à étouffer, mais qui, à cet instant, revenait le harceler.

Stabilité, durée, loyauté… Trois mots autrefois bannis qui, tout à coup, exerçaient sur lui une étrange fascination.

Il devait vraiment être plus fatigué qu'il le pensait…

11.

Epuisée par ces services de douze heures d'affilée, Piper avait l'impression que tous ses muscles étaient en grève. Sans rendez-vous précis avec Taylor, elle l'attendait dans le parc comme prévu. C'était une superbe soirée d'été, pas trop chaude, bien que juillet fût bientôt là. L'avantage d'être à 2000 mètres d'altitude, sans doute.

Elle effectuait quelques mouvements d'échauffement en commençant à désespérer de voir Taylor quand une voix qu'elle connaissait bien la fit se retourner.

— Hé ! Piper !

— Alex ! Qu'est-ce que tu fais là ?

— Taylor m'a forcé à venir avec lui. Il a même fait du chantage.

Elle se mit à rire.

— Laisse-moi deviner. C'était ou courir ou lire, c'est ça ?

— Comment tu le sais ? Oui, il voulait me laisser dix pages à lire et à lui résumer quand il reviendrait.

— Je comprends que tu préfères encore user tes baskets ! plaisanta-t-elle. Alors où est-il ?

— Juste derrière toi.

Elle sursauta au son d'une autre voix, grave celle-ci, qu'elle aurait reconnue entre toutes.

— Et moi qui croyais être en avance ! dit-elle.

De toute évidence, il avait déjà fait un tour complet, avec Alex à la remorque, et elle adopta tout naturellement sa foulée alors qu'il entamait un second tour.

— Lièvre ! s'écria soudain Alex en montrant l'animal qui plongeait dans un fourré. Ça fait trois points pour moi !

— Des points pour quoi ? s'enquit-elle.

— C'est un jeu, expliqua le garçon. Celui qui voit le plus d'animaux sauvages a gagné et il ne fait pas la vaisselle.

— Ah oui ? Et pour qui est le point, pour ce corbeau posé sur le poteau, là-bas ? demanda-t-elle.

— Pour moi ! s'exclama Alex.

— Non, moi ! répliqua Taylor.

Piper rit avec eux et sa fatigue s'envola comme par enchantement.

La soirée se termina chez Taylor avec les pizzas qu'il avait commandées. Il y avait longtemps qu'il ne s'était pas senti aussi détendu, assis par terre devant la télé, le dos calé contre le canapé, pendant qu'Alex battait Piper à plate couture à son nouveau jeu vidéo. Le plaisir qu'ils prenaient à s'affronter sur l'écran l'amusait bien plus que l'émission qu'il ne suivait que très distraitement.

— Hé ! Mais tu m'as tuée ! protesta-t-elle.

— Ben oui… Tu restais là sans bouger, alors j'ai tiré.

— Je capitule. Tu es trop fort pour moi. Je vais juste te regarder, d'accord ?

— O.K. Il reste de la pizza ?

— Je vais voir.

Elle se retourna et se retrouva presque nez à nez avec Taylor toujours assis sur la moquette et accoudé au canapé. Sa gorge se dessécha brusquement. Irrésistible. Il était indubitablement, scandaleusement sexy, et elle eut l'envie impérieuse de toucher, de goûter ce corps détendu et d'une lascivité brûlante.

— Tu veux quelque chose, Piper ? demanda-t-il de sa voix chaude.

— Je… euh… oui. Alex voudrait une autre part de pizza.

Elle se penchait vers la boîte quand il la retint par le poignet.

— Et toi, que veux-tu, Piper ? insista-t-il avec un regard presque hypnotique.

Elle n'eut d'autre choix que de rencontrer ses yeux bleus et de s'y noyer. Elle était en train de tomber amoureuse de Taylor. Ici et maintenant.

C'était une erreur, mais elle était incapable de s'en empêcher, de se libérer de ce besoin impérieux qu'elle avait de lui.

— Si Alex n'était pas juste derrière moi, je te montrerais ce que je veux, répondit-elle sans réfléchir.

Jamais elle n'avait été aussi effrontée, mais le souvenir de leurs étreintes dans le Jacuzzi qui venait soudain de s'imposer à elle lui donnait une hardiesse qu'elle ne se connaissait pas.

— Et ma pizza ? demanda Alex.

— Il en reste une part, dit-elle en s'arrachant au regard de Taylor pour en couper un morceau.

Quand elle l'eut tendue au garçon, Taylor la tira doucement par son poignet qu'il n'avait pas lâché.

— Viens ici, murmura-t-il. Tu restes avec moi, ce soir ?

Elle en avait autant envie que lui, mais à regret, elle désigna Alex du regard.

— Impossible…

Tous les soirs, elle pensait à lui en s'endormant. Toutes les nuits, elle rêvait de lui. Il allait pourtant falloir qu'elle réapprenne à vivre sans lui. Tous deux poursuivaient des buts différents et jamais ils ne pourraient se rejoindre. Sa raison savait tout cela, mais son corps, lui, persistait à faire la sourde oreille.

— Je veux te faire l'amour, Piper, chuchota-t-il. On s'entend bien, tous les deux, et pas seulement au lit.

Elle ferma les yeux et se laissa une seconde bercer par ces mots que personne avant lui ne lui avait murmurés ainsi.

La sonnerie du téléphone rompit le charme.

— J'y vais ! s'exclama Alex. Ça doit être maman !

— Prends l'appel dans la cuisine, dit Taylor.

Alex avait à peine disparu que les lèvres chaudes de Taylor s'emparèrent des siennes pour un baiser torride alors qu'il roulait sur elle. Le désir qu'il enflamma en elle lui donna envie de reconsidérer son refus de rester. Il l'emmènerait au septième ciel, elle le savait, mais plus dure serait la chute…

Au prix d'un effort colossal, elle parvint à se soustraire à son baiser.

— Qu'y a-t-il ? dit-il en s'asseyant. Tu me fuis, je le sens.

Elle repoussa les cheveux de son visage en évitant son regard.

— Je ne suis pas à l'aise avec Alex juste à côté.

— D'accord, mais il y a autre chose. Dis-moi.

Elle prit une longue inspiration.

— Qu'attends-tu de moi, Taylor ? Je ne suis pas ton genre de femme.

— Et alors ? Je me sens bien avec toi, c'est tout ce qui compte, pour l'instant. Pourquoi ne pas nous laisser porter par la vague ?

— C'est là où nous différons.

— En fait, tu voudrais savoir quelles sont mes intentions quant à toi, c'est ça ?

— Non. Je les connais déjà, et elles sont incompatibles avec les miennes. Nous avons des points communs, mais tu finiras par prendre tes distances, et je resterai sur place avec le cœur en lambeaux. Merci, mais j'ai déjà donné.

Alex revint dans la pièce alors qu'elle se levait.

— Elle veut te parler, annonça-t-il à son oncle.

— Attends-moi, Piper, dit-il avant d'aller dans la cuisine à son tour.

Elle hésitait, prête à partir tout de même, mais Alex, tout excité, la retint en lui annonçant que sa mère allait rentrer plus tôt que prévu. Ce que confirma Taylor quelques minutes plus tard.

— Caroline sera là une semaine plus tôt, dit-il. Sa compagnie estime qu'elle est prête.

— C'est bien. Alex est aux anges.

— Oui.

Les mains enfoncées dans ses poches, Taylor baissa la tête. Il ne savait pas trop s'il devait se réjouir du retour anticipé de sa sœur car Alex allait terriblement lui manquer. Lui qui s'était battu pour se soustraire à ce qu'il considérait comme une corvée avait en quelques semaines découvert le bonheur d'une vie de famille qui lui avait tant manqué étant enfant.

— Taylor ?

Perdu dans ses pensées, il sursauta presque. Piper, près de la porte, était prête à partir, et le regret remplaça le désir qu'il avait éprouvé pour elle un instant plus tôt. Il ne voulait pas que leur histoire se termine, même s'il se refusait encore à explorer plus profondément les raisons de ses réticences.

— Tu t'en vas, n'est-ce pas ?

Il ne parlait pas seulement de ce soir, et Piper, sans qu'il eut besoin de le spécifier, le comprit elle aussi.

— Oui. Tu es tout à fait capable de t'occuper d'Alex, maintenant, tu n'as plus besoin de moi. Et je crois vraiment que c'est mieux ainsi.

— Pour toi ou pour moi ?

Contre toute attente, il sentait la colère le gagner. Ce n'était pas du tout ainsi qu'il envisageait les choses. Pourquoi rompre quand tout allait bien ?

— Pour nous deux, Taylor, répondit-elle. La passion ne suffit pas, il faut autre chose. Je garderai précieusement le souvenir de ce que nous avons vécu ensemble, mais je ne veux pas d'un amant de passage. J'ai déjà vécu ça, et une fois m'a amplement suffi.

— Lâche…

— Pardon ?

— Oui. C’est de la lâcheté. Tu as peur de vivre ta vie. Depuis huit ans, tu ne t’occupes que de celles d’Elizabeth et de ta tante, au détriment de la tienne. Ne fais pas ça, Piper… Ne tourne pas le dos à quelque chose avant de savoir vraiment à quoi tu renonces.

Il s’avança plus près d’elle, et la lueur dans son regard effraya un peu Piper par son intensité. Posant les mains de chaque côté d’elle sur le mur, il l’emprisonna entre ses bras tendus.

— N’aie pas peur de moi.

Elle sentit des larmes monter à ses yeux.

— Ce n’est pas de toi que j’ai peur, mais d’avoir de nouveau le cœur en miettes. J’ai eu ma dernière aventure sérieuse avec quelqu’un comme toi. Tout allait très bien entre nous, apparemment en tout cas, mais il a fallu que je le prenne sur le fait avec une autre pour me rendre compte que ce je prenais pour un amour partagé était en fait à sens unique. Pour lui, je n’ai jamais été à la hauteur.

Elle essuya rapidement les larmes aux coins de ses yeux.

— Je ne serai jamais assez bien pour toi non plus, Taylor, et je préfère prendre les devants avant que tu t’en rendes compte.

— Piper, tu me condamnes pour les fautes d’un autre. Je ne suis pas d’accord.

Sa voix était devenue presque dure, tout à coup. Ses yeux aussi.

— Ce sont les leçons de la vie, Taylor, rétorqua-t-elle, se raidissant à son tour. Je n’ai pas besoin de redoubler cette classe-là pour savoir que ça ne marchera pas.

Incapable de soutenir la tension qu’il lui imposait, elle se dégagea de la prison de ses bras.

— Laisse-moi partir. Va trouver une femme qui conviendra

à ton style de vie. Ce qui se passe entre nous n'a aucun sens, aucun avenir…

— Piper ! marmonna-t-il entre ses dents.

Taylor était furieux. Ce n'était pas du tout ce qu'il souhaitait. Mais ce qu'elle disait était-il aussi absurde qu'il voulait le croire ? Sans doute pas. Cependant, il refusait de l'admettre. Il refusait d'endosser le rôle du coupable tant qu'il n'avait pas commis de faute.

Elle secoua tristement la tête.

— Ne rends pas les choses plus difficiles qu'elles le sont déjà, Taylor. J'ai entendu ce qu'on raconte sur toi à l'hôpital, et je sais que les femmes défilent dans ta vie. Moi, je veux plus que ça. Plus que tu ne pourras sans doute jamais me donner. Et je le regrette, crois-moi. Je le regrette vraiment… Embrasse Alex pour moi, dit-elle en attrapant son sac avant de franchir la porte.

Piper s'arrêta en chemin ; elle ne voyait plus la route. Attrapant plusieurs mouchoirs dans la boîte posée sur le siège du passager, elle se moucha et laissa libre cours à ses larmes.

Une fois encore, elle avait mis sa propre vie de côté pour aider quelqu'un d'autre. Taylor avait eu besoin d'elle, et elle était accourue sans hésiter. Pourquoi ? L'assistance à autrui était-elle à ce point gravée dans ses gènes qu'elle ne puisse s'y soustraire ?

Et s'il avait raison ? Si elle avait réellement peur de vivre sa vie ? Pouvait-elle prendre ce qu'elle lui proposait, cette vie, sans se soucier des conséquences ? Non. Le sens des responsabilités était bien trop enraciné en elle.

C'était le rôle qu'elle s'était attribué : elle aimait les gens, aimait les soutenir dans les moments difficiles. Pendant ce temps, elle ne songeait pas à ses propres angoisses, ses propres besoins…

Se laissant aller contre le siège, elle ferma les yeux un instant. C'était si bête… Taylor et Alex étaient exactement ce qui manquait si désespérément à sa vie. A tout le moins, ce qu'ils représentaient. Elle avait envie d'une famille, avec toutes les complications que cela impliquait, et elle adorerait chaque seconde de sa vie d'épouse et de mère. Le pire et le meilleur.

Elle n'avait désormais plus de raison de rester à Santa Fe. Alex allait retrouver sa mère, et Taylor n'aurait aucun mal à la remplacer. Sitôt rentrée, elle appellerait sa compagnie pour annoncer qu'elle quittait la ville plus tôt que prévu.

S'attarder ne ferait que rendre les choses encore plus éprouvantes qu'elles ne l'étaient déjà.

12.

Taylor ne vit pas Piper de la semaine. Elle assurait les services de nuit et il avait entendu ses collègues dire qu'elle avait avancé son départ. C'était probablement la meilleure solution, mais cela ne l'empêchait par d'avoir une furieuse envie de la voir. Ce qui le perturbait. Il avait toujours vécu seul. Tranquille. Du moins jusqu'à ce qu'Alex et Piper viennent tout bouleverser.

Même son sommeil en était perturbé. Il avait beau courir le soir jusqu'à en tomber sur les genoux, il se réveillait pour penser à elle.

Le samedi matin, deux jours avant le retour de Caroline, il appela le centre de base-jumping, mais ne put obtenir de place avant deux semaines : les touristes remplissaient le registre.

Déçu, il alla réveiller Alex.

— Hé, champion ! Si on se bougeait un peu ?

— Pour faire quoi ? demanda Alex sans enthousiasme.

Piper lui manquait, à lui aussi.

— Un tour en VTT ? Ou un peu de trekking sur le mont Tetilla ? J'ai besoin de me remuer, pas toi ?

— Ouais…

— Je vois que tu sautes de joie, toi aussi.

— Je vais chercher mes chaussures de marche.

Mais ils n'avaient pas fait deux cents mètres sur le sentier qu'un de ces orages d'été, aussi brefs que violents, les fit battre précipitamment en retraite dans la voiture.

— Et si on se repliait sur le plan B ? suggéra Taylor.

— C'est quoi ?

— Vêtements secs. Pizza. Film et jeux vidéo.

— Génial, surtout les vêtements secs, commenta Alex en se secouant comme un chiot mouillé, éclaboussant son oncle qui se mit à rire.

Alex allait terriblement lui manquer.

Son rire cessa net. C'était de *cela* que parlait Piper.

A *cela* qu'il résistait depuis si longtemps et qui le frappait soudain comme une gifle : la constatation irréfutable que le départ d'Alex laisserait un vide dans sa vie. Comment était-ce possible ? Un célibataire endurci comme lui ne se laissait pas aussi facilement berner par l'illusion d'un bonheur domestique.

Piper. C'était elle qui lui avait instillé ces idées dans la tête. Il s'était toujours refusé à les envisager avant qu'elle entre dans sa vie. Peut-être, inconsciemment, avait-il *voulu* qu'elle lui ouvre des portes qu'il avait jusque-là gardées soigneusement cadenassées ?

Il rejeta un instant la tête en arrière, les yeux fermés, alors que le remords venait le harceler, mais il le repoussa fermement. Inutile de revenir sur ce qui avait été dit et fait. Il ne pourrait pas rendre Piper heureuse. Le mot « engagement » n'avait jamais fait partie de son vocabulaire.

Non, il était préférable de la laisser partir. Et mieux valait maintenant que plus tard, quand ce serait bien plus difficile encore.

Mais bon sang que c'était douloureux…

— Tu attends quoi ? demanda Alex. Qu'on prenne racine ?

— On y va, répondit-il en démarrant.

L'après-midi fut détendu ; ils pique-niquèrent dans le salon, disputèrent plusieurs parties du nouveau jeu d'Alex, commencèrent à regarder un film que, d'accord sur le fait que c'était « nul et ringard », dixit Alex, ils interrompirent au bout d'un quart d'heure.

— Tu te rends compte que c'est presque ta dernière nuit chez moi ?, remarqua Taylor quand Alex s'apprêta à aller se coucher.

— Ouais… C'était chouette, avec toi.

— Ça m'a plu à moi aussi, dit Taylor. Il faudra qu'on demande à ta mère qu'elle te laisse venir passer un week-end ici de temps en temps. Je sais que je ne suis pas ton père, mais ça devrait pouvoir se faire quand même…

— Mon père ne m'aime pas beaucoup, je crois, répliqua Alex en haussant les épaules.

Taylor éprouva un coup au cœur alors que des souvenirs de sa propre expérience lui revenaient brusquement. Son militaire de père avait porté le respect de la loyauté et de l'engagement à un degré tel qu'il lui avait gâché la vie.

— Qu'est-ce qui te fait croire ça ? s'enquit-il.

Alex tripotait nerveusement l'ourlet de son short.

— Je ne sais pas. C'est le genre qui crie beaucoup, tu vois, et quand je suis chez lui, on ne fait rien d'autre que regarder les sports à la télé.

— Ta mère le sait ?

— Oui. Mais elle n'y peut rien. Le juge dit que je dois y aller.

Taylor se demanda si *lui* pouvait intervenir. Il pourrait peut-être discuter avec José, le père d'Alex, mais doutait que cela se passe bien. Il n'avait jamais aimé ce type-là. S'il ne voulait pas de son fils, alors il fallait qu'il renonce à ses droits sur lui, ce qui serait préférable à le traiter aussi mal. Alex avait besoin d'une autre figure paternelle que celle que José lui offrait. Lui-même avait surmonté son calvaire grâce à l'aide de son oncle.

— En tout cas, tu pourras venir chez moi quand tu le voudras, d'accord ? Je te donnerai une clé.

— O.K.

Alex resta silencieux un moment, puis il ajouta :

— On pourra faire une fête, pour le retour de maman ?

— Bien sûr. Tu as des idées ?

Alex en avait des tas qu'ils mirent en application dès le lendemain. Ils achetèrent un énorme gâteau au chocolat et des guirlandes pour décorer la maison. Caroline devait atterrir à Albuquerque en fin d'après-midi, et louer ensuite une voiture pour parcourir les quatre-vingt-dix kilomètres jusqu'à Santa Fe. Taylor lui avait proposé d'aller la chercher, mais elle avait décliné son offre.

A partir de 19 heures, Alex, tout excité, dansait sur place en regardant la pendule toutes les cinq minutes.

— Pourquoi elle n'est pas encore là ?

— Il doit y avoir des embouteillages, ou des travaux sur la route.

Son mobile sonna, et Alex bondit en tapant des mains.

— C'est elle !

Taylor sortit l'appareil de sa poche.

— Allô ?

— Taylor ? C'est Piper.

— Piper ?

Elle avait peut-être changé d'avis, songea-t-il, serrant plus fort le combiné. Sauf erreur, ce devait être sa dernière nuit à l'hôpital. Appelait-elle pour lui dire au revoir ou lui annoncer qu'elle avait décidé de prolonger son séjour ? De leur donner une seconde chance ?

— Je suis aux urgences, dit-elle. Nous venons de réceptionner une victime de la route.

Ses espoirs furent aussitôt anéantis. Son appel était purement professionnel.

— Il n'y a pas assez de personnel sur place ? demanda-t-il.

Le moment était vraiment mal choisi. Caroline allait arriver d'un moment à l'autre.

— Si, répondit-elle, mais… Taylor, c'est Caroline.

— Quoi ?

Il eut la sensation que le sol se dérobait sous ses pieds.

— On vient de l'amener. Elle souffre de multiples lésions et peut-être d'un trauma crânien. On l'emmène en radio. Il faut que tu viennes.

Il referma le mobile d'un claquement sec et attrapait ses clés sur le comptoir de la cuisine quand il se figea. Et Alex ? Qu'allait-il lui dire ?

— C'était elle ? s'enquit le garçon. Ben quoi ? Qu'est-ce qu'il y a ?

— Piper vient d'appeler, dit-il d'une voix atone.

— Elle veut venir à la fête aussi ?

— Non.

Ecrasé par l'émotion, Taylor prit Alex par les épaules et le fit asseoir sur une chaise avant de prendre place face à lui.

— C'est ta mère. Elle a eu un accident de voiture, dit-il, et… elle est à l'hôpital.

Alex commença aussitôt à trembler, et ses yeux se remplirent de larmes.

— C'est grave ?

— Je ne sais pas. Piper est avec elle, et il faut qu'on aille la voir tout de suite.

Dieu merci, Piper s'en occupait. Il avait une entière confiance en elle.

Se forçant visiblement à refouler ses larmes, Alex hocha la tête plusieurs fois.

— D'accord… D'accord, on y va.

Un quart d'heure plus tard, ils franchissaient les portes des urgences où Piper les attendait.

— Par ici, dit-elle en les précédant vers la première salle de trauma.

Avant d'ouvrir le rideau, toutefois, elle se devait de les préparer. La gorge nouée, elle dut prendre plusieurs respirations avant de soutenir le regard de Taylor. Comment lui dire ? Mais il n'eut pas besoin de mots. Il avait compris que la condition de sa sœur était critique.

Après un signe de tête, il franchit le rideau.

Piper enlaça Alex qu'elle serra dans ses bras.

— Ta mère n'est pas encore réveillée, Alex, dit-elle. Elle est reliée à des tubes qui l'aident à respirer et qui lui injectent des remèdes. C'est impressionnant, mais c'est normal.

Rien n'était plus horrible, plus difficile que de dire à un enfant que sa mère était peut-être entre la vie et la mort.

— Est-ce que tu veux la voir ? demanda-t-elle.

— Oui, articula-t-il d'une voix éraillée.

— O.K. Alors je viens avec toi, dit-elle en lui prenant la main. Tu es prêt ?

Pâle et muet de terreur, Alex acquiesça d'un signe de tête.

D'expérience, Piper savait qu'aucun enfant ne serait jamais prêt à voir ses parents allongés sur une civière et sous assistance respiratoire. Elle-même avait vingt ans lorsqu'elle avait dû y faire face, et elle avait toujours l'impression de ne s'en être jamais remise.

Taylor, de l'autre côté de la salle, était en train de discuter avec son confrère, le Dr Tony Santiago, qui avait stabilisé Caroline. Piper leur lança un bref regard, puis se concentra sur Alex.

Caroline était toujours inconsciente. Ses yeux gonflés étaient fermés, et de multiples lacérations apparaissaient sur son visage, ses bras, ses mains.

— Elle dort encore et elle va devoir être opérée pour sa jambe cassée, expliqua Piper.

— Pourquoi elle ne se réveille pas ? demanda Alex, effrayé, tout en restant collée à elle.

— Quelquefois, après un accident, les gens s'évanouissent. Et c'est un peu ce qui lui est arrivé. Il faut que tu t'approches d'elle et que tu lui parles pour qu'elle sache que tu es là.

— Mais elle ne m'entendra pas, si elle dort.

Les larmes roulaient sur ses joues, mais il ne paraissait même pas s'en rendre compte.

— Si. Elle a besoin d'entendre ta voix et de savoir que tu es avec elle. C'est important. Et elle le saura. Une maman sait toujours ce genre de choses.

Elle leva les yeux vers le moniteur. Les signes vitaux étaient stables, et Caroline allait sans doute pouvoir subir l'opération, à présent. Silencieusement, elle pria pour qu'elle puisse percevoir la présence de son fils près d'elle.

— Maman ? dit Alex d'une voix brisée. C'est moi, Alex.

— Tu peux la toucher, murmura Piper qui lui prit la main pour la placer sur celle de Caroline en évitant le tube de la perfusion.

Le moniteur indiqua une légère modification du rythme cardiaque de Caroline.

— Je crois qu'elle t'entend. C'est bien, Alex. Continue à lui parler, je reviens.

Comme elle s'approchait de Taylor, il se tourna vers elle et elle vit sur ses traits une détresse telle qu'elle ne résista pas quand il l'attira contre lui. Elle referma ses bras sur lui, espérant lui insuffler le même réconfort qu'elle avait transmis à Alex. Ce ne serait pas assez. Ça ne serait jamais assez. Mais peut-être cela pourrait-il l'aider un peu…

— Tu veux un café ? Et un jus de fruit pour Alex ? proposa-t-elle quand il s'écarta légèrement d'elle.

— Je voudrais parler au chirurgien et voir si je peux participer à l'opération.

— Oh, Taylor… Tu sais que ce n'est pas une bonne idée. Il ne te laissera pas faire, de toute façon.

— Je sais, bon sang, mais il *faut* que je fasse quelque chose ! Je ne peux pas rester là, à attendre, les bras croisés.

— Je vais aller chercher ton café, et après nous parlerons, dit-elle.

Elle s'arrêta près d'Alex et lui tendit la main.

— Tu viens ? On va aller chercher un café pour ton oncle.

Pour toute réponse, le garçon se jeta contre elle, et comme elle étreignait son corps tremblant, elle sentit le bras de Taylor qui les enlaçait à son tour tous les deux.

Elle dut contenir une impérieuse envie de pleurer. C'était ce dont elle avait toujours rêvé. Une famille unie — dans le bonheur comme dans le malheur.

Mais ce n'était pas la sienne.

Au prix d'un effort, elle refoula ses larmes. Ce n'était pas le moment de craquer. Pas devant eux. Elle devait au contraire être forte.

— Allez, viens, Alex, dit-elle.

Comme elle s'éloignait avec lui, Taylor eut le sentiment qu'un morceau de lui-même partait avec eux. En pestant, il alla décrocher le téléphone interne pour appeler le chirurgien orthopédiste. Le Dr Ian McSorley, à qui il accordait son entière confiance, était un ami très proche avec qui il lui arrivait souvent de pratiquer le base-jump ou tout autre sport à risques. Mais le chirurgien refusa de déroger au code déontologique et s'opposa à sa présence au bloc.

Il arpentait donc nerveusement la salle quand Piper revint avec son café. Il en but une longue gorgée. Il était exactement tel qu'il l'aimait, dosé selon son goût. Elle s'en était souvenue.

Alors il la regarda. Vraiment. Pour la première fois peut-être depuis qu'ils étaient arrivés dans cette salle. Peut-être même pour la première fois, tout simplement.

Elle était une perle rare. Un joyau. Et il ne s'en était pas rendu compte.

— Tu aurais peut-être préféré du déca ? dit-elle, les sourcils froncés.

— Non, c'est très bien comme ça. Merci.

Il s'écarta d'elle de crainte de ne pouvoir contenir davantage son émotion. Baissant les yeux vers Alex, il remarqua son visage blême et ses yeux rouges.

— Ils vont l'emmener au bloc d'ici quelques minutes, dit-il. Et Ian ne veut pas de moi.

— C'est mieux comme ça, dit-elle gentiment.

Se frottant le visage, il tenta de chasser la colère qui le suffoquait presque.

— Son abdomen est stable, dit-il encore. Mais c'est le trauma crânien qui m'inquiète.

— Les radios ne montrent rien de significatif, donc ce n'est probablement qu'une commotion.

Elle posa une main sur son bras, mais il fut incapable de répondre à son geste. Pas maintenant. Il avait trop peur de s'effondrer.

— Oui, tu as sûrement raison, dit-il.

— Ça veut dire quoi, tout ça ? demanda Alex.

Taylor se tourna vers Piper, les mots restant coincés dans sa gorge car il craignait trop que le garçon ne saisisse son angoisse. Piper, il en était certain, saurait lui expliquer.

— L'ami de ton père, Ian, va réparer la fracture de la jambe de ta mère, dit-elle. Les radios ont montré qu'elle n'avait rien à la tête, même si elle ne se réveille pas encore. Son corps a besoin de toute son énergie pour guérir, tu comprends ?

D'un rapide coup d'œil, Piper vit que Taylor semblait se ressaisir. Dieu merci. Il allait devoir être là pour Alex plus longtemps qu'il l'avait pensé, car Caroline ne serait pas sur pied avant quelque temps.

— Piper ? dit une infirmière en s'approchant d'elle. Le bloc est prêt.

— Merci. Je vais préparer ta mère pour l'opération, Alex, dit-elle. Tu pourras l'accompagner jusqu'à la porte, si tu veux, mais pas plus loin.

Une fois que Caroline eut été conduite en salle d'opération, Taylor prit Piper à part.

— Ton service est bientôt terminé ?

— Oui. Tu veux que je reste avec toi ?

Elle le ferait. Pour lui, elle était prête à enfreindre la promesse qu'elle s'était faite, quitte à se le reprocher plus tard. Mais ce soir, s'il avait besoin d'elle, elle serait là.

— Non, dit-il en sortant son trousseau de clés pour en isoler une. C'est la porte de derrière. Tu pourrais aller chez moi et ôter toutes les décorations ?

— Les décorations ? répéta-t-elle sans comprendre.

— On avait préparé une fête pour le retour de Caroline. Je ne veux pas qu'Alex retrouve ça en rentrant.

— Oh… D'accord. J'irai. Tu veux que j'appelle quand j'aurai fini ?

— Je ne sais pas. Peut-être. Je vais passer la nuit ici, sûrement. Je sais que c'est beaucoup te demander, mais si tu pouvais rester avec Alex à la maison, ce serait bien. C'est mieux qu'il dorme dans son lit ce soir, mais il n'est pas question qu'il soit seul, évidemment.

Taylor savait qu'elle le ferait sans hésiter, et sa compassion, à cet instant, le bouleversa. Impulsivement, il l'attira contre lui et l'embrassa sur la tempe.

— Merci, dit-il, à deux doigts d'avouer qu'il avait besoin d'elle.

Elle lui était plus indispensable qu'il ne voudrait l'admettre.

Doucement, elle s'écarta de lui.

— Entendu, dit-elle.

Ils rejoignirent Alex, et Piper, après leur avoir promis de revenir le plus vite possible, les laissa tous les deux dans la salle d'attente.

13.

Après avoir remis de l'ordre dans la maison et effacé toute trace de la fête qui aurait dû avoir lieu, Piper revint à l'hôpital chercher Alex. Il était déjà tard, et il dormait sur le canapé de la salle d'attente.

— Caroline est toujours au bloc, l'informa Taylor. Sa jambe est en bouillie et ça prend plus longtemps que prévu, mais jusqu'à présent, elle supporte.

— Et toi ? demanda-t-elle. Comment supportes-tu ?

— Supporter quoi ?

Son visage était fermé, ses yeux presque froids.

— Je vois…, dit-elle. Tu as eu le temps de te ressaisir. Mais tu ne pourras pas te leurrer longtemps, Taylor. Pas cette fois.

— Qu'est-ce que tu racontes ? rétorqua-t-il, presque agressif. Ce n'est pas le moment, Piper.

— Au contraire. C'est *exactement* le moment.

— Que cherches-tu ? A me faire cracher tout ce que j'ai dans le ventre et sur le cœur, c'est ça ? Une bonne séance de thérapie que je termine en sanglotant ? Désolé, tu ne pourras pas m'y forcer.

— Non, c'est certain. Et je ne vois pas ce qui pourrait y parvenir si tu n'es même pas capable de laisser tomber un peu tes défenses alors que ta sœur est au bloc.

Elle croisa les bras, consciente du gouffre qui s'ouvrait entre eux. Ils ne se reverraient plus après ce soir. Même si elle restait encore quelques jours à Santa Fe, le temps de décider ce qu'elle ferait ensuite, ils n'auraient probablement plus l'occasion de se croiser. Alors pourquoi mâcher ses mots ? Pourquoi ne pas formuler ce que personne ne se risquerait peut-être jamais à lui dire ?

— Tu ne peux pas aborder cette situation comme tu te lances à l'assaut d'une montagne, Taylor. Tes talents de super-héros ne suffiront pas, cette fois. Parce que tu vas devoir vivre *de l'intérieur* ce qui se passe, en étant attentif aux autres, surtout à Alex. Pourquoi ne rentres-tu pas toi-même avec lui ? C'est de toi qu'il a besoin, bien plus que de moi. Je peux rester jusqu'à ce que Caroline soit ramenée en soins intensifs, si tu préfères. Tu as confiance en moi ?

— Oui. Tu le sais bien.

Taylor regarda son neveu recouvert d'une couverture, endormi sur le canapé inconfortable.

— Mais je… je *dois* rester ici. Il le faut.

La déception qui apparut dans les yeux de Piper le blessa.

— Je n'ai aucun droit de te demander ça, mais j'aimerais que tu rentres avec lui et que tu restes jusqu'à ce que je sois certain que Caroline est sortie d'affaire, dit-il en lui posant les mains sur les épaules. Je… j'ai besoin de toi, Piper.

Plus que jamais, ajouta-t-il en son for intérieur.

— Je t'en prie…, insista-t-il comme elle hésitait.

Rencontrant son regard, toutefois, elle parut parvenir à une décision.

— D'accord. Je l'emmène. Mais rentre aussi vite que tu le peux. Tu es sa seule famille, pour l'instant. Il a besoin de toi.

— Et moi de lui, murmura-t-il en s'attardant un instant à regarder son neveu avant de se tourner de nouveau vers la petite fenêtre pratiquée dans la porte de la salle d'opération.

Des heures plus tard, Taylor put enfin voir Caroline. Ian lui avait expliqué qu'une longue convalescence l'attendait, ce qui était évident, mais qu'ils avaient sauvé sa jambe en lui posant des broches et des plaques qui lui permettraient de remarcher, au prix toutefois d'une éprouvante rééducation.

Epuisé, il se laissa tomber dans le fauteuil qu'une infirmière avait eu la bonne idée de placer près du lit de Caroline. Penché en avant, les mains serrées entre ses genoux, les yeux fermés, il resta ainsi un long moment à écouter les sons du ventilateur et du moniteur cardiaque. Des bruits habituels pour lui, mais qui prenaient à cet instant une tout autre dimension.

La vie était si fragile, et ces machines étaient tout ce qui y rattachait Caroline. Jusqu'à cet instant, il n'en avait jamais eu *vraiment* conscience. Ce genre de choses arrivait aux autres, et c'était *lui* qui les sauvait avec assurance. Mais à cette seconde, il avait perdu toute confiance en lui.

Caroline et lui avaient fait un si long chemin ensemble. Ils s'étaient soutenus, aidés, avaient traversé toutes les épreuves ensemble. Et maintenant, il était là, incapable de faire autre chose que d'attendre. Ce n'était pas son habitude d'être impuissant devant une situation, et il serrait les dents, frustré au-delà des mots.

Puis il entendit de nouveau les paroles de Piper. « Alex a besoin de toi. » Et il comprit que c'était cela qu'il devait faire. Evidemment.

Prenant avec douceur la main de sa sœur, il la tint entre les siennes.

— Je suis désolé, Caro, dit-il. Désolé que tu sois ici, dans cet hôpital, mais Ian s'est occupé de ta jambe, et on attend maintenant que tu te réveilles. Ne t'inquiète pas pour Alex. Il restera avec moi aussi longtemps qu'il le faudra.

Le moniteur cardiaque indiqua une infime variation. Comme la lumière du plafonnier se reflétait sur sa montre, Taylor remarqua les chiffres qui défilaient sur le petit cadran.

Le décompte qu'il avait mis en route plusieurs semaines

auparavant continuait sa course, indifférent au fait que sa vie venait brutalement de s'arrêter. Le temps n'attendait personne, il s'écoulait, inexorablement. Mais alors qu'il regardait les chiffres défiler à toute allure, une boule nauséeuse monta dans sa gorge. Il n'avait pas voulu s'embarrasser d'Alex, il n'avait pas voulu être dérangé dans sa routine. Piper avait raison.

Il avait peur.

Du bout du doigt, il pressa deux fois le bouton et le programme s'effaça.

Quittant son fauteuil, il donna ses numéros de téléphone à l'infirmière en charge de Caroline.

— Appelez-moi au moindre changement. Je serai de nouveau ici dans quelques heures.

Il n'avait jamais encore eu à accorder sa confiance à ceux avec qui il travaillait. Mais tandis qu'il traversait l'hôpital, les marques d'amitié et de compassion auxquelles il eut droit le bouleversèrent.

Leur sympathie était une leçon d'humilité pour lui.

Tout comme les attentions de Piper.

Son premier souci, une fois rentré, fut d'aller auprès d'Alex. Le garçon dormait sur son lit, encore habillé, et Taylor s'agenouilla près de lui pour caresser doucement sa tignasse brune.

— Je suis désolé, Alex, chuchota-t-il. Je m'occuperai mieux de toi, maintenant. Je ne te laisserai pas tomber.

Piper, elle, était recroquevillée dans un coin du canapé du salon. Elle devait être épuisée. Après la nuit qu'elle venait de passer, il n'aurait jamais dû lui demander ce service.

Quelque chose dans son cœur parut vouloir se manifester. Quelque chose qui se réveillait d'un long, d'un très long sommeil. Se pourrait-il que Piper soit parvenue à entrouvrir cet endroit secret dont il avait scellé l'entrée ? Il avait toujours refusé que quelqu'un s'immisce dans sa vie.

Jusqu'à ce qu'elle s'y glisse avec la légèreté d'une brise de printemps…

Sans se réveiller, elle changea de position et la couverture qu'elle avait tirée sur elle glissa, révélant ses longues jambes car le T-shirt à lui qu'elle portait lui arrivait à mi-cuisses.

Le désir le prit au dépourvu. Impulsivement, il la souleva dans ses bras et l'emporta dans sa chambre.

— Taylor ? Que se passe-t-il ? demanda-t-elle d'une voix endormie en s'accrochant à ses épaules. Est-ce que Caroline… ?

— Elle est stable.

Il la déposa au milieu de son lit et s'assit près d'elle. C'était là qu'il la voulait depuis longtemps. Là qu'était sa place.

— Tu vieux bien rester avec moi ? dit-il, la gorge nouée. Tu veux bien me tenir contre toi pendant que je dors un peu ?

La main de Piper se pressa sur sa nuque et elle posa son front sur le sien.

— Oui.

Taylor s'allongea puis l'attira contre lui. Apaisé de la savoir près de lui, il sombra aussitôt dans le sommeil.

Piper se réveilla en sentant une source de chaleur contre son dos et sa main rencontra la cuisse de Taylor pressée contre la sienne. Elle était dans son lit. Là où elle avait toujours voulu être. Sauf que les circonstances qui l'y avaient amenée n'étaient pas les bonnes.

Alors qu'elle tentait de s'écarter, il la retint contre lui.

— Où vas-tu ?

— Tu ne dormais pas ?

— Si. Jusqu'à ce que tu essaies de m'échapper.

— Désolée. Rendors-toi. Je vais rentrer.

— Non, reste. S'il te plaît… J'ai besoin de toi, Piper. Comme je n'ai jamais eu besoin de personne.

Elle ferma les yeux une seconde, le cœur battant. Elle avait tellement rêvé d'entendre ces mots. L'émotion dans sa voix, le désespoir qu'il exprimait, firent tomber ses ultimes défenses. Papillon crédule, elle allait de nouveau se brûler les ailes, mais le feu était irrésistible.

Quand elle se retourna vers lui, elle sut qu'il était trop tard pour elle.

Elle aimait Taylor.

Ses gestes doux, ses caresses tendres la surprirent et attisèrent son désir bien plus qu'un empressement exigeant.

— Tu es si belle, Piper…

Elle répondit à ses baisers avec tout l'amour qu'elle lui portait et, si les mots ne purent franchir ses lèvres, son corps s'employa à lui murmurer ce qu'elle éprouvait pour lui.

Quand ils s'unirent, ce fut pour elle avec un indicible sentiment de paix et d'appartenance.

Une délicieuse odeur flottant de la cuisine réveilla Taylor qui bondit du lit, le soleil entrant à flots par la fenêtre, le faisant cligner des yeux. Attrapant le téléphone, il appela l'hôpital. Soulagé d'apprendre que l'état de Caroline était toujours stable, il alla prendre une douche en songeant à la nuit qu'il avait partagée avec Piper et dont il gardait une sensation de pure félicité. Ç'avaient été des instants presque magiques où, pour la première fois, il avait eu l'impression de se donner totalement.

Etrange, merveilleux et… déroutant.

— Taylor ! s'exclama Alex, qui était en train de verser une pâte onctueuse dans la poêle quand il entra dans la cuisine. Piper m'aide à faire le petit déjeuner.

— Je vois ça. Et ça sent drôlement bon. Ta mère est toujours stable. On mange, et ensuite je t'emmène la voir.

— O.K.

Du bout de la spatule, Alex vérifia la cuisson du pancake.

— Mmm… Il a l'air bon à manger, dit Piper qui regardait par-dessus son épaule.

— Et toi aussi, chuchota Taylor à son oreille.

— Tu viendras avec nous ? demanda Alex.

— Il faut que je rentre me doucher et me changer.

— Oh, s'il te plaît, Piper…

Elle glissa un regard vers Taylor qui l'encouragea d'un bref signe de tête.

— D'accord. Je passerai chez moi et je vous retrouverai à l'hôpital. De toute façon, je dois rendre mon badge. Ça te va ?

Après cette nuit intense, elle avait besoin de se retrouver un peu seule, loin du magnétisme de Taylor. Mais elle ne voulait pas non plus abandonner Alex maintenant.

— Cool, commenta Alex en attaquant son pancake.

14.

Elle retrouva Taylor aux soins intensifs, en compagnie de son ami le Dr Ian McSorley, et l'échange était visiblement houleux.

— Bonjour tout le monde, dit-elle. Que se passe-t-il ?

— Il se passe que le Dr Jenkins est une tête de mule, répondit Ian dont l'expression rieuse contrastait avec celle, très orageuse, de Taylor.

— Je vois. Caroline va bien ?

— Elle doit retourner en chirurgie, dit Taylor.

— Et tu veux participer, c'est ça ?

— Exact.

— Tu sais très bien qu'il n'en est pas question, Taylor, dit Ian. Si les rôles étaient inversés, tu serais aussi intransigeant que moi. Tu me ficherais dehors à coups de pied aux fesses, et c'est exactement ce que je fais. Piper, pouvez-vous être assez aimable pour mettre ce type dehors avant que je lui suture les lèvres ?

Elle répondit, amusée, à son sourire charmeur.

— Je ne suis pas certaine d'y arriver, mais je peux essayer, ironisa-t-elle.

— Je peux voir maman, maintenant ? s'enquit Alex.

— Vas-y, Alex, dit Ian. Piper va te conduire près d'elle.

Il lui indiqua où se trouvait Caroline, mais barra le passage à Taylor quand il voulut s'y rendre avec eux.

— Non. Toi et moi allons avoir une petite discussion musclée d'homme à homme, mon vieux…

Piper laissa les deux médecins en tête à tête et conduisit Alex dans le service. En chemin, elle apprit d'une infirmière que Caroline devait subir une nouvelle opération, cette fois pour son poignet, et qu'elle se réveillait par intermittence.

Prenant Alex par les épaules, elle le poussa doucement près de sa mère.

— Parle-lui, l'encouragea-t-elle.

— Maman ? C'est moi, Alex. Je suis avec Piper, la copine de Taylor. Elle est infirmière.

Il posa une main sur la sienne, ouverte sur le drap, et lentement, les doigts de Caroline se refermèrent.

Le garçon tourna vers Piper son visage animé d'une joie excitée.

— Piper ! Elle a pris ma main !

Elle sentit des larmes lui piquer les yeux.

— C'est super. Taylor va être heureux, lui aussi.

— Elle va mieux, on dirait ?

Tous deux se tournèrent vers l'intéressé qui venait de les rejoindre.

— Taylor, elle a pris ma main ! répéta Alex.

— Oui, j'ai vu. Et c'est très bon signe, dit-il. Mais elle retourne au bloc d'ici quelques minutes, et on va devoir la laisser.

— Non ! Je veux rester avec elle !

La réaction d'Alex serra le cœur de Taylor qui s'accroupit devant lui.

— Je sais, Alex. Mais les médecins doivent s'occuper d'elle, maintenant.

— Mais tu es docteur, toi aussi !

— Oui, mais je suis son frère, et il y a une règle qui interdit aux médecins de s'occuper de leur famille, tu comprends ?

— Non ! Elle a besoin de moi !

— D'accord, mon bonhomme, dit l'anesthésiste qui venait

d'arriver. Tu restes avec elle et tu lui tiens la main jusque devant les portes de la salle d'opération, O.K. ?

Alex approuva d'un hochement de tête et non sans lancer un coup d'œil de reproche à son oncle.

Piper tira discrètement sur la manche de Taylor.

— Et si on laissait Alex un peu seul avec elle ? suggéra-t-elle.

En soupirant, il se laissa conduire jusqu'à la petite table offrant du café pour les visiteurs.

— C'est différent, n'est-ce pas ? dit-elle d'une voix chargée de compassion.

— Quoi ?

— D'être de l'autre côté de la barrière. De ne pas être celui qui dirige, qui donne les ordres, qui répare…

— Oui.

— Et c'est dur, non ?

Taylor servit les cafés sans répondre. Ils avaient fait l'amour ce matin, et pourtant, il ne se sentait pas proche d'elle à cet instant. Il aurait été bien en peine de dire ce qu'il souhaitait.

Pour le moment, il avait juste envie d'être seul. Avec la solitude, au moins, il était en pays de connaissance. Et même s'il avait le désir de la toucher, de la prendre dans ses bras, de lui exprimer les émotions qu'elle éveillait en lui, il en était incapable. Pas maintenant. Peut-être jamais.

— J'ai besoin de prendre l'air ; je vais faire un tour. Tu peux rester avec Alex ?

Piper le regarda dans les yeux.

— Non.

L'air surpris, il fronça les sourcils.

— Non ?

— Non, je ne peux plus te remplacer auprès d'Alex.

Elle termina son café et jeta le gobelet dans la poubelle.

— Je croyais que nous étions amis, Piper, dit-il, choqué.

— Oui. Amis et amants, mais maintenant, je ne peux plus être ni l'un ni l'autre.

Ses yeux se brouillèrent, mais elle serra les dents. Pas question de pleurer maintenant.

— Je dois m'organiser pour ma prochaine mission, et savoir ce que je veux faire ensuite.

— Mais enfin… Piper ! J'ai besoin de toi en ce moment. Tu t'en rends bien compte, non ?

— Oui. Je sais. Mais je refuse de rester simplement parce que ça t'arrange, et en sachant qu'une fois que tout sera rentré dans l'ordre, je me retrouverai seule. Je n'ai pas la force de…

Elle se tut et s'apprêtait à s'éloigner quand il la retint par le bras.

— Pas la force de *quoi*, Piper ?

Elle prit une forte inspiration.

— D'aimer un homme qui ne m'aime pas.

Taylor eut l'impression de recevoir un coup à l'estomac.

— Tu… tu m'aimes ?

Cette fois, les larmes roulaient sur les joues de Piper sans qu'elle cherche à les retenir.

— Oui, Taylor. C'est idiot, je sais, mais je n'y peux rien. Désolée…, dit-elle en s'apprêtant de nouveau à partir.

Saisi d'une émotion qu'il n'aurait su nommer, il posa une main tremblante sur son épaule avant qu'elle ne le quitte pour de bon.

— Piper, je t'en prie… Je ne mérite pas ton amitié, et ton amour encore moins.

Finalement, elle se retourna, et la douleur inscrite dans son regard lui porta un nouveau coup. Il haïssait ce qu'il voyait, ne supportait pas d'en être la cause.

— Reste, s'il te plaît, ajouta-t-il en lui effleurant la joue. J'ignore ce qui peut se passer entre nous, mais si tu t'en vas maintenant, nous ne le saurons jamais.

L'espace de quelques secondes qui lui parurent vouloir s'éterniser, elle le regarda en silence, comme pour le sonder. Il ne savait pas lui-même si ce qu'il ressentait pour elle était de l'amour ou non. Mais il savait en revanche que la simple idée de la perdre lui était insupportable.

— Crois-tu que tu pourrais prolonger ta mission ici encore un peu ? insista-t-il.

— Pourquoi ?

Il soutint son regard un instant et crut déceler une lueur d'espoir au-delà de la douleur.

— Pour Alex. Pour Caroline. Pour moi, répondit-il.

— Pourquoi ? répéta-t-elle.

Il ouvrit la bouche, mais rien de sensé ne semblait vouloir en sortir. Elle l'aimait, c'est tout ce à quoi il pouvait penser. Elle l'aimait.

— Dis-moi pourquoi, Taylor, reprit-elle. Je veux savoir.

— Parce que j'ai besoin de toi, Piper. Les mots justes ne veulent pas venir, mais j'ai *besoin* de toi.

— D'accord. Alors je resterai. Pour Alex. Pour Caroline. Et pour toi. Jusqu'à ce que Caroline soit sortie d'affaire. Après, je ne te promets rien.

— Merci, Piper, dit-il, se retenant de l'attirer dans ses bras de crainte de ne plus jamais vouloir la relâcher. Tu n'as pas idée de ce que ça signifie pour moi.

— Non, c'est certain. Et ce sera à toi de me l'expliquer.

— Je le ferai, je t'en fais la promesse.

— Garde tes promesses si tu n'es pas sûr de pouvoir les tenir, Taylor. Je préfère la vérité, même si elle est cruelle, aux chimères.

— Je ne te mentirai jamais.

— Le temps le dira. La balle est dans ton camp, maintenant.

Elle l'étreignit, et il la serra contre lui, les yeux fermés pour sentir son corps parfaitement adapté au sien. Ils étaient faits l'un pour l'autre.

— J'ignore si je pourrai te donner plus que ça, dit-il, mais si tu restes, nous aurons au moins une chance de le savoir.

Bientôt, les bruits autour d'eux les rappelèrent à la réalité de l'instant. Ils se séparèrent et Piper essuya ses larmes qui avaient mouillé le T-shirt de Taylor.

— Je vais téléphoner à ma compagnie pour savoir s'ils peuvent prolonger ma mission de quelques semaines.

Taylor acquiesça, conscient du message qu'elle lui transmettait. C'était une sorte d'ultimatum : à lui seul reviendrait de décider si elle devait rester au-delà du terme de son contrat.

Il se jura alors de mettre un nom sur les sentiments qu'elle faisait naître en lui.

Taylor était assis au chevet de Caroline qu'on avait ramenée dans sa chambre. Piper avait obtenu que son contrat soit prolongé d'un mois à partir de la semaine suivante. Autrement dit, il avait cinq semaines devant lui pour la convaincre de rester. Ou la laisser partir…

Reportant son attention sur sa sœur, il nota qu'on lui avait ôté le tube de la gorge si bien qu'elle pourrait parler à son réveil. Une simple canule nasale lui fournissait l'oxygène nécessaire.

Fatigué, tant physiquement qu'émotionnellement, il posa le front sur le drap quand une étrange caresse dans ses cheveux lui fit relever la tête. La main de Caroline était toute proche de lui et ses doigts bougeaient.

Comme il la regardait, les yeux de la jeune femme s'entrouvrirent et rencontrèrent les siens.

— Salut, Caro, dit-il, proche des larmes, en lui effleurant la joue. Tu es de retour parmi nous…

Elle acquiesça d'un battement de cils, mais sa gorge

sans doute trop sèche lui refusa tout service. Taylor saisit la serviette qu'il trempa dans l'eau avant de lui en humecter les lèvres.

— Salut, articula-t-elle enfin. Quoi… de neuf ?

Taylor l'informa de son état, de ce qui était arrivé, de ce qu'on lui avait fait. Les yeux de Caroline devinrent très brillants.

— Alex ? demanda-t-elle.

— Il est parti à son camp d'alpinisme, aujourd'hui. Il ne voulait pas, mais j'ai insisté. Il était important qu'il change d'air ; il a passé déjà beaucoup de temps ici, avec toi. Tu le verras en fin d'après-midi.

Elle ferma les yeux un instant, les rouvrit de nouveau.

— Qui est… Piper ?

Surpris, il hocha la tête.

— Tu connais Piper ?

— Très douce… généreuse… de l'amour à… à revendre.

Oui. Piper était bien tout cela, et davantage. Tellement plus. Et il commençait tout juste à le découvrir. A vouloir garder ces trésors, les inclure dans sa vie.

— C'est l'infirmière qui s'est occupée de toi à ton arrivée. Une amie.

— Pas… plus ?

— Si. Beaucoup plus, admit-il.

Cet aveu lui valut d'être submergé par un flot d'émotions inattendues qu'il combattit de toutes ses forces. Il devait être fort, pour Caro. Et pour Alex. La faiblesse n'était pas un trait masculin. Cependant, il semblait que son cœur n'envisageait pas les choses de la même façon. Il avait déjà craqué avec Piper en lui avouant bien plus qu'il l'aurait souhaité. Bridant ces désarrois importuns d'une poigne de fer, il ferma les yeux une seconde avant de les rouvrir.

— Parle-moi d'elle, insista Caroline.

Il regarda leurs mains croisées. Ils avaient tellement

partagé, sa grande sœur et lui. Leurs joies, leurs peines… A elle, il ne pourrait jamais rien cacher.

— Elle est merveilleuse et… je crois que je suis amoureux.

C'était la première fois qu'il l'admettait, et il sut aussitôt que c'était vrai. L'anxiété qui monta alors en lui menaça de l'étouffer. Comment pouvait-il demander à Piper de rester alors que l'idée même d'une relation — d'une *vraie* relation — l'angoissait ?

— C'est fantastique, dit Caroline en esquissant un sourire. Et elle ? Elle t'aime ?

— Oui. Mais…

— Mais quoi ?

— Elle a peur de me décevoir. De ne pas être à la hauteur. D'être rejetée.

— Et elle a raison ?

Il réfléchit une seconde.

— Par moments, peut-être. Mais quand on est ensemble, c'est magique. Elle m'aide à garder les pieds sur terre, elle m'équilibre, elle m'empêche de rester trop longtemps dans les nuages…

— Alors, tu dois la convaincre de te faire confiance. Je n'ai jamais connu ça avec José et c'est ce qui nous a éloignés l'un de l'autre.

Taylor acquiesça, mais l'angoisse refusait de céder du terrain. Et s'il ne trouvait pas les mots justes ?

— Je ne suis pas sûr de savoir comment faire, reprit-il. Cette fois, c'est sérieux, Caro, et je n'ai pas trop d'expérience dans ce domaine.

Caroline semblait avoir beaucoup de mal à garder les yeux ouverts.

— Je vais te laisser te reposer, maintenant, ajouta-t-il. Tu vas beaucoup mieux et ta jambe est en bonne voie de guérison. Mais il faut que tu dormes. Ma vie amoureuse peut attendre.

Elle hocha faiblement la tête.

— Reviens vite et amène-moi Alex.

— Promis.

Il l'embrassa sur la joue alors qu'elle sombrait dans le sommeil dont elle avait tant besoin.

Comme il se redressait, il songea à son conseil : convaincre Piper de lui faire confiance. Mais saurait-il mériter cette confiance ? Et si c'était elle qui avait raison ? S'il finissait tout de même par lui tourner le dos ?

Il avait cinq semaines pour trouver les réponses à ces questions… En y ajoutant une dernière : pouvait-il envisager le reste de sa vie sans elle ?

15.

Taylor prit un congé exceptionnel d'une semaine. Qu'il devrait peut-être prolonger car qui savait combien de temps il devrait être disponible pour Caroline et Alex ? Sa vie avait été totalement chamboulée par sa sœur, son neveu, et une femme qui lui avait volé son cœur.

Ne supportant plus le désordre dans la cuisine, et au risque de devoir bientôt s'adresser à un service de nettoyage, il attaqua la vaisselle qui s'empilait depuis plusieurs jours. Caroline finirait par sortir de l'hôpital, mais ne pourrait pas, dans un premier temps, rester seule chez elle avec Alex, c'était évident. Il avait donc prévu de les héberger jusqu'à ce qu'elle puisse remarcher. Même si c'était au sacrifice de sa sacro-sainte tranquillité de célibataire, il se réjouissait à la perspective de les avoir tous les deux avec lui. Il ne supporterait plus de se retrouver seul avec le silence pour unique compagnie…

Alex, dans le salon, poussa un cri de victoire. Apparemment, il venait d'éliminer quelques extraterrestres. Taylor sourit. Il chérissait dorénavant ces signes de bonheur domestique et familial qu'il n'avait jamais connu étant enfant.

Le cours que prenaient ses pensées lui évoqua tout naturellement l'image de Piper. Il entendit son rire, se remémora la vie qu'elle mettait dans une maison, et s'efforça d'ignorer l'exigence de son propre cœur. Le téléphone était à deux pas, et il lui suffisait de l'appeler. Mais pour lui dire quoi ? Qu'il était un idiot ?

La confiance. C'était l'unique problème entre elle et lui. Caroline, avec sa sagacité habituelle, l'avait compris immédiatement. Ni Piper ni lui ne se faisaient assez confiance pour sauter le pas. Tous deux craignaient d'en sortir meurtris.

En soupirant, il ouvrit le placard pour y ranger les assiettes… et trouva le gâteau au chocolat. Quand elle était venue mettre de l'ordre dans la maison, Piper avait dû le ranger là, faute de mieux.

Il n'avait pas trop souffert, depuis une semaine, mais avait tout de même l'air nettement moins moelleux. Le glaçage était aussi sec et dur que l'avaient été ses sentiments jusqu'à l'été dernier. Jusqu'à Alex.

Jusqu'à Piper.

— Qu'est-ce que c'est ? demanda Alex, sur le seuil.

— Le gâteau. On l'avait oublié.

— C'est bête. Tu vas le jeter ?

— Je ne vois pas d'autre solution. Il est trop tard pour le manger.

Alex regarda Taylor mettre le gâteau dans la poubelle, puis :

— Elle te manque, hein ? dit-il soudain.

— Oui, mais elle sera bientôt là, ne t'inquiète pas.

— C'est de Piper que je parle, pas de maman. Moi aussi, elle me manque. Elle est cool, dit-il avant de retourner dans le salon pour allumer la télévision.

Une boule enfla dans la gorge de Taylor qui ferma la poubelle pour la porter dans le conteneur, à l'extérieur, car il avait besoin d'air.

La nuit avait presque complètement englouti le jour, et les étoiles, si visibles dans le désert, s'allumaient çà et là, toujours plus nombreuses, jusqu'à créer une mer scintillante. La beauté, l'immensité et la solitude que ce ciel lui évoquait creusèrent un gouffre en lui. Fut un temps où cette beauté avait suffi à le combler. A présent, il comprenait que seule

Piper avait le pouvoir d'assouvir les besoins de son cœur. Et Alex avait raison : elle lui manquait.

L'engagement, la responsabilité ne lui faisaient plus peur. Ils lui apparaissaient même nécessaires. Comme Piper.

Piper jeta un regard morose dans son réfrigérateur aux trois-quarts vide qu'elle referma en soupirant. Il lui restait quelques jours encore pour explorer Santa Fe avant de reprendre le travail, mais elle préférait jouer les touristes le ventre plein et elle allait devoir trouver un petit restaurant agréable à la portée de sa bourse.

Attrapant son sac, elle ouvrit la porte et se retrouva devant Taylor qui, le poing levé, s'apprêtait à frapper.

— Que fais-tu ici ? demanda-t-elle, étonnée.

Il était toujours aussi irrésistible, surtout avec son jean moulant et son T-shirt blanc qui faisait ressortir son teint hâlé.

— Je voulais te parler. Tu sortais ?

— Oui. J'allais déjeuner.

— Je peux venir avec toi ?

A le regarder plus attentivement, elle découvrit les cernes que le bronzage dissimulait un peu. Les signes du stress qu'il avait traversé depuis l'accident de Caroline, ajouté à la fatigue occasionnée par le séjour d'Alex chez lui, et elle doutait qu'il ait eu un repas décent depuis longtemps.

— Bien sûr, dit-elle, incapable de lui opposer un refus.

— Où allais-tu ? s'enquit-il en lui ouvrant la portière de sa décapotable.

— Aucune idée. Je m'apprêtais à sillonner les rues jusqu'à tomber sur quelque chose qui me plaise.

— Alors je t'emmène dans mon restaurant préféré.

— La cafétéria de l'hôpital ? plaisanta-t-elle.

Il sourit, amusé, mais il était clair qu'une certaine tension subsistait entre eux.

— Pas vraiment. C'est un des meilleurs de Santa Fe. L'auberge d'origine a été construite au XVIIe siècle et il y a une atmosphère que je n'ai jamais trouvée ailleurs.

Vingt minutes plus tard, ils traversaient la vaste salle d'une hacienda blanche qui avait probablement été la propriété d'un grand exploitant agricole. De grosses poutres striaient les plafonds et des petites portes donnaient sur divers jardins et terrasses. Le serveur les guida jusqu'à une table isolée des autres clients par un buisson de magnifiques rhododendrons violets.

Piper n'était pas à l'aise. S'ils avaient encore été amants, cet endroit aurait été idéal pour les confidences romantiques. Mais à présent, elle ne savait plus ce qu'ils étaient, et le décor perdait de son charme à ses yeux. Quand le serveur eut pris leur commande, un silence lourd tomba entre eux.

— Comment va Caroline ? s'enquit-elle pour le rompre.

— Bien mieux. Elle a quitté les soins intensifs et commencera la rééducation à la fin de la semaine.

— C'est formidable.

— Et toi, Piper, comment vas-tu ?

Sa voix était devenue plus sourde, plus intime, et elle sut qu'il ne faisait pas allusion à son travail ou à Elizabeth. Avec ses yeux rivés si intensément sur elle, elle eut le sentiment que le monde autour d'eux s'évanouissait. Qu'ils n'étaient plus que tous les deux.

Fuyant son regard de crainte qu'il ne lise à livre ouvert en elle, elle haussa les épaules.

— Bien, je suppose.

— Piper, regarde-moi.

Elle se mordit la lèvre en tentant vainement de combattre les larmes qui lui montaient aux yeux. Accepter de déjeuner avec lui avait été une très mauvaise idée.

— Excuse-moi, mais je ne peux pas. Pas quand tu as cette expression-là.

— *Quelle* expression ?

— Celle qui me donne l'impression d'être ce qui compte le plus au monde pour toi, alors que je sais que c'est faux. Je n'aurais pas dû prolonger mon contrat. Au moins, je serais déjà loin d'ici, et loin de toi. Je ne me contenterai jamais d'une aventure, Taylor, j'ai besoin de sécurité. Avec toi, je ne pourrais jamais être tranquille, je ne saurais jamais où j'en suis, et ça… je ne le supporterais pas.

— Piper, dit-il en lui prenant les mains. Je n'ai jamais dit ça à une autre femme, mais… tu me manques.

Elle ne pouvait douter de sa sincérité. Se pourrait-il qu'il y ait réellement de l'espoir, pour eux ?

— Toi aussi. Et c'est ce qui rend les choses si difficiles. Nous étions amis, et ça aussi, ça me manque.

Elle voulait désespérément croire en lui, croire à ce qui pouvait naître entre eux, mais la partie trop lucide en elle veillait au grain.

Lui prenant le visage entre ses mains en coupe, Taylor l'attira par-dessus la table pour l'embrasser.

— Je ne peux pas renoncer à toi, Piper, murmura-t-il contre ses lèvres. Je ne suis pas prêt à te voir sortir de ma vie.

— Moi non plus, mais comment va-t-on faire, alors ?

— Je ne sais pas. Franchement, je ne sais pas. Mais si on n'essaie pas, on ne risque pas d'avoir de réponse.

Son regard implorant maintenait le sien captif.

— Ne me quitte pas, Piper. S'il te plaît… Je me rends compte seulement maintenant qu'il manquait quelque chose d'important dans ma vie. Il a fallu que je te rencontre pour le comprendre.

Piper le considéra un long moment en silence, n'osant laisser s'épanouir l'espoir qui renaissait dans son cœur.

— Depuis la mort de mes parents, dit-elle, je me suis arrangée pour éluder les difficultés. Je me consacrais tellement à Elizabeth que je ne prenais jamais de risques afin de lui épargner les dangers et les peines… et j'ai dû oublier en route de vivre ma propre vie.

Elle eut un petit rire sans joie.

— Je ne veux plus avoir peur, Taylor, ajouta-t-elle en levant une main vers son visage.

— Alors, reste avec moi, et tu n'en auras plus l'occasion. Nous ne serons plus seuls, désormais.

Un toussotement les avertit que le serveur, très stylé, attendait avec les assiettes à un mètre d'eux.

— Dois-je servir maintenant ? demanda-t-il.

— Je crois que nous allons tout emporter chez nous, finalement. C'est possible ?

— Tout à fait, monsieur. Je vous apporte ça tout de suite.

— On s'en va ? s'étonna-t-elle.

— On rentre chez toi où personne ne nous trouvera, et où on pourra parler sans être dérangés.

— Ne traîne pas en route, murmura-t-elle contre sa bouche quand il l'embrassa de nouveau.

Ils furent de retour en un temps record à l'appartement. Après avoir rangé le carton du restaurant dans le réfrigérateur, ils se retrouvèrent dans la chambre, où ils se dévêtirent mutuellement avec une hâte brouillonne. Avant qu'ils ne s'allongent sur le lit, Taylor prit le visage de Piper entre ses mains.

— J'ai envie de te faire l'amour, Piper, chuchota-t-il en plongeant son regard dans le sien.

— Je sais.

— La première fois, ça a été pour le plaisir. La deuxième, parce que j'en avais besoin. Et cette fois-ci…

Il embrassa le bout de son nez.

— … c'est parce que je t'aime.

— Quoi ?

Les larmes, une fois de plus, remplirent ses yeux.

— Tu n'es pas obligé de me dire ça pour me persuader de rester, Taylor.

Elle voulut se dégager, mais il la retint.

— Ecoute ton cœur, Piper, pas ta peur. Je t'aime, et c'est la vérité. Jamais je n'ai été plus sûr de moi qu'à cet instant. Je l'ai su dès que je t'ai rencontrée, mais je ne voulais pas et je ne *pouvais* pas l'admettre. C'est pour ça que je me débattais autant. Mais ma vie est vide, sans toi, maintenant. Je ne peux plus me passer de toi.

— Mais…

— Pas de mais. Je t'aime et je ne veux plus te laisser partir. Le reste, on s'en occupera plus tard. Ce ne sont que des détails.

— Je t'aime aussi, tu le sais, mais… j'ai si peur.

— De quoi ?

— De toi. De moi. De perdre ce qu'il y a entre nous.

— Pourquoi imaginer un dénouement malheureux ? Tu sais ce que dit mon instructeur pour calmer l'anxiété de ceux qui s'apprêtent à sauter de l'avion ? « Ouvrez-vous aux possibilités, et laissez-vous aller. »

S'accrochant à ce conseil, elle le regarda dans les yeux, et décida de franchir le pas.

— D'accord.

Alors elle s'abandonna dans les bras de Taylor qui l'emporta avec lui aux confins du plaisir. Quand il cria son nom dans son cou, quand il s'accrocha à elle comme s'il ne voulait plus jamais la relâcher, elle sut que son cœur avait fait le bon choix.

— Je t'aime, Piper, murmura-t-il. Je n'ai jamais dit ces mots à aucune femme avant toi. En fait, je comprends maintenant que je t'attendais pour les prononcer.

— Moi aussi, je t'aime, Taylor. Avec mon cœur, avec mon âme, et avec mon corps.

— Tu veux bien rester avec moi ici, à Santa Fe ? Et arrêter de voyager après la fin de ta mission ?

Elle inclina la tête en arrière pour mieux le regarder.

— Tu veux vraiment que je reste ?

— Plus que tout. Si tu le veux aussi, évidemment. Nous pourrions nous construire une vie, tous les deux. Un foyer. Ce que nous n'avons ni l'un ni l'autre.

Il y avait une sorte de vulnérabilité dans sa voix qu'elle n'avait encore jamais perçue, et dans sa main aussi alors qu'il lui caressait le dos.

Se redressant, elle s'agenouilla sur le lit près de lui.

— Je t'entends penser, dit-il. Qu'est-ce qui te tracasse encore ?

— Est-ce que je peux te faire confiance, Taylor ? Est-ce que je peux me fier à ce que tu prétends être, avoir, vouloir ? Que se passera-t-il si ça ne marche pas entre nous ? Si je devais te perdre, je ne m'en remettrais jamais.

Il se redressa à son tour sur un coude.

— Je ne peux pas te donner de garanties, Piper. Une confiance mutuelle sera notre seule assurance contre l'échec. Je *sais* ce que j'éprouve pour toi, mais des mots ne suffiraient pas à l'exprimer. Ça exige un acte de foi de notre part.

Elle sentit à cette seconde tout le respect, l'humour, l'amitié et la passion qu'il y avait entre eux. Serait-ce assez pour cimenter leur amour ?

— Tu as raison, dit-elle soudain en se mettant debout au bout du lit.

— Qu'est-ce que tu fais ? dit-il en s'asseyant, intrigué.

— Si je tombe, tu me rattrapes ?

Il s'apprêtait à plaisanter, mais il comprit de toute évidence qu'elle avait besoin d'une réponse sérieuse.

— Oui, répondit-il avec un regard éloquent sur les courbes de son corps ainsi exposé.

Alors elle ferma les yeux puis se laissa aller en avant. Et Taylor la rattrapa, l'attira contre lui.

— Si tu tombes, je te rattraperai. Si tu trébuches, je serai là pour t'aider à recouvrer ton équilibre. Mais tu dois me promettre la même chose. Je veux construire une vie avec toi, Piper. Voudras-tu devenir ma femme, dans un proche avenir ?

La gorge nouée par l'émotion, elle hocha la tête.

— Oui.

— Je t'aime. Le reste n'est que détails…, répéta-t-il avant de l'embrasser.

Épilogue

Six semaines plus tard

Une grappe de ballons multicolores accrochée à la boîte aux lettres dansait dans la brise de l'après-midi, et une banderole de bienvenue décorait l'entrée de la maison.

— Les voilà ! Les voilà ! s'écria Alex en se ruant dans l'allée alors que la voiture s'arrêtait devant le garage.

Piper le suivit d'un pas plus mesuré, mais avec un sourire aussi large que celui du garçon en voyant Taylor aider Caroline à prendre place dans un fauteuil roulant.

— Il y a des choses à porter ? s'enquit-elle.

— Tu peux prendre les sacs sur le siège arrière, si tu veux, dit Taylor en l'embrassant sur la tempe.

— Maman ! Maman ! Tu ne devineras jamais !

— Quoi ? dit Caroline en riant.

Mince et affaiblie par la longue convalescence, Caroline, c'était flagrant, n'en était pas moins aux anges d'avoir quitté le centre de rééducation.

— Taylor m'a acheté un nouveau jeu !

— Comme si tu en avais besoin ! plaisanta-t-elle avant de se tourner vers son frère. Tu n'étais pas censé le gâter autant, Taylor.

Il lui pressa l'épaule avec affection.

— Ne t'inquiète pas, il inclut un programme éducatif.

— Il y a même des exercices pour toi, renchérit Alex. Ça va te rendre plus forte.

— Ah… Je comprends maintenant, dit-elle en faisant avancer son fauteuil. Tu as discuté avec mon physiothérapeute.

Piper tint la porte ouverte jusqu'à ce que tout le monde soit entré dans la cuisine. Caroline leva la tête vers elle.

— Salut, Piper.

— Salut, Caro.

Piper se pencha pour embrasser sa nouvelle amie et future belle-sœur.

— Ça fait plaisir de te voir ici. Tu as meilleure mine qu'en pleine séance de rééducation.

— Tu m'étonnes ! répondit Caroline en riant. Mmm… Il y a des odeurs irrésistibles, ici.

— Nous avons fait un gâteau.

— Nous ? s'étonna Caroline.

— Alex et moi. Taylor s'est chargé de la décoration.

— Absolument, dit ce dernier avec une fierté exagérée et en attirant Piper contre lui.

Caroline secoua la tête en riant.

— Si on m'avait dit un jour que mon frère se mettrait à la pâtisserie !

— Tu viens dans le salon, maman ? Je voudrais te montrer le programme d'exercices.

Caroline suivit son fils et s'arrêta net sur le seuil avec un air atterré.

— Que s'est-il passé, ici ?

— C'est une maison vivante, maintenant, expliqua Taylor en promenant son regard sur le joyeux capharnaüm régnant dans la pièce qui avait été à une époque aussi rangée et impersonnelle qu'une salle d'exposition.

— Mais je ne voulais pas t'envahir, Taylor, protesta Caroline. En te confiant Alex, je…

— C'est le plus beau cadeau que tu pouvais me faire, la coupa-t-il gentiment, attendri par l'émotion évidente de sa sœur.

Caroline était encore faible et les larmes lui venaient facilement.

S'accroupissant devant elle, il posa une main sur la sienne.

— Cette expérience m'a permis d'ouvrir les yeux et de changer ma vie. Sans toi, sans Alex, sans Piper, j'aurais continué à vivre en aveugle.

— Tu aurais dû voir le canapé avant qu'on le nettoie avec un truc à vapeur, dit Alex. J'avais renversé du jus de raisin dessus.

— Oh, Alex !

— Ce n'était pas grave, je t'assure, intervint Piper qui vint glisser un bras autour de la taille de Taylor. Rassure-toi, Caro… Le Taylor que tu connais est toujours là ; il a juste fait un peu plus de place dans son cœur pour nous tous dans sa vie.

— Et il a même dit que je pourrai avoir un chien ! s'exclama Alex, tout excité. C'est génial, non ?

Caroline observa son frère comme si elle le voyait pour la première fois.

— Taylor, tu es sûr de ne pas être malade ?

— Certain, dit-il en pressant Piper contre lui. Je suis juste amoureux. Eperdument amoureux.

— Mmhhh…, fit Alex avec un haussement d'épaules. C'est la même chose !

BLANCHE

HARLEQUIN

Retrouvez prochainement, dans votre collection

BLANCHE

Le patron des îles, d'Amy Ruttan - N°1616

SÉRIE : L'HÔPITAL DES CARAÏBES - 1/2

Alors qu'elle se rend sur les paradisiaques îles Vierges pour participer à une opération domino, le Dr Victoria Jensen découvre avec horreur que le chef de la chirurgie n'est pas un inconnu pour elle. Durant leur internat de médecine, Matthew Olesen la rendait folle, et elle était folle de lui ! Pas question cependant de se rappeler les nuits merveilleuses qu'ils ont passées ensemble ni leur séparation houleuse. Ils sont réunis pour travailler, rien de plus !

Un mariage au paradis, d'Amy Ruttan

SÉRIE : L'HÔPITAL DES CARAÏBES - 2/2

Seule et enceinte, Alexis croyait avoir trouvé l'endroit parfait pour élever son enfant. Les îles Vierges, où elle exerce son métier de sage-femme, est un havre de paix – et elle y est heureuse. Hélas, elle sera bientôt expulsée… à moins qu'elle ne se marie ! Acculée, elle accepte bientôt la folle union de convenance que lui propose le Dr Marcus Olesen, qu'elle vient de rencontrer…

Princesse ou médecin, de Becky Wicks - N°1617

Depuis toujours, la princesse Adrienne subit la curiosité des médias. Or aujourd'hui qu'elle a troqué sa tiare contre un stéthoscope elle n'a qu'un but : se faire oublier ! Tout ce qu'elle souhaite, c'est honorer sa fonction de médecin en soignant ses patients. Fraîchement débarquée à Naples où elle travaillera sous l'égide du très respecté Dr Franco Perretta, saura-t-elle lui prouver qu'elle est bien davantage que l'héritière privilégiée d'un royaume ?

Une famille pour Morgan, de Traci Douglass

Ely. Ce prénom, murmuré sous les étoiles dix ans plus tôt, Morgan ne l'a jamais oublié. Pas plus que son ténébreux propriétaire… Le revoir sur l'île Whidbey où elle doit prendre son nouveau poste à la clinique locale lui cause un choc terrible. Il est toujours le même, ou presque. Devenu papa, Ely est aussi médecin – et son nouveau confrère !

Leur mission : sauver des vies.
Leur destin : trouver l'amour.

BLANCHE

Seconde chance aux urgences, de Sue MacKay - N°1618

Quand Chloé croise le regard du Dr Devlin Walsh, le nouvel urgentiste de l'équipe, elle est projetée des années en arrière. Dans une autre vie, tous deux étaient fiancés, mais son grand amour l'a quittée parce qu'elle n'appartenait pas au même monde que lui, lui brisant le cœur au passage. Sauront-ils aujourd'hui oublier leurs différends pour travailler ensemble ? En infirmière chevronnée, Chloé s'en fait la promesse...

Le baiser du boss, de JC Harroway

Pour son premier jour au City Hospital de Londres, Darcy espère faire bonne impression sur son chef, le Dr Joe Austin. Hélas, ce dieu de la chirurgie se révèle hostile à son égard, comme s'il doutait de ses qualités de médecin. Qu'à cela ne tienne, Darcy est résolue à lui montrer la professionnelle accomplie qu'elle est. Et, pour cela, à ignorer l'élan de désir qui la pousse bien malgré elle vers cet homme insupportable...

Retour à Wildfire, de Meredith Webber - N°1619

SÉRIE : WILDFIRE, URGENCES MÉDICALES - 1/6

En revenant sur l'île de Wildfire, Caroline ne s'attendait pas à revoir Keanu Russell, celui qu'elle considérait comme son grand frère autrefois. Quelle n'est donc pas sa surprise quand elle apprend qu'ils travailleront dans le même hôpital ! Si Caroline s'en réjouit d'abord, cette collaboration s'avère vite délicate. Car, au fil des jours, elle sent naître pour Keanu des sentiments inédits. Serait-elle tombée amoureuse de son ami d'enfance ?

La petite fille du Pacifique, d'Alison Roberts

SÉRIE : WILDFIRE, URGENCES MÉDICALES - 2/6

Ainsi, Luke est de retour à Wildfire... Anahera est bouleversée : elle risque à tout moment de croiser l'homme qu'elle a follement aimé quatre ans plus tôt... et qui l'a trahie de la pire des façons. Cette confrontation, elle la redoute au plus haut point : elle craint de retomber sous le charme de Luke, mais surtout il lui faudra bientôt lui révéler qu'il est le père de sa petite Hana...

HARLEQUIN

Leur mission : sauver des vies.
Leur destin : trouver l'amour.

HARLEQUIN
www.harlequin.fr

BLANCHE

Pour le bonheur d'Alfie, de Karin Baine - N°1620

« Maman… » Le jour où le petit Alfie l'appelle ainsi, Charlotte sent la panique la gagner. Certes, elle vient de partager des moments exquis avec Hunter, le père de l'enfant, mais ses priorités n'ont pas changé : seule sa carrière de médecin compte. Bouleversée, elle préfère alors couper tout contact avec Hunter et Alfie, qu'elle aime pourtant déjà comme sa famille…

Sept jours pour s'aimer, de Louisa Heaton

C'est folle de joie que Belle pénètre dans le parc de Yellowstone. Voilà des années qu'elle souhaitait participer à ce trek ! Mais soudain son cœur manque un battement. Dans le petit groupe de randonneurs qui l'attendent, elle aperçoit Gray Mc Gregor, l'homme qui l'a abandonnée devant l'autel le jour de leur mariage. Comment pourrait-elle vivre à ses côtés une semaine entière ?

HARLEQUIN

Leur mission : sauver des vies.
Leur destin : trouver l'amour.

HARLEQUIN
www.harlequin.fr

Harlequin® est une marque déposée du groupe HarperCollins France – 83/85, Bd Vincent Auriol – 75646 Paris cedex 13. SA au capital de 1 149 680€ – R.C. Paris. Siret 31867159100069/APE5811Z.